나는 일상에 무너지지 않는다

평범한 사람의 멘탈 관리법

나는 일상에 무너지지 않는다

김미예 김민경 김위아 김은정 김혜련 나선화 박미희 박정재 백란현 안지영 공저

도서출판 더로드
The Road Books

프롤로그

"시작은 잘해, 그러나 마무리가 부족해."

대학생 때 친구들과 재미 삼아 갔던 철학관에서 들은 말이다. 40년이 지난 가물가물한 일이지만 여러 이야기 중 마무리라는 단어는 지금까지 또렷하게 기억하고 있다. 어떤 일을 하다가도 힘들거나 포기하고 싶을 때 스스로 '마무리'라고 크게 외쳤다.

책 쓰기도 마찬가지다. 마무리를 못 하고 있었다. 할 수밖에 없는 환경을 만들기 위해 공저 7기를 지원했다. 열 명의 작가가 모인 첫 시간에 팀장을 자원했다. 각자 소개말을 들어보니 대부분 육아는 물론 주부 역할과 직장 생활까지, 다방면으로 바쁘게 살아가는 작가들 같았다. 아무도 지원하지 않았으니 '시간상으로 봉사를 할 수 있겠다.' 싶어 손을 번쩍 들었다. 적어도 육아에서는 벗어나 있으니까 말이다. 서로 격려하는 동기부여의 역할이라 생각되었다. 그날 밤, 멘탈이 나갔다. 왜 팀장을 지원하였는지 후회가 되었다. 팀장 역할을 잘할 수 있을지 걱정되었다. 이렇게 '할 수 있다, 없다' 사이를 오락가락하며 공저 7기를 시작했다. 나의 우려는 기우였다. 공저 7기 단톡방의 댓글이 뜨거웠다. 담쟁이처럼 서로서로 끌어 당겨주었다. 흠, 아주 멋지고, 실력 있는, 반응 속도까지 빠른, 작가들이었다.

《나는 일상에 무너지지 않는다》는 같은 주제, 다른 이야기들이 펼쳐졌다. 절박한 상황에서 어떻게든 살아낸 멘탈의 힘을 나누었다. 시련과 고난 앞에서 포기하지 않았던 경험들이 다시 일어설 수 있는 용기가 되었다. 혹여나 멘탈이 필요했던 우리의 이야기가 독자 입장에서는 '그 정도쯤이야'라고 할 수 있을지도 모른다. 그러나 막상 어떤 일이든 맞닥트리면 당황스럽고 긴장될 수도 있을 것이다. 짧게는 30여 년, 길게는 60여 년을 산전

수전, 공중전, 화생방전까지 살아온 삶의 기록들을 다섯 꼭지로 풀어 놓았다.

《나는 일상에 무너지지 않는다》 이 책 속에는 평범한 열 명 작가의 멘탈 관리법이 담겨있다. 제1장에서는 강력한 멘탈의 힘으로 어려운 일 가운데에서도 멘탈을 유지한 덕분에 견뎌낸 경험과 사례를 담았다.

제2장은 나는 쭈그리였던 그때를 기억하며 힘없이 무너지거나 마음 아팠던 과거 이야기를 소개하였다.

제3장에서는 멘탈이 필요한 시대를 살아가고 있는 사람들에게 멘탈 관리의 당위성을 전하고자 했다.

제4장에서는 자기만의 멘탈 관리 비법으로 멘탈 관리 노하우를 공유하였다.

제5장은 나를 지키는 힘이 세상과 타인을 돕는다는 강력한

멘탈로 앞으로 살아낼 비전을 엮었다.

멘탈을 유지하기 힘든 상황에 닥쳤을 때 이 책이 독자들에게 조금의 도움이라도 되었으면 하는 바람이다. 크고 작은 문제들을 극복하는 작은 지혜도 얻었으면 좋겠다. 일상생활에서 자신의 멘탈은 안녕한지 필요하다면 자주 점검해 보길 권한다. 공저 책 쓰기 덕분에 공저 작가들과 독자 여러분을 만날 수 있어 감사하고 행복하다. 지도하여 주신 이은대 작가에게도 무한 감사를 드린다. 인생에서 만난 가장 큰 스승이자 강한 멘탈의 대가이시다.

칼바람 부는 연말에서 희망찬 새봄을 넘나들며

김 혜 련

차 례

제2장 나는 쭈그리였다

제3장 지금은 멘탈이 필요한 시대

제4장 나만의 멘탈 관리 비법

제5장 나를 지키는 힘이 세상과 타인을 돕는다

제1장

강력한 멘탈의 힘

1

포기의 유혹에서 만난 한 줄기 빛 - 멘토

김미예

들러리 인생. 바보 멍청이가 따로 없었다. 내가 하나의 도구로 느껴졌다. 돈, 사람에게서 상처를 받았다. 인정받고 싶었을 뿐이었다. 모든 사람을 친절하게 대하면 되는 줄 알았다. 아니었다. 내 감정, 내 주장 한 번 펴지 못하고 이리저리 휘둘려 살았다. '이대로 살아야 하는가?' 고민이 되었다. 뭐가 문제인지 현실을 알아차리지 못했다. 달라져야 했다.

부동산 광고대행사 마케터 겸 상담 매니저다. 지금에 감사하면서도 욕심이 앞서 머릿속으로는 무언가를 계속 원한다. 사람 욕심은 한정이 없다. 지금보다 돈도 더 벌고, 괜찮은 사람이 되고 싶었다. 인터넷을 검색해 보니 배울 수 있는 길이 많았다. 강의를 들을 수도 있고, 책을 통해서도 돈을 벌고 달라질 수 있는 길이 있었다. 알아보지 않았을 뿐, 방법을 찾으니 배울 수 있는 채널이 다양했다.

일하면서 강의를 들을 수 있는 시간대를 알아보았고, 유튜브 영상에도 관심을 가졌다. 그중 내 눈길을 사로잡는 이가 있었다. 강사 김미경. 어떻게 하면 강사가 될 수 있을까. 청중을 휘어잡는 김미경 강사의 강의 내용이 머릿속을 꽉 채웠다. 그녀의 팬이 되었고, 대부분의 유튜브 영상을 찾아보았다. 강사가 되고 싶었다. 유명했고, 사람들로부터 인정도 받고 있으며, 돈도 벌었다고 들었다. 나의 바람을, 김미경 강사에게서 찾을 수 있었다. 해보고 싶은 분야의 강의를 찾았다. 배우고 싶은 것이 많았지만, 업무와 관련된 것부터 검색해 보았다. '두 시간 만에 논리적으로 말하기' 강의가 눈에 띄었다. 신청했다.

'이 강의만 들으면 본부장이 나를 함부로 대하지는 않겠지.' 기대되었다. 현직 아나운서로 경력이 10년 차. 10년 노하우를 배울 수 있고, 현장에서 직접 만날 수 있다는 것도 좋은 기회라 생각했다. 두 시간 강의료 5만 원. '논리적으로 말하기 수업'은 흥미로웠다. 정규 수업은 4주에 25만 원이었다. 더 들어보고 싶어서 결제했다. 강사를 하려면 말을 잘해야 한다는 생각 때문이었다. 수업 시간에 뉴스 대본을 가지고 연습했고, 라디오 진행자가 되어 말을 풀어가기도 했다. 소수의 인원이 오프라인으로 만나 각자 자신을 소개했다. 다른 사람의 말하는 습관, 강사 화법 등도 함께 배웠다. 새로운 분야이기 때문에 재미있었고, 강사의 꿈이 있었기에 열심히 배웠다. 단체 톡 방을 만들어 매일 뉴스 대본을 읽고 인증샷을 올리며 서로를 격려했다. 좀 더 다양한 공부를 하고 싶었다. 소통 방에 꾸준히 참여하면서 다른 쪽으로 눈을 돌렸다.

독서법 강의, 파워포인트, 키네 마스터, 브랜딩 강의, 1인 기업 등 닥치는 대로 배웠다. 책도 읽고, 사람도 만났다. 독서 모임에도 참여했다. 함께하면 나도 방향이 잡힐 것 같았다. 배운다는 것에 초점을 두었다. 자기 계발의 생리를 알지 못했던 나는 독서법 강의를 통해 다양한 사람과 만나고 소통하게 되었다. 좋은 사람을 만나 많은 정보를 얻으면 똑똑해지고, 돈도 더 벌 수 있다고 생각했다. 그들이 하는 단체에 하나둘 발을 들여놓았다. 생각만큼 성과로 이어지지는 않았다. 조급했다. 배우면 금방 강사가 될 줄 알았다. 시간이 걸린다는 생각을 하지 못했다. 내가 만난 사람들은 강사 혹은 대표가 대부분이었고, 돈도 제법 벌고 있었다. 그들과 비교하니 두려웠다. 내게 강사의 꿈은 멀고도 멀었다. 갈등과 고민이 생겼다.

2020년 1월. 결단을 내려야 했다. 이대로 돈만 쓸 수는 없었다. 멘토 한 사람을 정해 전문적으로 배우는 게 낫다고 판단했다. 대출 700만 원을 받았다. 송수용 대표가 운영하는 메신저 사관학교 1기생으로 입과했다. 강사과정, 책 쓰기 등 모두 700만 원으로 성장시켜 준다는 약속을 받았다. 순진했다. 믿고 수업에 참여했다. 블로그에 '나'를 홍보하는 일부터 시작했다. SNS 활동이 부족한 나에게 블로그는 신세계였다. 업무에 관한 영업 일지 쓰기, 칼럼 읽고 내 생각 쓰기 등 하나하나 가르쳐 주었다. 블로그에 글이 쌓이면 책 쓰기까지 연결이 가능하다고 말했다. 수강료는 부담스러웠지만, 몇 배로 돌아올 거라 여기고 가르쳐 주는 대로 잘 따라갔다. 수업은 1년 과정으로 주 1회 한 시간이었다. '영업 멘토'라는 닉네임에 맞게 영업 일지를 썼다. 송수용 대표는 내 글에 대해 수정, 첨삭 등 글을 매끄럽게 다듬어 주었다. 수정된 글을 블로그에 포스팅했다. 반응이 생겼다. 블로그 이웃과 댓글로 소통을 하게 되었다. 제대로 흐름을 타는 듯했다.

문제가 생겼다. 코로나19로 인해 오프라인 수업이 중단되었다. 온라인 줌으로 대체하기로 했다. 매주 화요일 오전 11시. 본업과 겹치는 시간이었다. 오프라인에 익숙한 나는 불안했다. 일과 자기 계발 병행이 쉽지 않았다. 처음 기획 의도와도 달라졌다. 흥미를 잃었고, 매달 돌아오는 대출금도 문제였다. 잘될 거라는 희망이 사라졌다. 자연스럽게 강사과정도 흐지부지되었다. 고민이 시작되었다.

나와 달리 송수용 대표는 제자를 홍보하고, 도와주려 애를 써 주었다. 블로그 수강생 코치 기회도 주었고, 아예 서너 명을 선정해 내게 맡기기도 했다. 6개월 정도 소개받아 블로그 1 대 1 코칭 및 직장인에게 마인드컨트롤에 관한 조언도 해주었다. 1년 과정이 지난 후에도 시간을 내어 일주일에 한 번, 나의 일주일을 돌아보게 도와주었다. 그러나 두려웠다. 줌 수업 시간이 다가오면 핑계 댈 일 없나 찾았다. 이런 내 모습이 못마땅했다. 본전 생각만 났다. 송수용 대표의 노력에도 불구하고 의미 없다며 포기했다. 이 나이에 내가 무슨 부귀영화를 누리겠다고 대출을 받아 이런 짓을 했을까. 머저리 같으니라고. 무모하고 엉뚱한 짓을 했다며 스스로를 비난했다. 원래의 나로 돌아갔다.

강사가 되고 싶다는 로망은 접었다. 그러나 작가가 되고 싶다는 마음은 버리지 못했다. 2020년 6월 말. 박현근 코치와 윤스키 코치로부터 책 쓰기 코치인 이은대 작가를 소개받았다.

은 물론, 현지에 있는 삼촌에게도 말하지 않았다. 룸메이트 형은 항상 바빠 이야기 나눌 시간도 없었다. 혼자 집에서 한숨만 쉬었다. 담배를 하나 물고 테라스로 갔다. 번화가에 있는 탓에 근처 술집에서 들리는 노랫소리, 클럽 음악, 사람들의 즐거운 말소리들이 섞여 테라스까지 올라왔다. 부러웠고, 답답했다. 담배 연기만이 내 속을 들어왔다 나갔다 하며 위로해 주었다. 그때 그 담배가 어찌나 고맙고 위로가 되던지……. 그런데 그 고마운 담배도 두 개, 세 개를 연달아 피니 기침이 나오고 속이 울렁거렸다. 그제야 내가 뭐 하는 건가 하는 생각이 들었다. 혼자 무슨 궁상떠는 거지? 내가 잘못해서 이 사달이 났으면서, 뭐가 그렇게 억울하다고 우울해 있는 거지? 나 자신을 혼냈다. 이대로 있으면 안 된다는 생각이 들었다. 빠르게 샤워를 했다. 로션을 바르며 얼굴을 두드렸다. 종이와 펜을 꺼내 나의 실수를 적어보았다. 어디서 잘못되었고, 어떤 실수를 한 것인지 정리하였다. 인터넷도 찾아보며 정보를 모았다. 결론적으로, 가장 믿었던 대행업체의 사기극이었단 걸 알게 되었다. 애초에 연결해 주었던 어학원은 존재하지도 않았다. 나처럼 대충대충 하는 성격의 유학생을 상대로 이런 사기행위가 많다는 것을 알게 되었다. 충격이었다. 가짜 어학원으로 연결해 준 것도 대행업체였고, 지금 실재하는 학원으로 연결해서 비자를 받아준 것도 대행업체였다. 그들은 내게 도움도 주었고 사기도 쳤다. '이제 어떻게 하지?' 고민했다. 가서 따지자니 증거가 없다. 증거가 있어도 소송을 준비하고 그 돈을 받아낼 자신도 없었다. 그럴 시간도 없었다. 나는 마음먹었다. 그냥 받아들이기로.

이미 모든 일은 벌어졌고, 돌이킬 수 없다고 생각했다. 모든 원인은 나에게 있다고 위로했다. 애초에 미리 준비했더라면, 비자 연장을 하려고 급하게 서두르지는 않았을 것이다. 조금이라도 꼼꼼하게 준비해서, 그 어학원이 실재하는 학원인지 체크만 했어도 좋았을 것이었다. 인터넷을 통해 알아보니 비자 연장도 스스로 하는 사람이 많았다. 애초에 대행업체에 의지한 것이 잘못이었다. 스스로 했으면 될 것을 괜히 남한테 기대서 이런 일이 일어난 것이었다. 내가 원인 제공자였다. 이 모든 일은 나의 불찰로 일어난 일이었다. 마음을 달리 먹었다. 하늘은 내게 성격과 태도를 바꾸라는 의미로 이런 벌을 준거라 생각했다. 지난 일을 통해 바꾸어야 할 점을 체크했다. 평소 대충하는 성격을 고쳐야 했다. 앞으로 어떻게 살아야 할지 생각했다. 그렇게 하니 우울한 마음은 없어지기 시작했다. 기분이 풀리기 시작했다. 좋은 수업을 듣고 큰 배움을 얻은 것 같았다. 무너지는 멘탈을 잡았다. 짧은 시간이었지만 우울감에 빠져있으니 기분이 한없이 가라앉았는데, 빨리 벗어나서 다행이었다. 모든 게 내 탓이고 하나의 교훈을 얻었다고 생각하니, 마음이 한결 가벼워졌다. 그 생각은 신기하게도 감사함으로 이어졌다. '하늘이 내게 성장하라는 의미에서 시련을 주시는구나. 500만 원, 이 정도 금액으로 끝난 것이 어디야. 더 큰 돈을 잃지 않아서 다행이야.' 앞으로 더 잘 살아가라는 의미에서 이런 시련을 겪게 한 것이라고 생각했다. 마치 영화 속 주인공처럼, 더 잘되기 위해서 겪는 고통이라고 생각했다. 같은 상황에서도 마음먹기에 따라 기분이 왔다갔다했다.

내가 우울감에서 빨리 빠져나올 수 있었던 또 하나의 이유는, 말하지 않았기 때문이다. 나는 힘든 일이 있어도 말하는 것을 별로 좋아하지 않는다. 다 지나고 나서 말하는 것을 좋아한다. 아르바이트하는 곳에도 이야기하지 않았다. 어디에도 이 상황을 털어놓지 않았다. 만약 내가 여기저기 말을 하고 다녔다면 그 이야기를 하면서 더욱더 힘이 빠졌을 것이다. 우울감이 더 오래 이어졌을 것이다. 내 주변의 모두가 나의 상황을 모르다 보니, 그들 앞에선 평소처럼 행동하여야 했다. 집에선 우울했지만, 일터에 가면 밝고 활기찼다. 하루에 두 개의 아르바이트를 했다. 바삐 움직이니, 안 좋은 생각할 틈이 없었다. 그저 내 생계만 생각했다. 먹고 살 궁리만 하다 보니 빠르게 정신 차렸다.

서울로 상경한 지 어느새 8~9년이 다 되어 간다. 명절 때 고향에 내려가면 친척들이 묻는다. 서울 생활 어떠냐고. 힘들지 않으냐고. 나는 농담조로 대답한다. “코 베어 갑니다.” 친척들은 웃으며 가벼이 넘기지만, 사실 나의 진심이 50% 이상 들어있는 말이다. 정신을 차리지 않으면 눈뜨고 코 베어 가는 세상이다. 외국도, 서울도 마찬가지다. 이런저런 일을 다 겪는데, 그때마다 무너질 순 없다. 멘탈을 부여잡고 살아가야 한다. TV 프로그램 〈무한도전〉에서 했던 말처럼, 정신을 차려야겠다. 이 각박한 세상 속에서.

3

그래도 인생은 아름다워

김위아

사람 일은 모른다. 2010년도에 두 가지 암을 진단받았다. 먼저 발견된 혈액암이 원인인지, 몸 여기저기에서 악성과 양성 종양이 드러났다. 검사 결과지를 들고 대형 병원을 전전했다. 예약하고, 기다리고, 결과 듣고, 다시 검사했다. 수차례 반복했다. 의사 말 한마디에 천당과 지옥을 왔다 갔다 했다. 결국 2년에 걸쳐 뇌, 갑상선, 유방을 수술했다. 10센티 전후 흉터들이 생겼다. 괜찮은 척하려 눈에 힘을 줄수록 실핏줄이라도 터진 듯 붉어졌다. 시간은 흘러갔고 선명했던 수술 자국도 점차 옅어졌다. 다시 일상을 회복했다.

아니, 그런 줄 알았다.

언어와 기억력 장애가 불쑥불쑥 나타났다. 가장 친한 친구와 커피숍에서 만났다. 이름이 가물가물했다. 학부모와 상담할 때, 단어가 생각나지 않아서 대화를 이어가기 어려웠다. 한 번도 잃어버린 적 없던 신용카드를 매달 두세 번 분실했다. 카드회사 콜 센터에 전화하기가 민망했다. 혼자 식당에 갔다. 다 먹고 밖으로 나왔다. 사장님이 소리치며 따라왔다. "손님, 저기요! 밥값 안 냈어요!" 죄송하다고 연이어 말했다. 어떤 할머니 사장님은 울상이 된 얼굴을 보고 등까지 토닥여 주었다. "일부러 돈 떼먹게 생기진 않았네요. 괜찮아요. 아무것도 아니에요. 그럴 수 있어요." 밥값 안 내고 나간 손님을 식당 사장이 위로했다. 은행 자동 입출금기에서 현금을 찾고서는 그대로 놔두고 왔다. 마트와 편의점 계산대에 물건, 지갑, 휴대 전화를 놓고 왔다. 하루가 멀다고 되풀이됐다.

'기억력과 암기력이 뛰어나고 영민하다.' 중·고등학교 시절 성적표 단골 멘트였다. 대학 4년 내내 아르바이트를 했다. 하나를 알려주면 열 개를 터득해서 미리 완벽하게 해놓았다. 책임감 있게 일을 워낙 잘해서 사장님들이 내 눈치를 봤다. 학원을 창업한 후로는 대표로서 온갖 카리스마를 내뿜고 다녔다.

일 처리를 능수능란하게 했던 나는 온데간데없었다. 아나운서처럼 말투가 또박또박했는데, 어눌해졌다. 행동이 재빨랐는데, 둔해졌다. 수술 전에는 물건을 잃어버리지 않았다. 할 일을 잊어버리지 않았다. 독한 치료가 뇌와 다른 장기에도 영향을 줬으리라고 생각했다. 30대 중반인데 벌써 조기 치매야? 뇌가 고장 나지 않고서야. 별별 생각이 다 들었다. 지인들도 달라진 모습을 눈치챘다. "요즘 왜 그래? 괜찮아?" 걱정스레 물었다. "다들 그렇게 살아. 나도 자주 깜빡깜빡해." 때로는 별거 아니라는 듯 안심시켜주었다.

"수술과 치료랑은 관련이 없어요."

의사는 늘 똑같이 대답했다. 스트레스로 인한 일시적인 현상이라고 했다. 심리적인 이유야 당연히 있었겠지만, 그게 전부였을까. 머릿속에서 단어가 지워지고 있었다. 들키지 않으려고 말문을 닫아버렸다. 의사는 그제야 언어인지 검사를 권했다. 검사 용지와 설명 동영상을 받았다. 노트북 모니터를 멍하니 바라봤다. 검사 시작하세요. 커서가 깜빡였다. 손이 굳어버렸다.

'내가 왜 이런 걸?'

대학원에서 언어학을 공부했다. 환자가 돼서 검사받는 현실, 내 것일 수 없었다. 기억력과 신체 반응 속도도 함께 측정했다. 3년간 6개월에 한 번씩 추적 검사를 받았다. 오락가락하는 기억력, 푸석푸석하고 숱이 줄어가는 머리카락, 퉁퉁 붓는 얼굴과 몸, 갈라지고 부러지는 손톱. 변해 가는 외모를 똑바로 볼 용기가 없었다. 내가 나를 외면했다. "죽음"이라는 단어를 떨쳐버리려고 책만 붙잡고 있었다. 암을 극복한 사람들이 씩씩하게 살아가는 스토리를 읽으면서, 나에게로 차츰 시선을 돌렸다. 내 건강을 책임질 사람은 세상에 나밖에 없었다. 건강 주권을 찾기로 했다.

5년간 운동 개인 지도를 받으며 몸을 공부했다. 해부학책까지 읽었다. 거의 반의사가 됐다. 체질에 맞는 좋은 습관 갖기, 온열요법, 운동 치료, 명상, 심리 치료 등 무리가 가지 않는 방법을 택했다. 수술, 주사, 약물로 찌들어 있던 몸이 제 기능을 찾아갔다. 언어와 기억력 장애도 서서히 회복되었다. 한창 잘나갈 때만큼은 아니지만, 무리 없이 일을 해냈다. 고비를 넘기고 보니, 의사 한마디에 공포에 떨며 일상을 놓아버린 게 아까웠다. 수도꼭지에서 콸콸 쏟아지는 수돗물처럼, 하루를 흘려보냈다. 인생에 한 번뿐인 24시간이었는데……. 수도꼭지를 잠그기로 했다.

'오늘을 어떻게 보내든 결과는 정해져 있어. 지금, 이 순간을 최대한 누려.'

어떤 상황이 와도 일상을 놓치지 않겠다는 다짐을 제법 잘 지켰다.

2021년 7월 말, 평일 오전이었다. 두 번째 학원 경영서 《잘 되는 학원 다 이유가 있다》를 퇴고하고 있었다. 휴대전화가 울렸다. 나흘 전, 정기 검진을 받았던 병원이었다. 결과는 일주일 뒤에 진료실에서 듣기로 했었다. "전화 통화 괜찮으세요?" 목소리에는 감정이 묻어난다. 듣지 않아도 알 수 있었다. 3분 통화했다. 아무 일 없다는 듯, 그 자리에 그대로 앉아 키보드를 두드렸다. 루틴대로 오전 두 시간 글을 썼다. 점심시간이 되었다. 쌀 씻어 전기밥솥에 넣고 취사 버튼을 눌렀다. 참치캔 하나 땄다. 김치도 썰었다. 찌개가 끓는 동안, 프라이팬에 기름 한 번 두르고 달걀 하나 톡 터트렸다. 점심밥, 거르지 않았다. 밤 열한 시까지 학원 업무에 집중했다. 8월에 두 번째 유방 수술을 받았다. 흉터 하나 더 생겼다. 치료, 다시 시작했다. 괜찮은 척 애쓰지 않았다. 괜찮았으니까. 눈도 붉어지지 않았다. 약속한 날짜에 탈고했고, 10월 초에 예정대로 출간했다. 단 하루도 연기하지 않았다.

흔들리지 않을 거야.

10년 넘게 얼마나 자기 암시를 했는지 모른다. 365일 통증, 불면증, 무기력과 싸운다. 다른 사람은 내가 부작용을 앓고 있는 걸 모른다. 티 내지 않는다. 긍정적이고 의지도 강하다. '어렵다', '힘들다', '아프다' 등 부정적인 단어는 입 밖으로 꺼내지 않는다. 말은 마음에도 영향을 끼친다. 좋은 생각과 좋은 말이 강한 나를 만들었다. 앞으로 무슨 일을 경험하게 될지 모르지만, 한 가지만큼은 확신한다. 나는 어떤 상황에서도 일상을 지킬 용기가 있다.

먼 훗날, 당신의 30대는 어땠냐고 물으면 이렇게 답하련다.

"내 인생에서 가장 예쁜 나이였어요. 사업도 실패해 봤고, 암에도 걸렸고, 기억도 잃어봤거든요. 덕분에 지금 마시는 커피 한 잔에도 감사할 줄 알게 되었어요."

나에게 멘탈은, 웃지 못할 상황에서도 오늘 하루를 마음껏 즐기는 것이다. 이건, 자신 있다!

"우리는 모두 일상에서 시간 여행을 하고 있어. 우리가 할 수 있는 건, 이 멋진 여행을 만끽하는 거야."

– 영화 〈어바웃 타임〉 –

4

마지막 승부

김은정

방황을 끝내기로 했다. 마음을 잡으려고 할 때가 고등학교 2학년 후반쯤이었다. 정신을 차리고 보니 제일 먼저 성적이 눈에 들어왔다. 내 성적이 맞나 의심스러웠다. 이 점수로 어떤 대학을 갈 수 있을까? 답답함에 한숨만 나왔다.

삶에 대한 의욕도 잃어버리면서 대학 진학이 무의미해졌다. 자연스럽게 공부와 멀어져 갔다. 성적이라는 게 오르기는 힘들어도 떨어지는 데는 브레이크가 없었다. 한 번도 받아보지 못한 성적을 받았지만, 충격으로 다가오지 않았다. 중간고사, 기말고

사, 모의고사 등 성적 추락 상황이 반복되다 보니 반응도 점점 무뎌져 갔다. 그러는 사이 시간과 함께 성적은 밑바닥을 기고 있었다.

고졸로 끝내려고 했던 생각을 바꿨다. 다시 대학에 가기로 했다. 방황과 함께 사라졌던 교사라는 꿈이 생각났기 때문이었다. 교사가 되기 위해선 교원 자격증이 필요했다. 교원 자격증 취득을 위해서는 사범대로 진학하거나 일반 학과에서 교직을 이수해야 했다. 정신을 차렸을 당시 성적으로는 원하는 대학이나 학과에 진학이 어려웠다.

공부에 시동을 걸었다. 2학년 겨울 방학 동안 공부에 몰두할 수밖에 없었다. 바닥으로 추락한 성적을 복원시키기에 시간이 많지 않았기 때문이었다. 성적이 양호했던 1학년 때보다 몇 배는 열심히 하고, 3월 첫 모의고사를 봤다. 방황 전까지 해놓은 공부량이 있기에 내심 기대했지만, 결과는 별로였다. 그래도 이때는 가볍게 받아드릴 수 있었다. 노력에 비해 결과가 별로였지만, 방황한 시간과 비교해 보면 아직 갈 길이 멀다고 생각했다.

'이렇게 쉽게 회복되면 누가 공부가 어렵다고 하겠는가! 성적이 청소년 고민의 상위권일 이유가 있겠어! 무조건 일 년을 걸

기로 했으니 더 노력하자!'

3월 모의고사 성적을 기반으로 다음 시험 목표를 설정했다. 그에 따른 공부 계획을 구체적으로 세웠다. 플래너에 매일 소화해야 하는 학습량을 과목별로 적었다. 하나씩 끝낼 때마다 줄을 그었다. 해냈다는 뿌듯함과 해야 할 일이 줄었다는 쾌감으로 줄 긋는 게 짜릿했다. 공부 진도가 더디게 나가거나, 다른 숙제 때문에 개인 공부에 차질이 생기면 잠을 줄여서라도 원래 계획한 공부량을 해내려고 애썼다. 너무 피곤해서 나도 모르게 공부하다 잠들 때도 종종 있었지만, 맨정신으로는 그날 할 일을 포기하지 않았다. 매일 계획과 실천을 반복했다. 지금도 밑줄 그을 때의 모습이 선명하게 떠오른다.

날씨가 좋은 봄의 유혹은 괜찮았다. 내년 봄을 즐기기 위해 지금은 얼마든지 참을 수 있었다. 무엇보다 밑바닥을 치고 올라가는 중이니 딴생각하는 게 사치라고 생각했다. 목표와 계획표를 나침반 삼아 꾸준히 걸어 나갔다. 하지만 여름이 다가오면서 체력에 빨간불이 켜졌다. 의지와 상관없이 컨디션 난조를 보일 때가 많았다. 몸이 약해지니 마음도 약해졌던 것일까! 요지부동인 성적에 흔들리기 시작했다. 고생하는 것에 비해 반년 이상 무반응인 성적표가 야속했다. 목표는 정해졌는데 성적은 제자리걸음이니 '과연 원하는 대학을 갈 수 있을까?'라는 의구심마저 들었다. 한 번 찾아온 이 생각은 공부가 힘들 때마다 수시로 찾아왔다.

흔들리는 빈도가 늘어나니 집중이 안 되었다. 대책 회의가 필요했다. 의논하고 의지할 사람이 나밖에 없었다. 진지하게 나와의 대화 시간을 가졌다. 멈추기에는 그동안 고생한 노력이 아까웠다. 공부가 내 길이 아니라고 결정하고 설사 멈춘다고 해도 딱히 다른 대안도 없었다. 수능까지는 5개월 정도 남았을 시점인데, 밑져야 본전이라는 생각으로 끝까지 완주해 보기로 했다.

마음을 다잡고 나니 공부가 한결 수월해졌다. 집중도 잘되었다. 마지막까지 흔들리지 않고 앞으로 나아가기 위해 셀프 동기부여도 열심히 했다. '나는 할 수 있다.'라는 말로 일기장을 도배했다. 음악의 도움도 받았다. 당시 인기 드라마였던 마지막 승부 주제가였다. 스포츠 드라마이다 보니 용기를 주는 노래 가사가 힘이 되었다. 카세트 테이프 앞면, 뒷면에 모두 마지막 승부 OST 한 곡만 담았다. 그 곡만 계속 듣기 위해서였다. 꿈이 있어, 마지막에 비로소 웃는 그날까지 포기 안 한다는 메시지가 딱 내 이야기 같았다. 포기하고픈 마음이 들 때마다 이 노래가 큰 위안이 되었다. 하도 들어서 테이프가 늘어지면 다시 녹음해서 고3 시절을 함께 버텼다.

더위와 싸우라! 약해지는 멘탈 다독이랴! 힘겨운 여름 방학을 보냈다. 그때쯤 수능 100일을 맞이했다. 날짜를 하루씩 지워가며 D-day 카운트다운에 들어갔다. 숫자가 줄어들수록 목표와 멀리 떨어져 있는 성적이 더 부담이었다. 조바심이 났지만, 애써 외면하며 하던 공부를 계속 이어갔다. 약해지는 마음을 다잡고 계획한 학습량을 소화해냈다. 멘탈을 유지한 덕분에 2학기를 웃으면서 시작할 수 있었다. 시험을 볼 때마다 성적이 깡충깡충 올랐다. 그동안 무반응이었던 성적에 대한 보상을 한꺼번에 받는 것 같았다. 올라 준 성적에 힘입어 마지막 두 달은 속도를 올려 입시 공부에 매진할 수 있었다. 열심히 노력했기에 가질 수 있는 자부심으로 수능을 봤다.

한 템포 쉬었다 다시 2차 입시 준비를 시작했다. 그 당시는 대학 본고사까지 봐야 했기 때문에 1월 중순까지 학교에서 살아야 했다. 원서를 쓸 때 국립대와 서울에 있는 사립대 하나를 선택해서 지원했다. 국립대 본고사를 본 날이 지금도 생생하게 기억난다. 추운 겨울날 대학 강의실에서 시험을 봤다. 국어와 수학 모두 주관식이었기 때문에 온 에너지를 쏟아 시험을 치렀다. 마지막 답안지 작성을 마치고 펜을 내려놓는데 진이 다 빠졌다. 동시에 이게 마지막 시험이라는 생각이 강하게 들었다. '이후로는 어떤 시험도 보지 않겠다.' 결심했다. 최선을 다했고, 설사 결과가 좋지 않더라도 수긍할 수 있을 것 같았다. 내 길이 아니라고 받아들이고 사회에 나갈 준비를 할 생각이었다. 그 결심으로, 이후 예정된 입시는 치르지 않았다. 후회 없는 단호한 선택이었다.

95년 3월. 대학생이 되었다. 불안하고 흔들릴 때마다 나 자신을 지켜냈다. 포기하지 않았다. 끈질기게 매달렸다. 온 힘을 다했다. 세상은 이런 태도를 '멘탈'이라 부른다. 그때는 못 느꼈는데, 지나고 보니 자연스럽게 멘탈을 강하게 만들고 있었다. 덕분에 후에 닥친 시련들에도 잘 버틸 수 있었다.

5

위기에 강해지기

김혜련

하루에도 수십 번 유치원 알림장을 보았다. 셀 수 없이 카톡을 열었다. 코로나가 더 확산하지 않았는지, 가슴 조마조마하며 핸드폰을 살폈다. 처음에 담담하던 마음은 시간이 지날수록 허물어져 내렸다. 7세 유아 학부모 한 분의 양성 연락을 시작으로 자녀까지 확진이었다. 오후에는 다른 유아 가족 전체가 양성 판정을 알려왔다. 다음 날 보건소에서 유치원 앞마당을 임시 선별 장소로 결정했다. 전체 원아들의 코로나 전수조사는 7개 반별로 시간대를 달리하여 실시했다. 교직원들은 두 눈에 근심과 초조함을 가득 담고 유아들을 명단과 대조하며 코로나 검사

에 협조했다. 아이들은 두려워하며 검사받기를 거부하였다. 우는 아이, 도망가는 아이, 소리 지르는 아이, 발버둥 치는 아이, 등에서 식은땀이 흘렀다. 이 상황을 어떻게 극복하고 해결해야 할지 두려웠다. 원망과 비난의 눈빛들이 모두 나를 향해 쏟아지는 듯했다. 어금니를 지그시 깨물었다. 정신력으로 버텼다. 검사 후 양성인 유아와 교사가 몇 명이나 될지, 걱정하며 뜬눈으로 밤을 새웠다. 살면서 핸드폰을 바로 눈앞에 두고 이렇게 살펴본 적이 있었던가? 작은 소리에도 민감했다. 신경을 써서 그런지 목이 잠겼다. 앞으로 전개될 상황에 막막했다.

검사 결과, 많은 인원이 확진되었다. 7일간의 격리와 유치원 폐쇄 조처로 임시 휴원에 들어갔다. 그동안 코로나 확진 소식은 동네에서 산발적으로 있었지만, 교육기관의 발생은 우리 유치원이 시작점이었다. 처음 발병한 학부모의 신상털기는 상상 이상이었다. 마녀사냥처럼 가족들을 탈탈 털었다. 유치원도 악성 소문에 시달려야 했다. 다른 양성 유아 아버지는 비난을 말아 달라며 아파트 게시판에 호소문을 올리기도 했다. 죄인이 따로 없었다. 양성인 사람은 모두 좀비 취급을 당하는 기분이었다. 교사들의 수고는 온데간데없고 결과로만 추궁하는 분위기였다. 마스크는 제대로 했냐? 방역은 하느냐? 열 체크는 했느냐? 가림막 사용은 했는가? 예방의 기본적인 것조차 하지 않았다는 듯 주변 사람들의 비난이 날아왔다. 이후, 학원과 학교에서도 확진자가 발생하였다. 코로나는 다시 대유행 상황으로 전환되었다. 그 중심에 우리 유치원이 있었다. 마음이 힘들었다. 애써 약해진 멘탈을 붙잡았다.

임시 휴원 당일, 집에서 답답해하고 있을 아이들과 학부모가 걱정되었다. 활동 꾸러미 배달을 택배회사에 의뢰하였으나 배송 일자 맞추기가 어렵다며 거절했다. 연구 교사가 반찬 배달이 어떻겠느냐고 제안했다. 그렇다. 자가격리로 부모님의 외출이 금지되었으니 먹거리가 난감할 것이었다. 택배회사의 거절로 낙심하던 터라 조마조마한 마음으로 반찬가게에 배달을 부탁했다. 사장님은 흔쾌히 책임지겠다고 했다. 아이들 집마다 방문하여 반찬을 문고리에 걸어두는 일이었다.

> "안녕하세요. 유치원 공지가 떠서 무슨 일이 있는지? 살짝 긴장하며 확인했는데 이렇게 감동을 주시네요. 긴장이 감동으로 변하는 마법 같은 순간의 시간을 기억합니다. 감사히 잘 먹겠습니다.^^
> 지금 당장 안부를 묻는 전화보다 잘 지내고 있는 지

원이의 사진을 올려봅니다.^^ 선생님, 건강히 뵙는 날까지 파이팅!"

진심이 전해졌나 보다. 이렇게까지 감동할 줄은 몰랐다. 학부모들의 많은 답글에 힘이 났다. 모두 당황스러웠을 텐데 격려해 주는 말이 눈물 나게 고마웠다. 반찬 배송으로 따뜻한 한마음이 되었다. 어려운 시기에 협조하여 준 반찬가게 사장님의 결단과 연구 교사의 아이디어가 감사한 날이었다. 상대방의 어려움을 직면하고 알아차리는 중요함도 배웠다. 위기의 두려움을 다루는 최선의 방책은 빠른 대처와 적극적인 행동임을 경험으로 배웠다.

매일 인터넷으로 지역의 확진자 수를 살폈다. 확진 유아가 더 발생하지 않도록 간절히 기도했다. 흔들린 멘탈을 잡았다 놓치기를 반복했다. 위기에 강해지기 위해서는 꼬리에 꼬리를 물고 다니는 부풀려진 소문은 무시했다. 이미 벌어진 문제를 직시하는 것이 먼저였다. 컴퓨터를 켰다. 사건 당일부터 시간대별로 발병 리스트를 작성했다. 엑셀 파일로 공동 격리 대상자 표시, 정확한 주소, 결석일, 마지막 등원일, 형제자매의 학교, 학년 반, 다니고 있는 학원까지 정리했다. 향후 동선 파악과 접촉

경로를 빨리 파악하기 위함이었다. 코로나 경과 일지를 매일 썼다. 정리하다 보니 마음의 평정이 찾아왔다. 줌(zoom)으로 운영위원회를 열어 대처 방안을 협의하고 교사 회의도 했다. 교사들은 격리 기간 중에도 유아들이 집에서 활동할 수 있는 앱과 동영상을 알림장에 올렸다. 긴급상황에 밤낮없이 자료를 검색하고 공유했다. 아이들의 활동도 정해진 시간에 줌(zoom)으로 했다. 친구들을 찾고 손을 흔들며 이름도 부르면서 반가워했다. 몇몇 아이들은 '코로나 이겨내자', '친구들아, 힘내! '라는 피켓도 준비하였다. 마음이 뭉클했다. 무엇보다 아이들의 해맑은 웃음이 고마웠다.

확진된 유아의 학부모와 통화를 했다. 아이들이 모두 잘 놀고, 잘 먹어서 아픈 아이가 맞는지 다시 검사해 보고 싶다고 했다. 5살 해찬이는 "원장님, 나 코로나 걸렸어요."라며 큰소리로 알려주었다. 전화기 너머로 들리는 그 천진스러움에 긴장된 몸과 마음이 누그러졌다. 학부모들은 함께 걱정하며 잘 이겨내자고 격려해 주었다. 3일째 되던 날, 은채 아빠의 전화를 받았다. 우셨다. 나도 참고 있던 울음이 터져 나왔다. 강한 척 버텨내고 있었을 뿐이었다.

"모두 어른들의 잘못입니더. 위드 코로나라꼬 나돌아다니다가 그런 기라예. 그동안 방역도 잘해주시고 잘 견뎌왔는데 안타깝네예. 원장님 잘못 아이니 너무 걱정하지 마이소."

큰 위로가 되었다. 은채 아빠는 수술한 아내와 은채의 자가격리로 가정 보육이 매우 힘들다고 했다. 회사 출근도 못 하고 격리 해제를 기다린다고 했다. 코로나로 인해 가정도 유치원도 대혼란의 시기였다.

유치원을 개원하고 20여 년 동안 신뢰를 얻기 위해 노력했다. 무너지는 것은 한순간이었다. 때론 가혹하기까지 했던 끔찍한 경험이었다. 위기에 강해지기 위해 힘을 모아야 했다. 한마음! 누구의 탓도 하지 않았다. 코로나 확산으로 절망적이고 고통스러움에도 불구하고 극복해야 한다는 절실한 의지! 행복하게 다시 만날 수 있다는 기다림! 모두의 힘으로 잘 이겨냈다. 학부모들은 다른 어느 기관보다 대처가 빨랐다며 불안했던 순간을 감사함으로 전해왔다. 격리 후의 코로나 상황도 실시간으로 전달해 주어 안심이 되었다며 인사를 했다. 코로나 발병은 우리 유치원 아이들과 학부모와 교사들을 똘똘 뭉치게 만들어

주었다. 위기란 지나고 보면 기회라는 걸 깨달았다. 마음 하나 잘 지켜낸 성과였다. 암울한 상황에서도 할 수 있는 일을 찾으며 멘탈을 유지한 덕분이었다. 이제 멘탈의 힘을 강력하게 믿게 되었다. 또 다른 위기가 닥친다고 하더라도 잘 이겨낼 자신이 있다. 이렇게 또 한 번 성장한다.

6

꿈을 향하여

나선화

생활정보지를 구겨버렸다. 더 보지 않기로 했다. 식당에서 설거지를 하거나 음식을 만들고 싶지 않았다. 내가 좋아하는 것을 하며 살고 싶었다. '만화'가 몹시 그리웠다. 현실적이지 못하다는 비난이 쏟아졌다. 내가 생각해도 철이 없다. 겨우 스물아홉 살인데 싱글 맘이다. 여섯 살, 네 살 아들 둘이 빤히 내 얼굴만 올려다보고 있다. 정보지를 잡은 손이 가볍게 떨린다.

스물여섯 살, 두 아이의 엄마가 되었다. 스물세 살에 엄마의 반대를 무릅쓰고 결혼했다. 그때는 내가 제법 어른인 줄 알았다. 남편은 역마살이 있어서 진득하니 집에 있지 못했다. 직장 생활도 몇 달 못하고 그만두었다. 여러 가지 이유를 대며 밖으로 돌았다. 서로 상처를 주고받았다. 나도 결혼이 처음이라 어떻게 대처해야 할지 몰라도 너무 몰랐다. 남편이 집을 나갔다. 2년이 넘도록 연락조차 없다가 어느 날 돌아와서 이혼해 달라고 했다. 나는 두말하지 않고 도장을 찍어 주었다. 법원을 나서는데 현기증이 났다. 돌아서서 걷는 전 남편의 뒷모습이 사라질 때까지 쳐다보았다.

"언제까지 너 좋아하는 일만 할래? 넌 두 아이 엄마야."

언니도 답답한지 한 소리 한다. 할 말이 없다. 시장을 다녀오다가 집어 온 벼룩시장 정보지가 눈에 들어온다. 벼룩시장을 펼치고 구인광고란을 꼼꼼하게 살핀다. 고졸 출신이라 갈 곳이 마땅치 않다. 식당에서 사람 구하는 곳에 눈길이 머문다. 부대찌개 전문식당이다. 전화를 걸었다. 간단한 신상정보를 묻고는 월요일부터 출근하라고 한다. 최선이라고 생각했다. 막상 출근 날짜가 다가오니 몸이 쭈뼛거린다. 방 안을 왔다갔다한다. 입이 바짝 말랐다. 내가 해야 하는 일 맞아? 수없이 반문한다. 머리를 도리도리 흔든다. 마음은 '아니다'라고 외치는데 현실은 해야 할 것 같다. 스스로 다독이고 타이른다. 멘탈이 부서지고 무너져 내린다.

'진짜 내가 하고 싶은 것이 뭐야?'

다시 원점이다. 머릿속의 하얀 개와 검정 개가 싸운다. 전화기를 집어 드는 손이 떨린다. 말소리가 입 안에서 웅얼거리다가 입술을 뚫고 간신히 밖으로 나왔다.

"오지 않을 거면 빨리 말해야지. 출근 날짜가 다 돼서 안 온다고 전화하면 우리는 어떡하냐!"

음식점 주인의 목소리가 격양되어 있다. 당연하다. 거듭거듭 죄송하다는 말만 되풀이했다.

87년 가을, 머릿속에서 깡통 소리가 났다. 직장을 다닌 지 채 1년이 되지 않았다. 바보가 될 것 같은 불안감에 휩싸였다. 학교 소개로 간 첫 직장이었다. 무역 파트에 배정이 되었다. 하루 일과는 단순했다. 출근하면, 과장이 준 오더를 타이핑했다. 타이핑이 끝나면 서류를 가방에 넣고 지하철을 타고 은행에 갔다. 강남에서 을지로에 있는 기업은행까지 가는 일정이었다. 지하철을 타고 앉으면 졸음이 쏟아졌다. 용하게도 내려야 할 역을 지나친 적이 없었다. 은행에 도착해서 서류를 접수하면 서류를 돌려받기까지 기다리기만 하면 되었다. 은행 언니들과 친해졌다. 서류를 접수하고 기다리는 다른 업체 사람들과 안면을 텄다. 수다를 떨다 보면 은행 언니가 서류를 돌려주었다. 서류를 받아들고 회사에 가서 정리하면 하루가 마무리되었다.

매일 반복하는 업무였다. 입사 후, 한 달 동안은 새로운 환경에 적응하느라 심심할 틈이 없었다. 한 달이 지나자 업무가 파악됐다. 그때부터 회사 일이 지루했다. 10개월이 지나면서 멘탈이 무너지기 시작했다. 회사 언니들과는 잘 지냈으나 일에 대한 의미를 찾지 못했다. 언니들한테 회사를 그만두고 싶다고 말했더니, 1년은 채워야 퇴직금을 받을 수 있다고 조언해 주었다. 1년을 간신히 버텼다.

만화가 어시스트가 되었다. 지금은 대학에서 만화를 가르치지만, 내가 만화를 배울 때만 해도 '문하생'이란 이름으로 만화계에 입문했다. 도제방식(수공업적 기능을 양성하는 제도)이었다. 시스템 안에서 선배가 후배에게, 후배는 신입에게 만화 그리는 법을 전수했다. 80년대와 90년대는 만화를 빌려서 볼 수 있는 대본소가 있었다. 소위 만화방이었다. 지금처럼 오락이 다양하지 않아서 만화에 대한 수요가 많았다.

만화 제작 과정은 이렇다. 데생맨이 원고지에 연필로, 콘티를 바탕으로 밑그림을 그린다. 연필로 그린 밑그림을 데생이라고 부른다. 원고는 텃치맨에게 넘겨져서 인물이나 움직이는 동물을 펜으로 입힌다. 배경맨은 인물을 제외한 나머지를 펜으로 덧입힌다. 뒤처리맨은 지우개로 연필 선을 지우고 삐죽 나온 부분은 화이트 물감으로 수정한다. 스크린 톤 작업도 한다. 스크린 톤은 반투명으로 접착제가 있어 만화 원고에 음영이나 옷 무늬 꾸미는 데 요긴하게 사용한다. 뒤처리맨이 원고를 마무리하면 원고가 완성된다. 비로소 만화 원고가 출판사에 넘겨진다. 출판사에서는 말풍선에 연필로 써진 글자를 컴퓨터 글씨로 바꾼다. 만화가 출판되면, 대부분 만화는 만화 대본소로 넘겨지고 독자들은 만화방에 가서 보거나 빌려서 집에서 읽었다. 만화를 좋아하는 사람이라면 만화방에 얽힌 추억 하나쯤 가지고 있지 않을까 생각된다.

뒤처리맨이 배경맨이 되기 위해서는 일하면서 짬짬이 배경 연습을 해야 한다. 어느 정도 실력이 갖춰지면 쉬운 것부터 배경에 손댈 수 있다. 그때는 워낙 해야 할 원고가 많아서 연습이 곧 실전인 경우가 많았다. 만화작업은 원고 마감이 있다. 원고 마감이 임박하면, 하루 이틀 밤을 새워 일하는 것은 다반사였다. 그래도 힘든 줄 몰랐다. 돈은 그다지 중요하지 않았다. 내 꿈을 향해 가는 길이라 여겼다. 만화는 나를 도전하게 했다.

2005년 3월, H 정보고등학교로 첫 수업을 나갔다. 제주지역에서 만화·애니메니션 분야 1호 강사였다. '예술강사'라는 직함이 마음에 쏙 들었다. 나는 어깨를 펴고 위풍당당하게 학교 정문에 들어섰다. 그날이 엊그제 같은데, 어느새 19년째 예술 강사로 활동하고 있다.

또 만화는 미술치료사로 내 삶을 확장시켰다. 미술치료를 처음 접했을 때, 그림으로 사람의 심리를 알 수 있다는 사실에 환호했다. 시작은 가벼웠으나 과정은 험난했다. 고구마 줄기처럼 공부할 것이 계속 딸려 나왔다. 고졸이었던 내가 대학원까지 마쳤다. 지치지 않고 완주할 수 있었던 것은 그림이라는 매체가 워낙 탁월해서다. 그리고 인생의 고비마다 멘탈을 강하게 키워 온 덕분이다. 미술치료사로 많은 사람을 돕고 있다.

그때 식당 일을 시작했다면, 지금쯤 나는 식당 사장의 명함을 갖고 있을지 모른다. 가보지 않는 길은 알 수 없다. 그러나 그 길에 대한 후회는 없다. 오히려 나는 운이 좋았다. 초년고생은 사서도 한다는데, 내가 그렇다. 초년에 우여곡절을 겪고 나니, 세상 무서운 것이 없다. 닥치면 하게 되고, 경험할 때마다 멘탈은 강해졌다. 특히 목표가 명확할 때 멘탈은 흔들리지 않는다.

만화가의 꿈을 이루진 못했다. 대신 만화를 가르치는 선생이자 미술치료사가 되었다. 꿈의 모양이 바뀌었을 뿐 실패라고 생각하지 않는다. 만화는 모양을 계속 바꾸며 나의 걸음을 인도한다. 또 만화는 글 쓰는 삶으로 나를 이끌었다. 만화는 꿈에 대한 시작이었고, 꿈을 향해 달려가는 원동력이다. 앞으로 만화는 그림책 작가로 나를 인도하지 않을까. 강철 멘탈을 장착한 채 만화가 이끄는 삶을 따라가고 있다.

7

단어를 정의하라

박미희

때로는 단어 하나가 흔들리는 멘탈을 잡아주기도 한다.

'꾸역꾸역'이라는 말을 좋아하지 않는다. 먹기 싫은 뭔가를 억지로 먹는 모양새라 느낌이 별로다. 대학생 때 초등학생 가르치는 일을 했다. 학생 어머니가 매번 간식을 준비해 주었는데, 하루는 떡이었다. 떡을 좋아하지 않았다. 먹었다 하면 체해서였다. 먹기 전부터 목이 막히는 느낌이었다. 준비한 어머니의 정성을 생각해 꾸역꾸역 먹었다. 집으로 돌아오는 길 버스 안에서 노란 하늘을 마주했다. 식은땀이 흘렀다. 버스에서 내려 집으로 걸어가면서 몇 번을 길가에 주저앉았는지 모른다. 집에 오자마자 화장실로 달려갔다. '꾸역꾸역'의 좋지 않은 기억을 더한 날이었다.

2021년 12월 후반부터 한 달 넘게 고민하다가 드디어 결단을 내렸다. 마음을 다잡고 2월 책쓰기 과정에 들어갔다. 초고를 쓰면서 나는 '나'와 자주 갈등했다. "할 수 있어, 아니 못하겠어, 작가가 되고 싶어 했잖아, 작가는 책을 출간해야 작가지, 아니 아직 나는 책을 쓸 수 있는 실력이 아니야" 하며 희망과 좌절을 오갔다. 하지만 '나'를 믿고 싶었다. 블로그에 첫 글을 올리고 매일 무엇을 쓸지 설레하던 나를 떠올렸다. 수시로 흔들리는 자신에게 넌 할 수 있다고 주문을 걸었다. 좌절할 때마다 곁에 있는 친구, 블로그 친구, 인스타그램 친구가 건네는 응원의 말 한마디에 힘을 얻었다.

총 40꼭지 중 막판 세 꼭지를 남기고 진도가 나가지 않았다. 앞에서도 중간중간 발목을 잡는 글들이 있었다. 이제 끝이 보인다고 좋아했는데, 끝날 때까지 끝난 게 아니었다. 이틀을 꼬박 책상에 앉아 시간을 보냈지만 한 꼭지도 완성할 수 없었다. 밥도 먹기 싫고 다른 일도 손에 잡히지 않았다. 거의 포기한 심정으로 이틀째 밤에 끄적거린 내용을 인쇄해 침대로 가져갔다. 활자로 읽으면 생각이 떠오를 수도 있다는 작은 희망이라도 붙잡고 싶었다. 새벽 1시를 넘기고 2시가 다 되어 가는 시간, 가까스로 생각이 정리되었다. 내일 아침에 한 꼭지를 마무리할 수 있겠다는 생각과 함께 다음 꼭지 도입부의 아이디어도 떠올랐다. 얼른 노트에 휘갈겨 적었다. 편안한 마음으로 잠자리에 들 수 있었다. 다음 날 두 꼭지를 마무리했다. 이어서 쓰다 멈추기를 반복하며 며칠을 붙들고 있던 마지막 꼭지를 어렵게 완성했다. 2022년 2월에 시작한 책 쓰기가 5월 20일 자정을 몇 분 넘기고 마무리되었다. 100일 만에 초고를 끝냈다.

꾸역꾸역 썼다. 잘 써지면 잘 써지는 대로, 안 써지면 안 써지는 대로. 글이 풀리지 않을 때는 한 꼭지를 잡고 몇 날 며칠을 끙끙대면서도 포기하지 않았다. 쓰다가 생각이 떠오르지 않을 때면 잠시 머리를 식혔다. 책을 읽거나 인터넷으로 자료를 찾아보았다. 요리나 설거지하는 시간 혹은 혼자 밥을 먹을 때도 쉬지 않고 책 주제와 연관된 북튜브를 들었다. 그러다 보면 불현듯 막혔던 부분을 이어갈 아이디어가 떠오르곤 했다. 하던 일을 내려놓고 재빨리 노트에 적었다. 이런 생활을 이어가며 초고를 완성했다. '꾸역꾸역'이라는 말밖에 설명되지 않는다. 석

달 남짓한 시간 동안 나 자신조차 믿지 못한 일을 해냈다. 블로그를 시작하고 채 8개월이 되지 않은 시간이었다. 내 안에 그런 힘이 있었다는 사실이 놀라웠다. 자기계발서에서 자주 나오는 '생각하는 대로 된다. 내 안의 가능성을 믿어라.'라는 말을 직접 경험하고 나니 이제는 믿을 수 있고 말할 수 있다. 노력하면 된다는 사실을.

초고가 끝나면 수월할 줄 알았는데 퇴고는 더 고된 과정이었다. 엉망인 초고를 마주하고 어디서부터 어떻게 손을 대야 할지 막막했다. 초고를 쓸 때부터 나갔다 들어오기를 반복한 멘탈은 이번에도 수시로 가출을 이어갔다. 가능과 불가능을 넘나들며 어느 순간 포기하고 싶은 생각이 들기도 했다. 하지만 조금만 더, 이제 끝이 보인다는 말로 자신을 다독이며 끌고 갔다. 네 차례의 퇴고 과정을 거쳤다. 그 과정도 '꾸역꾸역'의 연속이었다.

그게 끝이 아니었다. 투고 과정이 나를 기다리고 있었다. 투고는 그동안 쓴 원고를 포장해서 출판사에 나를 선보이는 일이다. 투고 메일을 보내고 한 시간도 지나지 않아 한 출판사에서 통화하고 싶다는 문자가 왔다. 내 원고의 가능성을 보고 함께

하고 싶다는 의사를 밝혔다. 너무 뜻밖의 제안에 며칠 생각할 시간을 얻었다. 고민 끝에 긍정의 답변을 건네자, 출판사 대표는 직원들과 의논한 후 결과를 알려주기로 했다. 결론을 말하면, 출판사는 내가 쓴 원고의 출간이 아닌 새로운 주제로 글을 다시 써주기를 원했다. 그러면서 몇 권의 책을 추천해 주었다. 읽고 나니 엄두가 나질 않았다. 그런 베스트셀러 책을 쓸 자신이 없었다. 설익은 내게 배움과 숙성의 시간이 필요하다는 판단이 들었다. 며칠 심사숙고 끝에 거절 의사를 밝혔다. 내 가능성을 보고 먼저 손 내밀어 준 출판사 대표에게는 감사했다. 하지만 그가 원하는 걸 줄 자신이 없기에 욕심내지 않기로 했다. 명확한 거절이 예의라는 생각이 들었다. 아쉬움이 없었다면 거짓말이다. 시간제한을 두지 않는다니 한 번 도전해 볼까 하는 유혹을 느꼈던 것도 사실이다. 하지만 이 또한 욕심임을 안다. 그러는 동안 다른 출판사로부터 투고 거절 메일은 수시로 왔다. 첫술에 배부를 수 있을까. 결과를 담담히 받아들이려 노력하고 있지만, 쉽지는 않다.

책 쓰기 수업에 참여한 지 1년이 되어 간다. 서둘러 책을 내고 싶었다. 책을 내야 비로소 내 꿈인 작가로 인정받는다고 생각했다. 하지만 시간이 지날수록 마음이 바뀌어 갔다. 빨리 출간하기보다 완성도 높은 책을 내고 싶다는 생각이 강해졌다. 그렇지만 같이 시작한 사람들 혹은 나보다 늦게 시작한 사람들이 출간 소식을 전할 때면 흔들린다. 다시 마음을 다잡는다. 주변 사람들이 뭐라고 하든, 세상의 기준이 무엇이 됐든, 나만의 중심을 잡고 내 속도에 맞추기로 한다. 사람이 살면서 흔들리지 않을 수 있을까. 중요한 것은, 흔들릴 때마다 다시 제자리로 돌아오는 힘이다. 글을 쓰는 동안 본연의 내 모습과 내가 어떤 사람인지 깊이 생각하는 시간을 가졌다. 그것만으로도 보람 있고 성장하는 시간이었다.

흔들리고 마음이 약해질 때면 '꾸역꾸역'이 날 이끌었다. 이제는 이 단어가 싫지 않다. '꾸역꾸역'을 나만의 언어로 새롭게 정의한다. '한 가지 일을 포기하지 않고 꾸준히 밀고 나아가는 모양'으로. 앞으로도 멘탈이 약해질 때면 이 말을 떠올리며 유여한 마음으로 세상을 바라보고 자기중심을 지켜나갈 것이다.

*이 책의 퇴고를 마무리할 무렵, 개인 저서가 투고에 성공하여 출판사와 계약을 진행하였습니다.

8

버티고 시도해야 성장한다

박정재

화장실에 일곱 번 갔다. 지방 기능 경기대회 아침, 대회장에 들어가기 전에 일어난 일이었다. 아침에 일어나 밥을 평소에 먹던 양보다 적게 먹었다. 학교에서 시험을 보거나, 자격증 실기 시험을 치를 때는 적게 먹어야 마음이 안정되었다. 양치질을 하는데 천천히 머리부터 발끝까지 덜덜 떨렸다. 4개월 정도 준비했고, 불안한 마음이 들었다. 배가 아파서 화장실을 갔다. 속에 있는 것을 비웠다. 갔다 왔는데 또 배가 아팠다. 비웠다. '괜찮겠지, 괜찮을 거야!' 하며 대회장 앞을 서성였다. 몸이 경직되면서 바늘로 배를 살살 찌르는 것 같았다. 그러기를 일곱 번. 힘도 빠지고, 여러 번 닦아서 아팠다.

대회장에 입실하고 시작 종소리가 울렸다. 만들어야 할 도면을 받았다. 연습하던 회로 양의 4배가 되었다. 도면이 4절지에 그려져 있었다. 도면을 보고 어디서부터 차근차근 만들어가야 할지 머릿속이 헷갈리기 시작했다. 부품도 연습 때보다 2배 더 있었다. 할 수 있다고 생각하고 천천히 하나씩 만들기 시작했다. 회로 연결이 아직 완성되지 않았는데, 한 친구는 파형을 측정했다. 조급한 마음에 더 긴장이 되었다.

부랴부랴 완성을 다 하고 결과 파형을 측정했는데, 아뿔싸 결과 파형이 안 나왔다. 어디가 잘못되었는지 한참을 찾았다. 찾지 못해 편법을 썼다. 파형을 임의로 만들어 버렸다. 시간이 10분밖에 남지 않은 상황에서 몇 명은 벌써 끝냈다. 회로를 보다가 한군데 연결하지 않은 부분을 발견했다. 시간이 얼마 없어 임의로 만들어 버린 파형을 복원할까? 그대로 갈까? 고민하다가 복원했다. 1분밖에 남지 않은 상황에서 파형이 모두 제대로 나왔다. 손을 들고 다 했다고 했다. 시간은 종료가 되었다.

자리에서 나왔다. 잠시 후, 감독관이 선반(앵글)에 연결이 안 되어 있다고 앵글에 연결하라고 하셨다. 앵글에 연결하자, 완성품이 되었다.

오후 시간에는 필기시험을 치렀다. 어려웠지만 나름 괜찮게 봤다. 필기, 실기를 합한 결과가 나왔다. 같은 종목에서 경쟁한 친구는 금메달. 다른 친구도 입상했다. 나랑 친한 친구는 탈락했다. 그나마 다행이었다. 내가 탈락한 이유는 경기를 종료했을 때, 앵글에 키트를 연결하지 못했다는 것 때문이었다. 친구가 말했다. "네가 만든 제품의 결과 파형이 제일 깨끗하게 출력되었다."라고 했다. 그럼 뭐 하는가. 떨어졌는데. 담당 교사는 "연결하지 못한 부분, 그 정도는 그냥 넘어갈 수 있는 부분이고, 봐줘도 되는 거 아니에요."라고 감독관과 관계자에게 말했지만, 결과는 탈락이었다.

친구들이 보고 있어서 시선을 어디에 두어야 할지 몰랐다. 대회가 끝나고 장비를 1톤 트럭에 실었다. 트럭을 타고 학교로 가야 했다. 자리가 부족해서 기사 아저씨 옆에 타고 홀로 학교로 출발했다. 탈락했는데 홀로 1톤 트럭을 타고 나니 마음 한구석으로 숨고 싶었다.

기사 아저씨가 학교로 가는 길에 말을 건넸다. 내 얼굴에 근심이 가득하고, 입상하지 못한 티가 났는지 말을 했다. 지금의 결과는 크게 상관없다고 했다. 이제 고3, 열아홉 살인데 좋은 경험을 했다고 생각하라며 조언했다. 상을 타도, 못 타도 좋은 경험이라고, 대회 근처도 못 오는 학생들도 많다며 경험을 늘 중요시하라고 했다. '좋은 경험이라.' 나의 경험이 중요하다는 의미로 생각했다. 경험에서 교훈을 끌어내면 좋겠지만, 교훈이 없어도 나중에 그 경험이 살아가는 데 필요한 일부가 되고, 기초가 된다고 말했다.

기숙사에 가려니 친구들의 시선이 무서웠다. 다음 날 실습실이 아닌 교실로 등교했다. 친구들이 와서 "어떻게 되었어? 아이고, 그렇게 열심히 했는데 떨어지다니, 말도 안 돼." 하면서 위로해 주었다. 키가 작은 나는 앞자리에 앉아야 했지만, 기능공이라 자리가 맨 뒤였다. 학교 수업을 들어야 했기에 뒷자리에 앉았다. 뒷자리는 체육을 하는 친구들의 자리였는데, 친구랑 나란히 앉았다. 칠판이 잘 안 보였다. 귀로 들으면서 수업에 집중했다. 혼자 작아지기 시작했다. 입상한 친구가 부러웠다. 친구의 말들이 계속 맴돌았지만, "경험이 중요하다."라는 기사 아저씨의 말을 계속 생각하면서 주문처럼 외웠다.

기능공을 할 때 머리카락이 사방으로 뻗어있었다. 쉬는 시간에도, 점심시간에도 놀지 않고 공부하는 나의 모습을 보고 친구가 '독한 사자'라는 별명을 지어 주었다. 별명을 생각하면서 '독하게 버티자, 순간만 참으면 된다.'라고 마음먹었다. 한 달 정도 지났다. 친구들 각자 미래에 대한 준비로 관심이 없어졌다. 친구들과 똑같이 나도 미래를 걱정했다.

내 인생에 결혼 생각은 없었다. 아내를 만나기 전 일이다. 그런데 가진 게 없는 사람도 빚으로 결혼할 수 있었다. 가진 것은 없고, 모아둔 돈도 없고, 아무튼 없이 살았다. 월급을 받으면 어머니에게 용돈을 드리고, 가지고 싶은 제품을 하나씩 샀다. 쥐꼬리만 한 월급이라 돈 모으기 어려운 데다가 수원과 대구를 오가며 데이트를 하다 보니 경비도 만만치 않게 들어갔다. 없는 와중에 여자친구와 결혼을 생각했다. 결혼 준비를 하는 데 돈이 많이 필요했다. '가진 게 없으니 어떻게 하지?'

방법이 없어 이런 생각을 했다. 결혼하면 아내와 장인, 장모, 형제에게 피해를 주는 것은 아닐까? 사랑은 하지만 헤어져서 여자친구가 부유한 집 남자에게 시집을 가게 하는 것이 맞나? 하루에도 수만 번 생각했다. 만나는 동안 선 자리가 끊임없이 들어왔는데, 의리로 한 번도 가지 않았단다. 모두 잘사는 집안.

결혼을 앞두고 많이 다퉜지만, 결혼하기로 둘이 약속하고 방법을 찾았다. 상견례를 하기 전에 결혼 날짜를 받았는데, 집 구할 돈이 없어서 한 번 미뤘다. 여자친구와 다투는 날이 많아졌다. 헤어져야 하나? 수만 번 생각하게 되고, 여자친구와 크게 다툰 후 밖으로 나왔다. 비가 주르륵 내렸다. 비를 맞으며 '꼭 결혼해야 하는가?' 생각하며 도로를 걸었다. 걸으면서 나도 힘들지만, 반대하는 결혼을 한다는 여자친구가 더 힘들겠다는 것을 깨달았다. 여자친구가 있는 곳으로 발걸음을 옮겼다. 어떻게든 방법을 찾겠다고 강력하게 이야기했다.

결혼에 필요한 경비는 신용카드와 누나들에게 도움을 받았다. 부족한 부분은 축의금으로 보충하면 되겠다고 생각했다. 그런데 집이 문제였다. 남자는 집을 마련해야 하니까….

신혼집은 여자친구와 상의해서 새롭게 짓고 있는 19평 빌라(방 2개, 거실 1개)를 보증금 2천만 원에 월세로 계약했다. 그러나 만기일 때까지 잔금이 문제였다. 돈을 빌려야 되는데 빌릴 곳이 없었다. 은행도 안 되고, 누나들도 이미 최대한 끌어모아 융통해 주었다. 한 동료와 이야기하던 중에 그 동료가 돈을 모으고 있다는 것을 알게 되었다. 행운이었다. 동료가 나에게 "빌려준다. 빌려준다. 빌려준다." 하며 매일 되뇌었다. 동료와 통화하면서 빌려줄 사람이 당신밖에 없다며 여러 번 이야기했다. 제발 빌려달라고 애원하며 "은행 만기 일시상환 이자 금액으로 매달 주겠다. 그리고 차용증도 쓰겠다."라고 똑같은 말을 매일 했다. 마침내 결혼하기 일주일 전에 동료가 빌려줬다. 정말 기적처럼 동료의 마음이 변해서 빌려준 것이었다. 감사했다. 신혼여행을 다녀오니, 신혼집에 신혼살림이 깨끗이 정리되어 있었다. 내 인생에서 결혼이라는 추억을 만들었다.

사랑하는 여자와 결혼하면서 돈이 부족하다는 현실은 참담했다. 조금만 생각을 약하게 했어도 나는 결혼을 포기했을지도 모른다. 당시만 하더라도 '어떻게든 결혼해야겠다.'라는 생각이 강했던 것 같다. 삶은 현실이다. 돈이 필요했고, 빌려달라는 말을 감히(?) 해야 했고, 구차하다는 생각을 잠시 접어야만 했다. 그때를 떠올릴 적마다 얼굴이 시뻘게지고 몸을 숨기고만 싶다.

하지만 지금 나는 딸 하나, 아들 하나 키우며 세상에서 가장 행복한 삶을 누리고 있다. 지금도 아내를 보면 가슴이 설렌다. 만약 그때 내가 자존심이나 챙기면서 아무것도 하지 않고 뒷짐만 지고 있었다면, 지금의 내 삶은 구경조차 할 수 없었을 테지. 인생에서 중요한 것은 무모하다 싶을 정도의 용기와 버티기, 도전이라고 확신한다. 나를 지키는 힘, 그리고 내 가족을 돌보는 일은 남자로서 가장의 책임이자 의무이다. 가끔 정신이 약해질 때도 있고, 혼자만 생각하는 이기주의로 편협된 사고에 빠질 때도 있다. 그럴 때마다 동료의 얼굴과 아내, 그리고 내 아이들을 비롯해 예전 결혼하기 위해 애썼던 모습을 선명하게 떠올린다. 정신을 바짝 차리고, 버티고 시도한 덕분에 나의 삶이 성장하고 삶의 전부를 얻을 수 있었다.

9

강한 척했더니 강해졌다

백란현

선생님 표정이 환했다.

의자에 올라가 칠판에 계산 문제를 쓰고 있었는데, 선생님에게 공개적으로 칭찬 받았다. 초등학교 2학년 친구들 중에서 내가 일기 쓰기 상을 받게 되었다고 했다.

3학년 1학기, 담임선생님은 나에게 "도시에서 전학 왔었어?"라고 물었다. 그리고 친구들의 공책을 검사하게 했다. 산수 문제 푼 것도 내가 채점했고, 아침 자습 과제도 칠판에 미리 적어두었다.

어느 날 알림장을 쓰고 있는데, 칠판 글씨가 잘 보이지 않았다. 공책을 들고 교실 앞쪽으로 나와서 알림장 내용을 베꼈다. 담임선생님은 안과에 가보라고 했다. 엄마와 함께 대구에 있는 안과까지 찾아갔었고 시력이 0.15란 사실을 알게 되었다.

"공부하느라 눈이 나빠졌나 보네. 이제 안경을 썼으니 칠판 글씨 잘 보이겠구나."

나에게 관심을 보이는 선생님과는 달리 같은 반 성희는 나에게 말했다.

"안경 쓰고 싶어서 일부러 안 보이는 척했제?"

성희가 말한 내용 그대로 반 친구들도 나를 놀렸다. 아무런 대꾸도 할 줄 몰랐다.

5학년 1학기, 처음으로 학급 반장이 되었다. 청소 시간이 되면 선생님은 숙직실에 계셨다. 쓰레기통까지 모두 비웠다. 청소 다 했다는 나의 말을 듣고 선생님은 청소 검사를 했다. 교실 한 바퀴를 돌더니 쓰레기통에서 멈췄다. 휴지가 여러 개 버려져 있었다. 성희 짓이다. 다시 휴지를 정리한 후 나는 교무실에 가서 청소검사를 해달라고 말했다. 분명히 치웠는데 또 쌓여 있었다. 성희가 했다는 것을 알고 있었지만, 선생님 앞에서 말하지 못했다.

"집에 가거라. 내일부터는 좀 더 깨끗이 청소해라."

반 친구들이 나를 반장으로 뽑아놓고 심부름을 시키는 것 같았다.

"엄마, 애들이 괴롭혀. 나 학교 가기 싫어."

"그래도 학교 가야지. 엄마는 학교 다니고 싶었어도 못 다녔어. 외할아버지가 일찍 돌아가셔서 공장에서 일해야 했거든. 공부 잘하면 놀리던 애들 코를 납작하게 해줄 수 있어. 공부 열심히 해."

엄마의 말처럼 공부하면 해결된다고 믿었다. 두꺼운 전과를 보고 사회, 과학 중 모르는 내용은 읽고 외웠다. 매달 실시했던 군 학력고사마다 우수상을 탔다.

여중에 입학했다. 입학 성적은 학급 2등이었다. 학원 다니지 않았던 내가 학원을 다니고 있던 친구보다 성적이 좋았다. 나와 A는 짝이 되었다. 우리 반에는 A의 초등학교 시절 친구들이 많았다. A는 반 전체 학생이 나와 말을 못 하게 선물을 사서 돌렸다. 두 달 동안 공부에 집중할 수 없었다. 첫 중간시험 결과 반에서 9등을 했다. 그리고 나는 뭐가 미안한지도 모르면서 A한테 사과했다. 그날 이후 반 친구들이 나와 대화 상대를 해주었다.

내가 어리숙하게 보였기 때문에 친구들이 나에게 함부로 대하는 것은 아닐까. A에게 사과했던 그날 이후 나는 한마디의 말을 하더라도 강한 억양으로 또박또박 말했다.

부모님도, 선생님도 나를 지켜줄 수 없었다. 잘못이 없는데 사과하는 일 따위는 없어야겠다고 생각했다.

엄마가 말한 내용을 떠올렸다. 당당하게 학교생활 하기 위해서는 성적을 올리는 것만이 최선이라고 생각했다. 수업 시간에 선생님이 설명한 내용과 중간시험지를 비교해 보았다. 시험에 나올 것이라며 힌트를 준 부분이 눈에 보였다.

좋아하는 과목에서는 100점 받는 것이 목표였다. 수학, 과학, 역사 과목 시험 결과가 나왔을 때 공개적으로 칭찬을 받았다. 역사 선생님은 전교에서 100점이 나뿐이었다고 하면서 업어주고 싶다고 말했다. 내신 성적 전교 3등까지 올라갔다. 교무실에서 나를 알아보는 선생님들이 많아졌다. 마음도 강해졌고 성적도 올랐다.

중3 때 학교 대표로 물리 경시대회에 나가게 되었다. 어두운 시간까지 교실에 남아 심화 문제집을 풀었다. 경시대회에서 1등을 했고, 성주군 대표로 경상북도 물리 경시대회에 나가는 기회도 얻었다.

왕따를 당했을 때 잘 견뎌냈다. 다시는 겪고 싶지 않다. 나이 들어 생각해 보니, A의 행동은 나를 공부하게끔 해준 것이었다. 왕따 사건 이후, 내가 옳다고 생각하는 일에 대해서는 내 생각을 강하게 말하는 사람이 되었다.

여름 방학을 며칠 앞두고 학급의 여학생들과 둘러앉았다. 한 명의 친구에게 세 명이 동시에 절교하자는 내용을 편지로 통보한 이유에 대해 들어보았다. 내가 경험한 왕따 이야기도 들려주었다.

차 안에서 딸 희진이가 친구들과 서먹해진 이야기를 풀어놓았다. “엄마는 상담을 잘해.”라고 말하면서 희진이는 합창 연습실로 향했다. 내가 경험한 덕분에 딸들이나 반 학생들의 친구 문제에 대해 공감해 줄 수 있다고 생각한다.

학창 시절 친구들과 아무런 갈등 없이 지냈다면 내가 가르치고 있는 아이들의 고민에 대해 100퍼센트 공감하기는 어려웠을 것이다. 내 경험은 어린 학생들의 마음을 위로할 수 있는 재료가 되었다.

19년째 학생들을 만나고 있다. 해마다 나의 왕따 이야기를 들려준다. 왕따의 경험을 지금껏 상처로 가지고 있었다면 내가 겪었던 일을 꺼내기 쉽지 않았을 터다. 상처를 극복한 덕분에 학생들의 인간관계 개선에 도움이 되었다.

내 경험을 전하여 다른 사람을 돕는 작가의 삶과 멘탈의 힘을 알리는 메신저의 삶을 품는다. 나는 평범하지만, 멘탈 관리 부분만큼은 특별한 메신저이다. 강력한 멘탈의 힘을 믿는다. 강한 척했더니 강해졌다.

10

터널 속에서 빛을 다시 잡다

안지영

차 안에 가지런히 있던 동전들이 동시에 공중으로 치솟았다. 터널 안에서 신호 대기 중인데, 속도를 줄이지 못한 뒤차가 부딪친 것이다.

쾅! 엄청 놀랐지만, 전시회 작품 촬영에 늦었다는 사실에만 집중하느라, 사고 신고 접수만 하고 정신없이 스튜디오로 달렸다. 다른 작가들과 함께하는 전시라 몸 상태를 살필 겨를이 없었다. 남편은 미국 파견 근무 중이었고, 네 살배기 아이는 친정어머니께 잠시 맡기고 있었다. 작품 사진을 찍고 집에 오는 길이 기억에 없었다. 세상이 빙그르르 돌고 속이 울렁거렸다. 뿌연 불빛 거리를 지나는 듯했다. 내 이름이 적힌 병실 침대에 누워 있었다. 병원에서의 첫날 밤이 낯설고 길었다.

첫아이 임신 전까지 홍대 근처에서 금속공예 공방을 했었다. 결혼 후 임신 전까지도 놓지 않았던 좋아하는 일이었지만, 작업에 쓰는 약품과 심한 입덧으로 정리해야 했다. 아기를 낳아 키우면서 집안 구석에 놓인 작업대에 자꾸 눈길이 갔다. 아이가 어느 정도 컸을 때 금속공예에 대한 미련을 버리지 못하고 순은 점토 강사 자격증을 취득했다. 서울에 있는 금속공예 학원에서 강의를 시작했다. 주말에는 전국 각지에서 수강생들이 알음알음 찾아왔고, 평일에는 내 작품을 만들 수 있었다. 칠보를 배우며 작업의 폭이 넓어졌다. 금속 공예 공방에서 수강생을 받고 전시회 준비를 하던 중에 교통사고가 난 것이다.

어린 아들을 맡겨가며 다시 만난 나의 꿈이었는데, 마음 급한 뒤차의 액셀이 나의 앞날에 브레이크를 걸었다. 머리 위 하늘이 조각났다. 사고로 인한 통증보다 부러진 날개의 상처가 심각했다.

미국에 파견 근무 중인 남편은 올 수 없었고, 병상에 누운 채로 모든 문제를 감당해야 했다. 병문안 온 친구들과 동료들의 위로는 바람처럼 스쳤다. 전시 팸플릿에 실린 주인 잃은 나의 작품들은 빛이 나지 않았다.

"네? 작업을 못 한다고요?"

더 이상 망치질과 톱질을 할 수 없다는 의사의 말은 사형선고였다. 다른 병원에서도 똑같은 말을 들었다. 세상은 나에게 등을 돌렸다.

'그날 차를 타지 않았다면 달라졌을까?'

'아이만 키웠다면 사고가 나지 않았을까?'

'일 욕심을 내지 않았다면 괜찮았을까?'

쓸데없는 후회는 마음을 휘저을 뿐이었다. 처음 당하는 막막함은 세상에 버려진 느낌이었다. 이러려고 그렇게 열심히 살았나 후회가 되면서 시간을 돌리고만 싶었다. 나의 사고로 승승장구하는 경쟁자의 모습에 마음이 더 쓰라렸다. 수강료 환불 작업은 씁쓸했다. 건물이 붕괴되 듯 무너져 내리는 마음을 조금도 붙잡을 수 없었다. 땀 흘린 모든 시간이 신기루처럼 사라져 버렸다.

최악의 상황은 끝이 없었다. 퇴원 후 사고 충격으로 차를 타지 못해 걸어 다녔다. 일요일만 제외하고 물리치료 받는 게 일상이 되었다. 6개월 동안 매일 치료를 받으러 다녔으나 상처는 아물지 않았다. 하루하루가 통증과의 싸움이었다.

"난 할머니 아들이야."

퇴원하고 팔 벌려 부르는 날 보지 않고 할머니에게 안기며 던진 아들의 말이었다. 생각하지 못한 충격의 한 방이었다. 아빠는 못 본 지 오래되었고, 아침에 출근한 엄마는 입원해서 할머니에게 맡겨진 상황이 어린 아들에겐 시련이었으리라.

내 앞에 파인 절망의 구덩이만 내려다보느라 어린 아들의 마음을 들여다보지 못했다. 갑자기 정신이 들었다. 이대로 주저앉을 순 없었다. 어떤 게 최선일까 고민했다. 외동인 아이가 늘 안쓰러웠다. 형제가 있는 아들 친구들은 아들과 함께 놀다가도 먼저 가버리는 경우가 많았다. 든든한 형제를 만들어 주고 싶었다. 둘째를 임신하기에는 나이가 많고 몸 상태도 좋지 않았으나 다행히 임신이 되었다. 캄캄했던 절망의 구덩이 안에 조금씩 빛이 들었다.

극심한 입덧과 길었던 불면증을 견뎌내고 사랑스런 아기를 낳았다. 출산 후 남편은 다시 미국으로 돌아갔고 홀로 두 아이를 키웠다. 일에 대한 열정을 육아에 전부 쏟았다. 아이들 먹거리는 완전한 엄마표로 만들어 먹이고 함께 즐기는 시간을 늘렸다. 먹성 좋고 쑥쑥 크는 아이들 덕분에 일에 대한 상실감을 느낄 겨를이 없었으나 독박 육아는 벅찼다. 어린아이들이라 열이 나면 무서웠다. 밤에 나는 고열은 더 두려웠다. 열이 떨어질 때까지 소아과에 종일 머물 때도 자주 있었다.

태풍이 몰아치던 날, 갑자기 연기를 뿜으며 멈춘 차는 최악이었다. 다섯 살 아이에게 백일 된 아기를 맡기고 비 맞으며 뛰어다니던 때가 잊혀지지 않는다. 대본 없는 시트콤을 찍는 듯했다.

큰아이가 초등학교에 들어가기 전, 친정이 가까운 곳으로 이사를 했다. 친정엄마의 격려와 응원으로 새로운 일에 도전했다. 내가 하고 싶은 일을 골랐다. 어려서부터 책 읽기와 글쓰기를 좋아하던 내 눈에 들어온 건 독서 논술 지도사였다. 학창 시절 책 읽기와 글쓰기는 수줍음 많은 내게 좋은 친구였다. 아이들 태교도 책 읽기였다. 학생들에게 쉽고 재미있는 책 읽기와 글쓰기를 가르치고 싶었다. 인천에서 서울로 독서 지도 자격증 과정을 배우러 다녔다. 늦은 나이에 시작해 배움이 더뎠지만, 무언가를 다시 시작할 수 있다는 게 기뻤다. 서울에 있는 논술 학원에 출근하게 되었다. '초보'의 마음으로 기본을 다졌다. 눈처럼 소복이 쌓인 경력과 성실함으로 중학교, 초등학교 교단에 섰다.

내성적이고 말하기가 두려워 학교 수업을 앞두고 잠이 오지 않았다. 인형들을 앞에 놓고 연습했다. 떨림이 사라지자 눈 맞춤을 위해 서너 살 난 쌍둥이 조카와 막내를 앉혀두고 강의 연습을 했다. 노력한 덕분에 매 학기 우수강사상을 받았다. 자신감의 날개를 달고 디베이트 코치와 심사위원 과정을 취득했다. 이력서 칸이 채워질수록 성취감도 올라갔다.

교통사고를 원하는 사람은 없다. 하지만 살다 보면 생각지 않은 사고를 당할 수도 있다. 시비가 붙어 불평하면서 시간을 낭비할 것인가? 아니면, 보험회사에 연락하고 수습부터 제대로 할 것인가? 선택은 나에게 있고, 무슨 일이든 마음먹기에 달려 있다. 만약 그때 다시 일어서지 못했다면 지금 어땠을까? 흑백 같은 현실을 마주하고 상실의 늪에 빠져있었을 것이다. 사고 후 유증은 지금도 남아 있어서 조금만 무리해도 고통스럽다. 하지만 이겨내고 견뎌냈다.

터널은 숨이 막힌다. 어둠과 두려움 때문이다. 사고 후 터널을 지날 때마다 눈을 꼭 감게 되면서 식은땀이 났었는데, 이제는 터널 끝에서 날 기다리고 있을 눈부신 세상을 기대한다. 멘탈을 선명하고 강하게 유지하는 것이 내 삶을 지탱하는 근본이란 사실을 잊지 않을 것이다. 강한 정신, 멘탈의 힘을 깨닫게 해 준 '나의 사고'도 이젠 아픔이 아니다. 통증은 통증일 뿐 장애물이 될 순 없다.

나의 제일 큰 적은 포기다. 어떤 선택을 하든지 나 자신을 믿고 될 때까지 노력하다 보면 저 멀리 빛이 보일 것이다.

제2장

나는 쭈그리였다

1

미루는 습관을 뜯어고치는 멘탈 스위치의 힘

김미예

큰 계약 건을 놓쳤다. 미루는 습관 때문이었다. 미팅이 있던 날 꼭 챙겨야 할 서류를 빠트렸다. 급한 마음에 한 번 더 확인해 본다는 것이 그만 책상 옆에 빼놓고 왔다는걸, 현장에 도착해서야 알았다. 미리미리 검토했더라면 이런 일은 없었을 것이다. 계약 당일이 되어서야 부랴부랴 확인하는 통에 결국은 사고를 치고야 말았다. 회사에 들어가서 호되게 깨졌다. 실수를 반복하면 고쳐야 하건만, 미루고 벼락치기로 처리하는 습관은 여전했다. 닥쳐서 해결하려 한다. 데드라인이 정해져 있어도 눈앞에 닥쳐야만 시작한다. 늘 후회하면서도 벼락치기로 한다. 할 수 있다는 긍정적 생각보다 과연 내가 할 수 있을까? 고민하느라 아까운 시간을 흘려보낸다.

초등학교 3학년. 여름 방학에는 농사일을 거드느라 숙제를 하지 못한 날이 많았다. 그러나 겨울 방학에는 여유가 조금 있었다. 탐구생활, 일기, 독후감 등을 잘해서 상도 받아야지 결심했었다. 한 달이라는 기간이 길게 느껴져서 미루고 미루며 놀기 바빴다.

"미예야! 방학 숙제해야지. 그러다 후딱 지나간다. 그럼 너 또 혼나는 거야."

엄마의 잔소리가 귀에 들어오지 않았다. 방학 동안만큼이라도 내 멋대로 하고 싶었다. 숙제는 하지 않고 친구들과 썰매 타고, 눈싸움하고, 화롯불에 고구마도 구워 먹었다. 어둑어둑해졌을 때 숯 검댕이 얼굴이 되어 집에 돌아왔다. 아버지께 혼나는 일이 허다했다. 부지깽이로 맞기도 했다. 아버지는 놀아주지도 않으면서 혼내고 때렸다. 당신을 원망했다. 엄마 뒤로 숨어도 소용없었다. 문제는 시간이 빠르다는 것이었다. 개학이 일주일도 채 남지 않았다. 그래도 아랑곳하지 않고 놀러 나갔다.

방학을 사흘 남겨두고서야 발등에 불이 떨어졌다.

"언니! 언니! 나 어떡해. 숙제 하나도 안 했어. 언니가 도와줘."

초조해지기 시작했다. 어떻게 하지? 좋은 방법이 없을까? 눈이 많이 내렸다. 언니에게 기도하자고 했다. 숙제는 하지 않고 또 엉뚱한 짓을 했다. 눈이 핑계였다. 국그릇에 물을 떠왔다. 책상을 펴고 국그릇을 올려놓았다. 언니랑 둘이 앉아 소원을 빌었다.

"연기해라, 연기해라, 연기해라, 개학을 연기해라!"

한참을 두 손 모아 중얼거리며 빌었다. 그런데 신기하게도 학교에서 연락이 왔다. 눈이 너무 많이 와서 개학을 일주일 정도 연기한다는 내용이었다. 만세를 불렀다. 하늘이 도왔다고 생각했다. 어린 마음에 어찌나 감동했는지. 하늘에다 대고 고맙다는 말을 얼마나 많이 했는지 모른다. 덕분에 방학 숙제를 몰아치기로 끝냈다.

직장 생활과 육아를 하면서도 미루는 습관은 고쳐지지 않았다. 매번 벼락치기를 통해 무사히(?) 넘어간 경험 덕분에 미루기는 나의 고질병이라는 생각을 심각하게 하지는 않았던 거다. 어찌 되었건 마감 기일을 넘기거나 아이들을 키우는 데 있어 큰 사고는 겪지 않고 살았다.

그때그때 정리하면 편할 것을, 집 정리도 한참을 미루고 미룬다. 그러다가 도저히 지나다닐 수 없을 지경이 되었을 때에야 비로소 치우기 시작한다. 몰아서 치우면 두 배로 힘들다. 결국 정리를 잘하는 친구까지 부르곤 한다. 선물 받은 것도 그냥 방치한 탓에 유효기간이 다 지나간다. 후회하고 반성하면서도 시간이 지나면 또 그대로다. 그렇게 버린 물건이 한두 개가 아니다. 어디에 두었는지 몰라 매번 새로 사는 물건도 가득하다. 돈 모을 새가 없다.

어느 날 일주일에 한 번 집에 오는 남편이 묻는다.

"요즘 돈을 쓸어 모으고 있나 봐? 얼마나 바쁘면 집이 이래? 좀 치우지."

하지 않던 잔소리를 해댄다. 그 소리가 듣기 싫어 귀를 막았다. 민망하긴 했지만, 남편에게 지적을 당하니 기분 유쾌하지 않았다. "그럼 네가 해라." 하지 말아야 할 말을 하고 말았다. 기회는 이때다 싶었는지 딸들도 한마디 거든다.

"엄마! 나 입을 옷 없는데? 오늘 빨래해 줘."

세탁물을 한꺼번에 모았다가 빨래하는 습관 때문에 아이들의 옷도 제때 정리하지 못한 적도 많다. 내 잘못인 걸 알면서도 인정하기가 싫다. "그럼 네가 해라." 똑같은 말을 아이들에게도 하고 말았다. 남편은 현관문을 열고 나가 버렸다. 딸들은 자기

방으로 들어가 버렸다. 나는 거실에 주저앉아 혼자 씩씩거렸다.

내게 있어 미루는 습관이 문제라는 사실은 인정한다. 그러나 배움에 대한 의지는 남다르다. 목적을 이루기 위해 끈기를 가지고 꾸준하게 도전한다. 한번 시작한 일은 끝장을 본다. 누구에게나 장단점이 있게 마련이다. 일상의 모든 일을 미루는 탓에 온갖 핀잔을 받고 후회하는 일이 잦지만, 배움에 대한 열정 덕분에 다행히도 앞으로 '나아가는' 삶을 누리고 있다.

'이왕이면 미루는 습관도 고쳐야겠지.' 하며 노력한다. 나름 애를 많이 쓴다. 다시 원래대로 돌아갈 때도 있지만, 처음보다는 많이 좋아졌다. 최근 들어서는 데드라인을 어긴 적이 없다. 무슨 일이 있어도 마감은 지키기로 했다. 여러 가지 일 중에서 하나씩 챙겨 보기로 한다. 시간이 걸린다는 걸 깨닫고 받아들인다.

나의 장점인 끈기와 꾸준함으로 당당하게 살아가기 위해 노력 중이다. 그리고 하루 한 페이지 책을 읽고 내 생각을 기록으로 남긴다. 매일 같은 루틴을 실천한 지 2년이 넘었다. 단점이 있으면 장점도 있다. 미루는 습관 때문에 마이너스 인생을 살았지만, 지금은 플러스 인생을 위해 게으름을 줄이고 꾸준하게 글을 쓰며 인생을 돌아보고 있다.

미루는 습관의 가장 큰 단점은 기회를 놓친다는 사실이다. 내가 그랬다. 제날짜, 제시간에 했더라면 능력도 인정받고 미뤄서 생기는 고민도 하지 않았을 것이다. 지나고 보니 후회가 되었다. 벗어나고 싶었다.

다행히 인내와 끈기는 여전히 내 장점으로 자리하고 있다. 장점을 활용하기로 했다. 나의 좋은 모습에 집중하다 보면 단단한 '나'를 찾을 수 있을 거라 생각했다. 미루는 습관도, 벼락치기도 '멈출 수 있겠지.' 하며 스위치부터 켠다. 나 스스로 만들어낸 인생 노하우다. 일단 행동한다. 몸을 움직인다. 연습하고 반복한다. 무슨 일이든 생각보다 실행을 먼저 한다. 마감이 정해지면 당장 오늘부터 업무를 시작하고, 거실 바닥에 작은 물건이라도 눈에 띄면 얼른 집어 제자리에 두고, 흩어져 있는 옷가지를 보면 바로 세탁기에 넣는다. 작고 사소하지만, 매일 실천하다 보면 미루는 습관도 결국은 고칠 수 있을 거라 확신한다. 조금씩 변화하는 내 모습이 만족스럽다. 스위치를 켠 덕분이다. 어떤 일을 할지 말지 기로에 섰을 때, 스위치를 딱 켜고 일단 움직인다. 전구에 불이 번쩍 들어오듯, 삶이 환해지기 시작했다. 쭈그리가 당당하게 일어서 새로운 삶을 펼치는 모습, 한 번쯤 보여주고 싶다.

2

성숙하지 못한 마음과 멘탈

김민경

고2 사춘기 시절. 벚꽃 흩날리는 봄이었다. 짝사랑하는 여학생과 같은 동아리에서 활동하게 되었다. 기분이 날아갈 듯 좋았다. 티는 절대 내지 않았다. 속으로만 기뻐했다. 일주일에 한 시간, 의무적으로 동아리 모임을 해야 하는 시간이 있었다. 그 시간만 기다렸다. 어떤 표정을 지어야 할지, 어디에 앉아야 할지 온종일 고민했다. 더군다나 오늘은 후배들과 첫인사를 하는 자리라 더 신경 쓰였다. 멋진 선배의 모습, 멋진 남자의 모습을 보이고 싶었다. 드디어 모임 시간. 문을 열고 들어가니 아직 그 여자아이는 오지 않았다. 어디에 앉을지 잠시 고민하다 뒤에서 세 번째 자리에 앉았다. 긴장되었다. 친구들이 하는 말은 들리지도 않았다. 그 아이가 언제 오는지, 오면 어떻게 해야 할지만 생각했다. 시작 시간이 거의 다 되었을 때, 그 여자아이와 친구들이 들어왔다. 자세를 바르게 고쳤다. 어색하게 책상만 바라보았다. 시선은 책상에 두었지만, 온 정신은 그 여자아이에게 있었다. 내 뒤를 지나쳐 저 멀리 창가 쪽에 앉았다. 나를 봤을까? 못 봤을까? 별의별 생각이 다 들었다. 가만히 앉아 있는 것도 불편했다. 잠시 후 후배들이 들어와 인사를 하고 선배들도 인사를 하는 시간을 가졌다. 어색한 시간의 반복이었다. 사실, 우리 동아리는 기존 동아리가 해체되어, 해체된 사람들끼리 모인 동아리였다. 목적 없이 모인 것. 대부분의 아이들이 동아리 이름의 뜻도 모르고 그냥 시간만 보내러 온 것이었다. 그래서 각자 소개하는 시간이 무의미했다. 나만 빼고. 나는 달랐다. 나는 목적이 있었다. 이번 소개 시간에 나를 어필해야 했다. 멋진 목소리를 내야지. 최대한 멋진 모습을 보여서, 짝사랑하는 여자아이의 눈길을 끌어야지. 내 차례가 되었다. 그런데 이상했다. 너무 긴장해서 그런가. 일어날 때도 뭔가 어색했다. 움직임이 자연스럽지 못한 것 같았다. 내 몸인데 말을 안 들었다. 불편했다. 삐걱삐걱 앞으로 걸어가 단상에 올랐다. 그냥 서 있는 자세도 어색했다. 어찌할 바를 몰랐다. 무슨 말을 해야 하는지도

다 까먹었다. 머릿속이 하얘졌다. 약 30초가량 인사말을 하고 내려왔다. 무슨 말을 했는지 기억도 안 났다. 그 여자아이 쪽은 쳐다보지도 못했다. 부끄러웠다. 자신감 없는 내 모습이 싫었다. 후회. 나는 왜 이렇게 바보 같을까. 자책하며 자리로 돌아가는데 친구가 웃으며 한마디 건넸다. "야, 왜 그렇게 긴장해." 그 순간, 나의 모든 분노가 그 친구에게 향했다. 나는 친구에게 욕설을 퍼부었다. 큰소리로 하면 다들 쳐다볼 것이기 때문에 작고 낮은 소리로 그 친구에게만 들리도록 온 분노를 쏟아부었다. 친구는 놀란 표정으로 날 보고 있었다. 아무 말도 하지 않았다. 어이가 없었겠지. 화낼 일도 아니었으니까. 10초 정도 온갖 욕설을 다 토해낸 후 조금 진정이 됐다. 나도 내심 미안했다. 괜히 친구에게 화풀이했으니 말이다. 하지만 사과는 하지 않았다. 사과하는 것도 부끄러웠기 때문이다. 도저히 자리에 앉아 있을 수 없었다. 화가 나서가 아니라 부끄러워서다. 혼자 앉아 씩씩거리다가 교실을 빠져나왔다. 곧장 운동장으로 가 벤치에 앉았다. 멍하니 하늘만 보았다. 왜 그랬을까 생각하며 후회했다.

참 못났다. 내가 봐도 나 자신이 너무 못났다. 그저 약했다. 신체가 약하다는 뜻이 아니라 마음이 약했다. 약한 마음을 들키지 않으려 강한 척했다. 의미 없이 던진 친구의 말에 나 혼자서 과민 반응하였다. 강한 척했지만, 나에게 화살이 날아오면 악을 쓰고 방어했다. 그때를 생각하면 지금도 얼굴이 빨개진다. 성숙하지 못했다. 어른인 척했지만, 철없는 아이였다. 단순히 사춘기라서가 아니다. 사춘기가 지난 20대 초까지도 마음은 그대로였다. 군대를 다녀오면 남자가 되어있을 줄 알았다. 신체적으로도, 정신적으로도 어른이 될 줄 알았다. 우리 아버지께서는 늘, 남자는 군대를 다녀와야 한다고 하셨다. 그래야 철이 든다고. 고생도 해보고 가족들과 멀리 떨어져서 눈물을 흘려봐야 정신을 차린다고 말씀하시곤 했다. 나도 군대를 다녀오면 자연스럽게 성숙해지는 줄 알았다. 하지만 저절로 어른이 되는 것이 아니었다. 군대에 갔다 왔다고 해서 뚝딱 남자로 변하지 않는다. 하지만 나는 변화된 모습을 보여주고 싶어서, 남자인 척을 했다. 어떤 모습이 남자다운 것인지 몰라서 그저 강한 척, 센 척 작렬했다. 허세 가득했다. 대학교 후배들에겐 군대 후임을 대하듯이 늘 명령조였고, 거칠었다. 지금 돌이켜보면 부끄러운 과거다. 20대 초반, 내 인생에서 가장 쭈그리였던 시기다.

또 하나, 사람들의 시선에 따라 나를 변화시켰다. 사람들이 좋아하는 성격을 가지려고 했다. 시원시원한 성격이 인기가 많았기 때문에 쿨한 척했다. 다른 사람들에 의해 만들어지는 나였다. 남자 선배들은 예의 바르고 빠릿빠릿한 후배를 좋아했고, 여자 선배들은 능글능글하고 귀여운 성격을 좋아했다. 선배들 앞에서도 성격을 바꿔가며 관심을 끌었다. 주변 사람들의 시선에 과하게 신경을 썼다.

성숙한 사람과 그렇지 못한 사람의 차이는 분명하다. 단단한 마음의 소유자들은 감정적으로 안정적인 모습을 보인다. 성숙한 마음을 가진 사람들과 함께 있으면 긍정적 에너지가 느껴진다. 그렇지 않은 사람들은 늘 불평불만을 쏟아내어서 같이 있으면 불편해진다. 무얼 하든 남 탓을 하는 사람이 있고, 무얼 하든 자기 책임이라며 책임감이 넘치는 사람이 있다. 도움이 필요하면 부끄럽더라도 도움을 요청하는 사람들이 있는가 하면, 누군가는 혼자 끙끙 앓다가 뒤늦게 후회한다. 중요한 일을 앞두고 어떤 사람은 평온하게 마인드 컨트롤을 하는가 하면, 어떤 사람은 긴장된다며 호들갑만 떤다.

나이가 들면 자연스레 어른이 될 줄 알았다. 돌이켜보면 늘 어렸던 날들의 연속이었다. 지금도 어른이라 생각하지만, 나중에 돌이켜보면 또 다르게 기억하지 않을까. 시간이 흘러, 지금을 돌아볼 때, 어렸다는 생각이 들지 않았으면 좋겠다. 대신에 젊었다는 표현으로 남고 싶다. 사소한 문제에 개의치 않고 거침없이 나아가는 젊음, 에너지 가득한 모습으로 기억되고 싶다. 성숙한 마음으로 살아간다면, 쭈그리 같던 나의 20대 초반보다는 나을 것이다. 어제보다 조금 더 성숙한 오늘을 살아가려 한다.

3

이별, 그까짓 거

김위아

숨기고 싶은 과거가 있다. 남자 때문에 울고불고했다. 나를 아는 사람은 이런 반응을 보일 테지. '네가? 소설 쓰고 앉아 있네!' 뭐, 믿거나 말거나 자유다. 미친 워커홀릭인 내게도 그런 시절이 있었다. 지나고 나면, 안줏거리라고 했던가. 스물두 살, 첫사랑과 헤어지고 나서 살아도 산 것 같지 않았다.

"남동생 한번 만나 봐. 제대했어."

대학 선배 언니는 나만 보면 졸랐다. 수업이 끝나면 아르바이트하기도 바빴다. 열두 살에 아버지의 사업 부도로 가족과 헤어졌다. 중·고등학교 내내 낯선 친척집에 얹혀살았다. 내 보호자는 나였다. 학비와 생활비 버느라 잠잘 시간도 부족했다. 남자친구? 사치였다. 계속 거절하려니 불편했다. 그래, 한 번 만나고 끝내자. 이별의 독한 맛을 알려 준 사람, 스무 살 내 인생으로 걸어왔다.

"점심 뭐 먹고 싶어요?"

"순대국밥이요."

그는 할 말을 잃은 듯 보였다. 소개팅 나오기 전, 머릿속에 온갖 시뮬레이션을 돌려봤겠지. 꼬맹이 때부터 청개구리였다. 겨울에는 양말 벗었고, 여름에는 부츠 신었다. 8월 초 한여름이었다. 대학 2학년 여대생 입에서 순대국밥이 나올 줄 몰랐을 거다. 스파게티를 기대했으리라.

"덥지 않겠어요?"

"원래 더울 때 뜨거운 거 먹는 거예요."

졌다는 듯 피식 웃었다. 친구랑 가끔 가는 식당이 있다며 데리고 갔다. 처음 만난 남자 앞에서 새우젓갈, 부추, 들깻가루 팍팍 올려 순대국밥 한 그릇 뚝딱 비웠다. 반질반질한 뚝배기 바닥이 드러났다. 깡마른 몸에 얼굴은 새침데기 여자인데, 행동은 선머슴 저리 가라였다. 매력 있었나 보다. 톰보이 같은 나에게 한눈에 반했다.

처음엔 그에게 시큰둥했다. 스물셋 복학생이 벤츠를 끌고 다녔다. 밥맛없었다. '쳇! 부모 잘 만나서!' 그는 매일 아르바이트하는 곳으로 찾아왔다. 마감 담당이라 문단속하고 퇴근했다. 나 대신 무거운 철문을 내려주려고 일부러 운전해서 왔다. 키 157센티에 46kg이었다. 문을 아래로 끌어내리는 게 힘겨워 보였던 거다. 1분을 위해 한 시간을 매일 같이 왔다. 달리 보였다. 만남은 4학년 1학기까지 이어졌다.

"알바 그만둬. 내가 학비 줄게."

남자 잘 만나 신데렐라가 되는 건 내 취향이 아니었다. 예나 지금이나 남의 돈에는 10원도 관심이 없다. 뭐든 직접 도전해서 이뤄야 직성이 풀렸다. 일 욕심, 공부 욕심 많았다.

"일이 재밌다니까! 돈 때문에 억지로 하는 거 아니야!"

졸업 무렵에 학원을 차리고 싶었다. 열세 살부터 내 꿈은 학원 CEO였다.

2년 정도 만났을 즈음에 결혼 얘기가 나왔다. 우리는 겨우 스물둘, 스물다섯이었다. 그는 처음부터 "결혼 빨리하고 싶어." 입버릇처럼 말했다. 학업, 일, 과외를 병행하느라 시간이 부족했다. 항상 내가 있는 곳으로 왔다. 밥 먹고 새벽에 통화하는 게 데이트의 전부였다. 두 시간짜리 영화도 보기 어려웠으니 함께 있고 싶었겠지. 남자친구는 외아들이었고 누나만 셋이었다. 가족, 특히 할머니 사랑을 독차지했다. 편찮으신 할머니는 하나밖에 없는 손자가 결혼하는 걸 빨리 보고 싶어 했다. 그는 하고 싶은 건 다 할 수 있게 해주겠다고 약속했다. 결혼을 생각해 본 적은 없었지만, 마음속으로는 가족이 그리웠을까. 졸업하고 스물셋 5월에 식을 올리기로 했다.

어느 날, 그의 어머니가 나만 불렀다.

"내 며느리가 될 거면, 우리 집 가풍을 따라야지."

며느리 수칙을 조목조목 짚어주었다. 공부는 대학으로 끝내라. 석박사 과정은 꿈도 꾸지 말아라. 바로 아이 셋을 낳아라. 아들은 반드시 있어야 한다. 일할 생각 말고 남편 뒷바라지만 해라. 시부모와 함께 10년 살다가 분가해라.

전혀 예상하지 못했다. 대학 선배에게 어머니가 왜 그런 요구를 하는지 물었다.

"엄마가 너희 둘 사주를 봤어. 네가 기가 세서 동생이 쥐여 살 팔자라고 했나 봐. 엄마는 죽어도 그 꼴 못 봐."

안 그래도 마음에 들지 않았는데, 이때다 싶었을까. 어머니는 처음부터 나를 싫어했다. 아들이 쫓아다니는 여자라서 더 못마땅해했다. 부모 사랑을 듬뿍 받으며 자란 아들은 경기권 대학에 다니는데, 남의 집에 살며 밥도 제때 못 먹은 내가 서울

상위권 대학에 다니는 게 거슬렸다. 나 아니면 누구와도 만나지 않겠다고 하니 마지못해 사귀는 걸 허락했었다.

싸우려고 만났다. 죽었다 깨어나도 전업주부로만 살 수 없었다. "결혼해도 하고 싶은 건 할 수 있다고 했잖아. 어머니 설득해 줘." 처음에는 내 편을 들어주었다. 중간에서 버거웠는지, 생각을 바꾸라고 했다. 선배도 동생이 이러지도 저러지도 못하고 괴로워서 술만 마신다고 했다.

사랑으로 시작했다. 전쟁으로 끝났다. 내가 선택했는데, 버림받았다는 생각이 떠나지 않았다. 어떻게든 옆에 있을 줄 알았다. 강한 척했지만, 누군가에게 의지하고 싶었는지도 모르겠다. 헤어지고 알았다. 그의 존재가 얼마나 컸었는지를.

이별 후폭풍은 거셌다. 밥도 물도 넘기지 못했다. "밥 먹었어? 진상 손님 없었어?" 매일 물어보던 그가 없었다. 열흘간 6kg이 빠졌다. 아침에 눈 뜨는 게 무서워서 누운 채로 눈을 꼭 감고 있었다. 이대로 영영 깨어나지 않았으면……. 당차게 이별을 선언했던 '나'는 없었다. 집 구석구석 눈길 닿는 곳마다 선물 받은 꽃다발, 가방, 옷, 화장품이 있었다. 밖에서도 추억이 곳곳에 눈에 띄었다. 함께 갔던 학교 앞 분식집을 지나갔다. 그가 늘 주차하던 놀이터 옆 공터가 보였다. 버스 정류장 옆 레코드 숍에서 그가 좋아하는 조성모의 〈To Heaven〉이 흘러나왔다. 노래 가사가 말을 걸었다.

"괜찮은 거니. 어떻게 지내는 거야. 나 없다고 또 울고 그러진 않니."

버스 기다리면서… 버스 안에서… 누가 보든 말든 눈물로 범벅이 된 채로 있었다. 깡다구 센 줄 알았다. 처음 겪는 이성과의 이별 앞에서, 나는 손끝으로 톡 치면 와르르 무너지는 도미노였다.

잘 쓰러졌다!

약해빠진 모습을 낱낱이 알게 됐다. 단단한 단감인 척 살았는데, 물컹한 홍시였다. 겪지 않았다면, 뼛속까지 센 줄 알고 살았겠지. 엉망진창이던 나를 일으켜 세워준 건, 내 꿈이었다. 언제까지 이렇게 지낼 거야? 너는 하고 싶은 게 있잖아. 그와 보낸 시간보다 꿈을 향해 달렸던 시간이 훨씬 길었다. 죽을 만큼 아프다는 말, 한 번이면 충분했다. 남자 때문에 울고 짜는 일, 두 번은 없었다.

사람과 상황은 내가 어쩌지 못한다. 가족과 사랑하는 사람은 떠났지만, 일과 공부는 내가 놓지 않는 한 함께였다. 모든 걸 포기하고 싶었던 순간에 언제나 나를 지탱해 준 건 꿈과 목표였다. 첫사랑과 이별하고 6개월 뒤, 중학교 때부터 목표였던 교습소를 창업했다. 그래, 울보 대신 CEO지. 이게 바로 나야.

이별, 그까짓 거!

4

고개 숙인 아이

김은정

대화가 계속 끊긴다. 마흔 넘어 사회에서 만난 인연들과 대화를 나눌 때 자주 겪는 현상이다. 과거에 전혀 말을 못했고, 무대 공포증이 있었고, 낯선 사람 만나는 것을 두려워했다는 사실을 현재 모습에서는 전혀 읽을 수 없기 때문이다. 누구 이야기를 하는 거냐는 상대의 반응도 이해가 된다. 결국, 현재 나누던 이야기를 잠시 멈추고 과거를 조금 꺼낸다. 배경 설명을 대충이라도 해야 대화가 매끄럽게 진행될 수 있기 때문이다.

현재 나는 대중 앞에서 강의하고, 낯선 사람을 만나 코칭도 한다. 상황에 따라 처음 보는 사람에게 먼저 인사를 건네기도 한다. 안 친한 사람과도 여러 가지 주제로 대화를 나눌 수 있다. 본받고 싶은 사람이나 매력 있는 멘토에게는 먼저 다가가기도 한다. 이런 나에게 상상할 수 없는 정반대의 모습이 과거에 있었다.

58번! 부인하고 싶었다. 책상 모서리를 응시하고 있는데, 나를 쳐다보는 아이들의 시선이 느껴졌다. 힘겹게 자리에서 일어났다. 고개를 푹 숙인 채 서 있었다. 선생님이 무슨 말을 하든지 무반응으로 일관했다. 고개도 들지 않으니 선생님은 내 표정을 전혀 읽을 수 없어 답답해했다. 달래기도 하고 재촉도 해보지만 나는 초지일관 침묵이었다. 시간이 빨리 지나가길 속으로 수만 번 기도했다. 동물원 원숭이가 된 기분으로 서 있는 나에게 5분은 50분 같았다. 결국 화가 난 선생님은 내 목소리 듣는 것을 포기했다.

남 앞에서 말하는 것이 두려웠다. 발표시키기 위해 선생님이 출석부를 펼 때부터 긴장되었다. 혹시나 내 이름이 당첨될까 얼마나 조마조마했는지 모른다. 그러다 다른 아이가 호명되면 안도의 한숨을 쉬고, 선생님이 또 출석부를 들여다보면 심장이 쿵쾅거렸다. 이름이 불리는 것조차 싫었다. 호명되면 친구들이 쳐다보는데, 타인에게 주목받는 것을 극도로 꺼렸다. 반에 있는 듯 없는 듯 존재감 없이 지냈다.

타고난 성향 자체도 내성적이었는데, 양육 환경이 더 심각하게 만들었다. 초등학교 저학년 때부터 감당이 안 되는 가사 노동이 버거웠다. 시도 때도 없이 당하는 폭언과 폭행이 나를 위축되고 어두운 아이로 만들었다. 쓸모없는 년, 나가 죽어버리라는 폭언과 욕설 등에 오랜 시간 세뇌당했다. 공포에 둘러싸인 어린 시절은 나를 주눅 들게 했다. 학교에서 못된 친구들이 괴롭히고 못살게 굴어도 내가 할 수 있는 일은 숨죽여 울거나 무조건 참는 거였다. 정글짐에서 떨어져 팔을 다쳤어도, 연탄불에 손가락이 화상을 입어도 혼날까 봐 그냥 참고 버텼다. 한참 후 이상한 모습이 발견되고 치료가 이뤄지곤 했다. 힘들어도, 아파도 말할 줄 몰랐다. 그렇게 자라다 보니 30대 중반까지도 자신감은 물론이고 자존감도 제로였다.

성인이 되어도 삶은 순탄하지 않았다. 어릴 때는 가정에서 고난의 시절을 보냈다면, 성인이 된 후에는 사회가 날리는 펀치에 여러 번 넘어졌다. 자신감도 없고 자존감도 바닥이던 나에게 여러 시련은 더 부정적인 사람이 되게 했다. 우울한 인생의 주인공이었다. 나만 빼고 세상 사람 모두 행복해 보였다. 신이 나에게는 죽으라, 죽으라 고사를 지내는 것 같았다. 지금 생각해 보면 그 시련과 고난들이 나를 더 단단하게 만들어 줬다는 것을 알지만, 당시에는 극도로 부정하고 싶은 삶이었다. 멘탈이 약했기 때문에 마주한 고난에 상처가 컸다. 주변에서 흔들어대는 대로 흔들렸다. 돌이켜보면 어른이 돼서도 내 삶을 살지 못했다. 감 놔라 배 놔라 하는 사람들에게서 삶을 지키지 못했다.

모두 점심 식사하러 나간 텅 빈 사무실에 혼자 앉아 있었다. 사무실을 나와 옥상으로 갔다. 옥상으로 나가는 철문을 여니 봄 햇살이 나를 맞이했다. 눈이 부셔 잠시 눈을 감았는데, 눈이 시큰거렸다. 눈물이 뺨을 타고 흘렀다. 빛나는 햇살에 눈물보가 터져버렸다. 상처와 시련에 숨쉬기도 힘든데, 세상은 나만 빼고 정상으로 돌아가는 것 같았다. 혼자만의 고통 같아서 서러웠다. 기둥 옆에 주저앉아 대성통곡을 했다. 살면서 그렇게 소리 내어 울어본 적이 있었던가! 나 역시도 낯선 모습이었다. 쭈그리고 앉아 무릎 사이로 고개를 떨구고 목놓아 울었다. 계속된 악재에 절망하는 내가 안쓰러웠다. 지금도 옥상에서 서럽게 울고 있던 내 모습이 눈에 선하다.

서른 전후로 모든 것을 잃었다. 사기를 당해 수억의 빚과 월급이 그대로 나가야 하는 이자만 남았다. 곤경에 처하자 등을 돌리는 사람들, 자신의 이익을 위해 변하는 사람들 때문에 생긴 대인 기피증, 잃어버린 삶의 의욕과 함께 무너진 건강 등 악재는 한꺼번에 찾아온다는 말을 실감했다. 칠전팔기를 경험한 20대를 보낸 터라 평온한 30대를 바랐건만, 기대는 산산조각이 났다. 어떠한 희망도 없었다. 아무런 의욕도 없었다. 그저 삶을 마감할 생각만 가득했다. 매일 잠들 때마다 '내일 아침 눈 안 뜨게 해달라'고 기도했다. 아침에 눈을 뜨면 살아있다는 생각에 한숨부터 나왔다. 부정하고 싶은 현실을 하루 더 살아야 하니 우울했다.

삶에 미련이 없었다. 기억 속에서 지우고 싶을 만큼 악몽 같은 10대를 살아냈다. 넘어지면 일어나고를 수없이 반복하면서 포기하지 않는 20대를 보냈다. 그때로 다시 돌아간다고 해도 그보다 더 열심히 살 수 없을 것 같은 각오로 최선을 다했는데… 30대를 맞이하는 삶의 결과는 폭망이었다. 더 산다고 한들 뭘 더 할 수 있을까 싶었다. 다 포기하고 싶었다. 설사 내 삶이 오늘 끝난다고 해도 여한이 없을 것 같았다. 삶에 대한 미련도, 원망도 전혀 없었다. 그저 멈추고 싶을 뿐이었다. 사는 것

자체를 그만하고 싶었다. 밤에 눈 감은 채로 내일이 없기를 기도하며 잠들었다. 살아있는 자체가 고통이었다.

감사하게도 현재 나는 살아있다. 포기하지 않은 덕분에 암흑 같은 터널을 지나 새 삶을 살고 있다. 삶이 180도로 바뀌었다. 분명 살아있는 자체가 고통이었는데, 10년이 지난 시점에는 살아있는 게 축복이라 여기게 되었다. 바라는 것이 없는 삶을 살고 있기 때문이다. 여기까지 올 수 있었던 원동력은 단연코 멘탈이었다. 포기하지 않기 위해서, 더 나은 인생으로 도약하기 위해서 단단한 멘탈은 꼭 필요하다.

5

버티어, 버텨

김혜련

새벽 일찍 그 새의 울음소리를 들었다. 몇 해 전 엄마가 마당에서 잡초를 뽑으며 말했다.

"니, 저 새소리 들리나? 뭐라고 우는 것 같노?"

"삐리리 삐리리 하는 것 같은데?"

"나는 버티어, 버티라고 우는 것 같다."

국민학교(현, 초등학교) 5학년으로 기억한다. 이례적인 긴 폭설로 탄광에 석탄 채굴이 어렵게 되자, 아버지 사업은 부도가 났다. 그 후부터 외갓집 더부살이 생활이 시작되었다. 황지(태백시)

갑부 사모님이라는 소리를 듣던 엄마는 보따리 장사를 시작했다. 엄마 몫이 된 3녀 1남의 뒷바라지를 억척스럽게 해냈다. 살아내려고 버텼다. 자식들 공부시키려고 악착같이 살아왔다. 아버지가 급작스럽게 돌아가신 후 엄마 홀로 15년을 지냈다. 언제부터인가 엄마가 변했다. 엄마가 이상했다. 집에 도둑이 들어 물건이 없어졌다는 말을 자주 했다. 가까이 사는 고모는 치매 초기 증상이라며 요양병원에 입원시킬 것을 권했다. 엄마에게 우리 집에서 함께 살자고 하였더니 "너희한테는 안 간다, 내 하고 싶은 대로 한다."고 했다. 그때부터다. 엄마는 억지와 어깃장을 놓았다. 병원 규칙을 무시하고 당신이 하고 싶은 대로 요구했다. 병실에서 사복 갈아입기, 시장에 간다고 외출하기, 반찬 투정하기, 돈을 훔쳐 갔다는 작은 소란까지 병원에서 까다롭고 골치 아픈 환자였다. 요양보호사인 고모의 설득은 씨알도 안 먹혔다. 결국 요양병원에서 퇴원했다. 엄마는 작은 전원주택으로 지어진 남편의 사무실에서 혼자 지내길 원했다. 마당과 텃밭 있는 그곳이 좋다고 했다. 아파트에서 함께 살자는 말에 전원주택이 아니면 차라리 원룸을 얻어 달라고 하였다. 이 나이에 다른 사람 눈치 보며 살고 싶지 않다고 했다. 주말이면 함께 지내기로 하고 엄마가 원하는 대로 했다. 주말에 찾아가면 부엌 여기저기 양념이 묻어 있었다. 방이나 거실에도 음식물 조각들이 흩어져 발에 밟혔다. 시력을 조금씩 잃어가고 있었다. 안과 진료나 안경도 소용이 없었다. 눈에 뵈는 것이 없다는 엄마에게 초기치매와 망막 색소 변성증 진단이 내려졌다.

잃어가는 시력에 누군가 옆에서 도와주어야 함에도 혼자 살기를 고집하였다. 엄마는 당신의 살림살이를 정리한 것을 못내 아쉬워하고 못마땅하게 생각하였다. 집도 절도 없다며 신세 한탄을 했다. 겨울이 다가오자 주택은 춥다며 여동생이 사는 아파트로 가기를 원했다. 이후로 남동생 집을 오가며 살았다. 맞벌이하는 동생들은 주간 보호센터에 돌봄을 의뢰하였다. 엄마는 주간 보호센터에서도 당신 뜻대로 해야 직성이 풀렸다. 원하는 바를 들어 주지 않으면 안 간다며 떼를 썼다. 전화로 안부를 묻는 나에게 세상 원망과 모두 도둑년이라는 소리에 귀를 막아버리고 싶었다. 병이라고 치부하면서도 마음이 힘들었다. 자식들의 사랑과 인정, 관심으로는 부족하였나 보다. 엄마는 끊임없이 외부로부터 사랑과 특권 의식을 갈구했다. 그 욕구가 충족되지 않으니 무시당한다고 생각하는 것 같았다. 당신이 당연히 으뜸이어야 했다. 아들과 며느리, 딸들의 마음은 가시방석이었다. 주간 보호센터까지 문제 있는(별난) 할머니로 낙인찍혔다. 우리 형제자매는 마음이 무거웠다.

엄마의 성격은 점점 극으로 달렸다. 시력도 더 나빠졌다. 밝은 곳에서만 조금 보이고 아무것도 안 보인다고 하였다. 부축을 받으며 다녀야 했다. 차라리 귀가 안 들리고 눈이 보였으면 좋겠다 하소연했다. 요양원에는 절대 안 간다고 자식들에게 넋두리했다. 밤에도 누군가 한 사람이 옆에서 돌봐주어야 했다. 어느 날 대소변 실수를 했다. 그날 이후부터 요양원을 알아보라고 했다. 고모에게 경주에 있는 요양원을 소개받았다. 동네는 달라도 엄마가 몇십 년을 지냈던 곳이다. 고모와 외삼촌도 가까이 있는 요양원이다. 입소 전, 마음 아픈 일이지만 다짐을 받았다.

"엄마, 이제 여기에서도 하고 싶은 대로 고집 피우면 더 있을 곳이 없어요. 공동생활을 하는 곳에는 규칙이 있어요. 엄마가 잘 적응하는 모습을 보고 싶어요. 자식과 함께 사는 것도 싫다 하고, 혼자 원룸에 산다는 것이 어렵다는 건 엄마가 더 잘 알잖아요." 울먹이며 말했다. 코로나 때문에 외박과 외출은 금지였다. 비대면 면회만 허용되었다. 고생만 한 엄마를 편히 모시지 못한 자책이 들었다. 한없이 쪼그라드는 쭈그리 같았다. 치매(절대 인정 안 하지만)와 대소변으로 자식들이 고생될까 싶어 어쩔 수 없이 요양원으로 가는 마음이 느껴졌다. 있는 대로 있어보자고 엄마는 짧게 말했다.

기독교 재단에서 운영하는 곳이었다. 웅크리고 있던 마음의 짐을 내려놓기를 바랐다. 엄마의 기도와 찬송이 다시 시작되길 원했다. 요양원에서 적응하는 동안 맛이 없다며 다른 반찬과 간식을 달라고 했다. 요양원에는 외부 음식 반입 금지임에도 고집을 부렸다. 전화로 요구하는 품목이 자꾸 쌓여갔다. 우리는 원장의 부탁대로 그곳에 적응하기까지 모든 외부 음식을 끊었다. 1년이 지나고 엄마의 나이 92세가 되었다. 이제 엄마도 마음의 평정을 찾은 듯 전화 말미에는 고맙다고 했다. 이제 힘이 쇠하신 건가? 회초리 맞는 자식이 아파서 우는 것이 아니라 부모의 회초리에 힘이 없는 것을 마음 아파하는 심정이었다. 모두 도둑년이란 말도 줄어들었다. 잠시 코로나가 주춤한 시기였다. 기력 보충으로 먹고 싶다는 음식을 대접하려고 요양원에 일주일 외출을 허락받았다. 집에 도착한 때부터 3일 내내 가야 한다는 소리를 수도 없이 하였다. 급기야는 불편하다 했다. 마음먹은 효도를 펼쳐보지도 못하고 거절당한 느낌이었다. 직장에 연가를 내고 없는 시간 쪼개어 마련한 날인데 속도 상했다. 분명 불편한 것이 있어서 그러하리라는 생각도 들었다. 사람은 나이 들면 있을 자리에 가서 있어야 한다고 했다. 요양원 입소 전, 힘든 코로나 검사를 또 했다. 대구로 돌아오는 길에 가눌 수 없는 눈물이 났다. 나 자신에게도 화가 났다. 엄마의 마음을 헤아리지 못한 것 같았다. 일주일이 뭔가! 삼 일 효도는 순전한 착각이었다. 오히려 일하는 딸 걱정에 서둘러 간 것을 외삼촌께 뒤늦게 전해 들었다.

했던 말, 하고 또 하고, 옷과 돈에 대한 애착, 자식도 도둑으로 몰고 가는 속상했던 시간. 엄마라는 이름 앞에 힘없이 무너졌던 날. 병이라고 치부하면서도 강력한 멘탈이 필요했던 시간. 엄마의 버팀은 고집과 아집일 수 있다. 끈기와 안간힘을 내는 것일 수도 있다. 버틴다는 것은 아픔이기도 하고, 기어코 살아내려는 몸짓일 수 있다. 누구보다 올곧은 엄마의 성품이다. 버티어 온 세월만큼 강한 자기애로 표출되고 있었다. 열심히 살아낸 삶의 무게가 공허함에서 자기애로 나타난 것이다. 우리 형제자매도 엄마의 심리적 기제를 이해하려고 우애로 뭉치며 노력했다. 부모는 많은 자식을 거느릴 수 있어도 자식은 한 부모 못 모신다는 말에 공감한다. 돌고 돌아 타인에게 맡겨진 일상에 무너지지 않으려는 삶의 아픈 흔적들. "미안해요. 엄마! 엄마의 다름을 이해와 존중으로 받아들이기까지 마음이 힘들었어요."

버팀의 끝자락에 찾아온 고맙다는 말은 마음에 단비를 적시듯 엄마와 우리 모두에게 사랑비가 되어 내리고 있다. 엄마의 오락가락하는 마음속에 사랑이라는 버팀이 움트고 있다.

6

가출한 멘탈

나선화

녹색 면허증이다. 일명 장롱면허다. 쓸 일이 없을 것 같았던 면허증이 빛을 발한 것은 IMF로 서울살이를 접고 제주도로 이주해서부터다. 제주도에 오니, 자동차로 5분이면 갈 수 있는 곳을 대중교통을 이용하니 1시간은 족히 걸렸다. 정류장에서 오지 않는 버스를 기다리는 것만큼 지루한 일도 없다.

언니에게 경차 아토스를 넘겨받았다. 스틱 차량이다. 열쇠를 받아 들고 운전석에 앉았다. 시동을 걸고 출발하기에는 어려움이 없다. 8년이란 시간이 지났어도 몸이 기억하고 있었다. 다만 1단 이상을 넣고 다녀본 경험 없다. 주차하는 방법도 생각나지 않고, T 코스를 배운 이유가 후진 주차를 수월하게 하기 위함인데, 전혀 기억나지 않는다. 당장 연수가 필요했다.

제주에서 새로운 직장을 구했다. 출근 시간을 이용해서 내가 운전을 하고 형부가 조수석에 앉아서 연수를 시켜주었다. 한 달이 지나갈 무렵, 언니네 부부가 육지로 볼일을 보러 간다고 했다. 잘 다녀오라는 인사를 하는 동시에 내일 출근은 어떻게 해야 할지 걱정부터 앞섰다. 택시를 타고 가기로 마음을 정했다. 막상 아침이 돼서 집 밖을 나오는데 아토스가 나를 반긴다. 얼떨결에 운전석에 앉았다. 운전석에 앉으니, 출근 시간이라 택시 잡기도 힘든데 직접 운전해서 출근할까? 하는 생각이 들었다. 서둘러 초보운전 딱지를 붙이고 출발했다. 저 멀리서 빨강 신호등이 보였다. 저절로 브레이크를 밟는 오른발에 힘이 들어갔다. 뒤 차는 답답한지 내 차를 추월해서 갔다. 그래도 어쩔 수 없었다. 나는 녹색 면허증을 갖고 있지만 초보운전자였다. 내 속도대로 달렸다.

한번 해내고 나니 다음부터는 일사천리였다. 서울에 살 때는 운전도 안 하면서 '차선 변경을 못 해서 부산까지 가면 어쩌나!' 하며 쓸데없는 걱정을 하곤 했다. 다행히 제주도는 한 바퀴를 빙 돌면 다시 원점이다. 길 잃을 염려 없이 달렸다.

어디론가 떠나고 싶었다. 사방을 둘러봐도 꽉 막혀 있었다. 가을밤 기러기 떼가 날아가면 엉덩이가 들썩였다. 하릴없이 〈기러기〉 노래만 불렀다. 스물일곱 살. 둘째를 낳고 10개월이 막 접어들고 있었다. 서울 OO동에 시아버지가 마련해 준 집을, 고모부 보증을 잘못 서는 바람에 빚잔치했다. 남은 돈 천사백만 원으로 안산에 반지하 빌라를 얻었다. 이사를 가서는 잘해보겠다는 남편이 집을 나갔다. 6개월이 지나가고 있었다. 수유리에 있는 친정은 두 시간은 족히 지하철을 타고 가야 하는 먼 곳이었다. 유상이 네 살, 유원이 두 살. 아이들 얼굴 위로 한숨이 쏟아졌다. 어린아이들을 두고 내가 할 수 있는 일이 딱히 없었다. 무작정 남편이 돌아오길 기다렸다. 모든 것을 놓고 도망치고 싶었지만, 그럴 수 없었다. 어리지만 나는 엄마니까.

밤하늘을 날 수 없다면, 도로라도 질주하고 싶었다. 친정엄마에게 운전면허를 따고 싶으니 돈을 빌려 달라고 했다. 엄마는 두말하지 않고 돈을 내주었다. 내 기억으로 십육만 원쯤 된 것 같다. 유상이는 어린이집에 맡기고, 유원이는 시간제 탁아소에 맡겼다. 3시간 짬을 내어 가까운 운전면허학원에 등록했다.

93년, 처음 운전대를 잡았다. 그때는 운전학원에서 면허를 딸 수 있는 자동차가 스틱만 있었던 것으로 기억된다. 운전석에 앉는 것만으로 가슴이 뛰고 손에 땀이 났다. 반 클러치를 연습했다. 속으로 하나, 둘을 셌다. 잠시 호흡을 가다듬고 셋을 외쳤다. 왼쪽 발로 밟고 있던 클러치를 떼는 동시에 오른쪽 발로 액셀을 밟아야만 시동이 꺼지지 않았다. 2단, 3단 기어는 필요 없었다. 오로지 1단 고정이었다. 2단으로 달려도 과속이었다.

주행을 들어가기 전에 코스를 공부했다. 정확한 원리에 따라 Z 코스, T 코스를 연습했다. 코스는 무난하게 합격선이었다. 주행이 문제였다. 운전학원 내에는 교차로, 신호등, 돌발 상황, 언덕 등 점수로 환산될 여러 장치가 있는 주행 도로가 있었다. 1단으로 달리는데도 속도감에 정신이 아찔했다. 다른 곳은 정신만 똑바로 차리면 감점 없이 지나갈 수 있었다. 언덕이 관건이었다. 언덕에서 멈춰 서면 계속 미끄러졌다. 실전을 남겨두고 모의시험을 세 번쯤 본 것 같은데, 계속 떨어졌다. 입술이 바짝 마르고 등줄기가 송연했다. 바보 같았다. 한 번에 따야 하는 절박한 상황인데, 불합격이 웬 말이냐며 자책했다. 함께 운전을 배우러 온 사람 중에는 시외로 나가서 남편에게 과외를 받다가 부부 싸움을 했다는 이야기를 자랑처럼 늘어놓았다. 그때 나는 남편이 어디 있는지도 몰랐다. 멘탈도 가출했다.

무작정 걸었다. 큰 도로변까지 나오니 차들이 많았다. 차가 내 앞을 씽하니 스치며 달려갔다. 차의 속도 때문에 머리카락이 흔들렸다. 신호등이 바뀌었다. 달리던 차들이 일제히 멈춰 섰다. 시간이 천천히 흐른다. 멈춰 선 차들을 보며 생각했다. '저렇게 차가 많다는 것은 운전하는 사람이 많다는 거지. 운전하는 사람이 많다는 것은 운전이 쉽다는 거잖아. 운전이 쉽다는 것은 나도 할 수 있다는 거네.' 생각이 여기에 미치자 차량 사이를 오가며 운전하는 내가 또렷이 보였다. 할 수 있을 것 같았다. 주먹을 불끈 쥐고 없는 멘탈을 끌어모았다.

운전면허 시험 보기 하루 전, 두 아들을 옆에 끼고 잠자리에 누웠다. 잠이 오지 않았다. 잠자는 두 아들의 얼굴을 손으로 만져 보았다. 보드랍고 따스했다. 다시 누워 눈을 감았다. 이미지 트레이닝을 시작했다.

"운전석에 앉았어. 일단 운전석에 앉으면 안전벨트를 매는 거야."

"클러치와 브레이크에 발을 올려놓고 시동을 걸어. 시동을 걸면서 하나, 둘, 셋. 지금이야, 반 클러치 상태에서 액셀을 밟아."

"출발했어. 돌발 상황에서는 급정거하고, 잘했어. 이제 언덕이야. 언덕에서는 일단정지. 밀리면 안 돼. 심호흡하고 하나, 둘, 셋!"

밤이 늦도록 입으로 중얼거리며 이불 속에서 손과 발을 움직였다.

운전면허 시험 날, 비가 왔다. 서둘러 아이들을 맡기고 면허 시험장에 학원생들과 같이 갔다. 시험시간보다 일찍 도착했다. 면허시험장을 한 바퀴 돌아보았다. 학원보다 언덕이 가파르지 않았다. 많이 밀릴 것 같지 않다는 생각이 드니 마음이 차분해졌다.

면허시험이 시작되었다. 앞에서 10명이 줄줄이 떨어졌다. '어려운가. 나도 떨어지면 어떡하지.' 몸이 가늘게 떨렸다. 내 차례가 되었다. 운전석에 앉으니 처음 탄 차인데도 편안했다. 안전벨트를 맨 후 심호흡을 크게 하고 출발했다. 돌발 상황을 지나 드디어 학원에서 실패했던 언덕이 나왔다. 일단정지. 심호흡하고 하나, 둘, 셋! 외치며 반 클러치를 밟았다. 밀리지 않고 앞으로 나갔다. 언덕에 올라서자 정면에서 초록색 불빛이 반짝였다. "앗싸!" 나도 모르게 두 손을 불끈 쥐고 소리쳤다.

자동차 전용도로를 씽씽 달린다. 김제로 이사 와서 좋은 점은 도로가 사방으로 뻗어있다는 것이다. 자동차 전용도로는 물론이고 고속도로로 운전할 일도 많다. 속도를 올리고 신나게 달린다. 운전면허증 따는 것 하나에도 먼지보다 작아졌던 내가

'이미지 트레이닝' 덕분에 가출했던 멘탈이 돌아왔다. 도로에 가득 찬 자동차를 보면서, 저렇게 많은 사람도 운전하는데 나라고 못 할 이유가 없다고 용기를 낸 덕분이다. 멘탈의 힘이다. 꽉 막힌 도로처럼 답답했던 20대의 시절이 있었기에 지금 감사하며 산다. 나는 신이 나서 운전대를 잡는다.

7

흑역사는 도움닫기

박미희

인생을 살다 보면 누구나 흑역사 하나쯤은 간직하고 있을 것이다. 유명 연예인의 경우, 성형 전의 얼굴이 공개되면서 곤란을 겪은 일도 있고, 시상식에 한껏 차려입고 나갔는데 워스트 드레서로 뽑혀 인터넷에 이름이 오르내리는 일도 있다. 한 친구는 보고서에 지극히 사적인 자료가 섞여 들어가는 바람에 상사에게 창피를 당한 경험이 있다고 했다. 지인은 아파트 주차장에서 차 문을 열다가 옆 차에 살짝 부딪힌 일이 있었다고 한다. 운전자가 차에서 내려 화를 내며 소리치기에 사과하려고 창문을 내렸더니 아이 친구 아빠였다고 한다. 얼굴을 알아본 아저

씨가 도망치듯 가버렸다는데, 얼마나 민망하고 당황스러웠을지 짐작이 간다. 내게도 떠올리기만 해도 얼굴이 화끈거리는 잊고 싶은 기억이 있다.

초등학교 5학년 2학기, 전학 온 첫날이었다. 수학 시간이었는데, 선생님이 어디까지 배웠냐고 물어보았다. 수학책을 뒤로 넘겼다 앞으로 넘겼다 반복했지만, 어디까지 배웠는지 기억나지 않았다. 옆에서 지켜보고 있는 선생님의 눈빛에 긴장한 나는 대충 한 곳을 손가락으로 짚었다. 수업이 시작되었다. 들어도 무슨 말인지 이해하지 못했다. 수업 중간에 선생님이 칠판에 문제를 적었다. 나와 또 다른 아이에게 나와서 풀어보라고 했다. 내가 배웠다고 말한 부분의 문제였지만, 푸는 방법을 몰랐다. 배운 게 맞는지조차 알 수 없었다. 분필을 들었다 내렸다 하는데, 손바닥은 땀이 차고 머릿속은 안개가 낀 듯 뿌옇게 변했다. 친구들의 시선에 뒤통수가 따가웠다. 한참을 우물쭈물하다가 모르겠다고 기어들어 가는 목소리로 선생님에게 말했다. 자리에 돌아와 앉는데, 모두 나를 비웃는 것만 같았다. 선생님이 그것도 모르냐는 눈빛으로 쳐다보고 있을 듯하여 고개를 들 수 없었다. 결국에는 다른 아이가 나와서 문제를 풀었다. 수업이 끝나고 친구들과 점심을 먹는데도 그 장면이 머리에서 지워지지 않았다.

강원도 시골에서 태어나고 자랐다. 아침에 눈 뜨면 학교에 갔고 돌아와서는 가방을 던져놓고 날이 어두워질 때까지 놀기 바빴다. 술래잡기, 고무줄놀이, 말뚝박기, 무궁화꽃이 피었습니다, 공기놀이, 땅따먹기, 딱지치기, 제기차기, 팽이 돌리기, 오재미놀이, 공 던지기 등 바깥에서 할 수 있는 다양한 놀이가 있었다. 저녁을 먹고도 나가서 놀다가 부모님이 부르는 소리에 마지못해 들어오곤 했다. 산으로 산딸기를 따러 다니기도 하고 도랑에서 가재를 잡기도 하였다. 산에서 딴 진달래꽃으로 엄마가 술빵을 만들어 주기도 했다. 학교 뒤편 도랑에서는 도롱뇽알을 쉽게 구경할 수 있었다. 그야말로 자연과 함께하는 생활이었다.

나는 딸 셋, 아들 하나인 네 남매의 막내다. 집안의 유일한 아들에게 모든 시선과 관심이 집중되어 있었다. 먹는 것도, 입는 것도, 공부하는 것도 오빠가 최우선이었다. 막내인 나에게 공부하라고 잔소리하는 사람은 없었다. 오빠나 언니가 과외할 때 옆에 앉아 숙제한 기억이 공부의 전부였다. 그 외에는 매일 놀았다. 그러다 제일 먼저 큰언니가 서울에 있는 고등학교에 입학했고, 오빠와 작은 언니도 뒤를 이어 올라갔다. 나는 초등학교 5학년 2학기 시작할 때 전학했다. 늘 놀기만 한 내게 전학 첫날의 수학 시간은 창피한 기억으로 남아 있다. 그런데도 초등학교 졸업할 때까지 공부와는 거리가 먼 생활이 이어졌다.

중학교 1학년 때 일이다. 수학 선생님이 담임이었다. 중간고사가 끝나고 첫 수학시간, 담임선생님이 얼굴이 굳어서 들어왔다. 들고 온 교재와 시험지로 책상을 쾅 내리쳤다. 반장이 일어나서 인사를 하려고 했다.

"됐어, 인사하지 마! 인사는 무슨 인사야. 어? 너희 때문에 창피해서 얼굴을 들고 다닐 수가 없어. 어? 명색이 수학 선생인데 우리 반이 1학년 전체에서 수학이 꼴등이야. 어? 공부를 한 거야, 안 한 거야!"

선생님의 얼굴은 활화산이었다. 눈은 더없이 커지고 코와 입에서는 용암이 분출했다. 얼굴은 불기운으로 붉다 못해 타오르고 있었다. 한참 불을 뿜어대던 입이 가라앉고 선생님이 시험지를 나눠줬다. 채점이 잘못된 부분이 있으면 확인하고 지금 말하라고 했다. 받아 든 시험지의 성적은 엉망이었다. 그 와중에 하나가 잘못 채점되어 있었다. 손을 들고 말해야 하는데 용기가 나지 않았다. 먼저 말하는 친구가 있으면 따라 하려고 눈치를 봤으나 아무도 손을 들지 않았다. 수업 시간이 끝났다. 한참을 주저하다가 교무실로 찾아갔다.

"넌 아까 말하라 할 때는 안 하고, 왜 지금 와서 그래!"

담임선생님의 날카로운 목소리가 교무실에 울렸다. 자리에 있던 선생님들이 이쪽을 힐긋힐긋 쳐다보았다. 알았으니까 가라는 말에 얼른 교무실을 빠져나왔다. 억울하고 창피하고 수치스러운 감정이 몰려왔다. 공부 못하는 내가 한없이 미워지는 날이었다. 다시는 성적 때문에 부끄러운 일은 없게 하자고 마음먹었다. 그때부터 공부를 시작했다. 기초가 탄탄하지 않은 나는 금방 한계에 부딪혔다. 수학을 포기하고 싶은 마음조차 들었다. 그런 마음을 다독이며 꾸준히 노력했다. 고등학교 때는 좋아하는 수학 선생님을 만나 성적을 조금 더 올릴 수 있었다.

요즘 아이들이 말하는 수포자는 되지 않았다. 35년이 넘은 지금까지도 잊을 수 없는 인생의 흑역사지만, 단지 흑역사로만 남지는 않았다. 순간순간 벽에 부딪혀도 포기하지 않고 꾸준히 노력하면 극복할 수 있다는 가르침도 얻었다. 또 기초를 탄탄히 하는 일이 얼마나 중요한지도 알게 되었다. 이런 경험들이 다른 일을 하는 데에도 밑거름이 되어 튼튼한 싹을 틔울 수 있게 해주었다. 세상에 처음부터 잘하는 사람은 없다. 그들도 시간과 노력을 들여 지금의 단계에 이르렀다. 수학이든 무엇이든 나도 그들처럼 노력하면 잘할 수 있다. 단지 시간이 필요할 뿐이다.

인생의 흑역사는 멀리뛰기나 높이뛰기의 도움닫기와 같다. 부끄러운 기억을 발판 삼아 나는 더 멀리, 더 높이 발을 뗄 수 있었다. 포기하지 않고 꾸준히 자신을 이끄는 멘탈의 힘이 지금의 나를 만들었다. 오늘도 나를 이끌고 묵묵히 내 길을 간다.

8

이길 수 없는 외부 힘

박정재

"너 월요일에 학교 안 올 거지?" 쉬는 시간, 교실 뒤에서 친구들이 그려 놓은 그림을 보고 있는데 친구가 한 말이다. 뜨끔했다. 마음을 들켰다. '어떻게 알았지. 나에게 관심이 있나? 나에게 관심이 없는 줄 알았는데.'

초등학교 4학년 8반이다. 학급마다 학생이 많았다. 오전반과 오후반으로 나누어 등교했다. 오후반이면 신났다. 아침 늦게까지 자도 되었다. 점심 먹고 학교로 가면 되었다. 특히 월요일이 오후반이면 더 신났다. 토요일과 일요일, 신나게 놀았기에 월요일 아침에는 일어나기가 힘들고 피곤했다.

아침에 일어났는데 이마에 열이 나고, 몸 전체에 닭살이 돋기 시작했다. 덜덜 떨며 옷을 더 껴입었다. 기침을 한두 번씩 하면서 몸을 바르르 떨었다. 몸이 안 좋았다. 엄마, 아빠에게 말하고 학교에 전화해서 등교 못 한다고 했다. 병원에 가서 의사에게 진찰받았다. 감기라며 약 먹고 푹 자면 괜찮아진다는 말을 했다. 집에 도착해서 약을 먹고 잤다. 2시간쯤 자고 일어나니 거짓말처럼 안 아팠다. 오후반 가야 하는 시간인데 가지 않았다. 학교에 가지 않고 집에서 미니 농구대를 만들어 농구를 하고, 만화책을 읽고, TV를 보니 편했다. 며칠 후 몸이 또 아팠다. 학교에 가지 않았다.

학교에 가지 않아도 된다고 생각하기 시작했다. 어차피 나에게 관심을 가지는 사람도 없고, 집에서도 누나들 따로, 나 따로, 엄마, 아빠는 바빠서 관심도 없었다. 그래서 아프다는 핑계로 등교하지 않는 날이 점점 늘어났다.

오전반이면 집에서 도시락을 싸서 등교했다. 학교에 안 가고 집 근처 돌산으로 갔다. 혼자서 돌 쌓으며 돌 던지고, 돌을 장애물로 하여 상대도 없는 빈 곳에 나무총을 들고, 탕탕하면서 총싸움을 했다. 배가 고플 때쯤이면 점심시간이었다. 도시락을 먹고 혼자 사람이 없는 곳을 돌아다녔다. 학교를 마칠 때쯤이면 집으로 갔다. 나의 이런 행동을 아무도 몰랐다. 설마 알까?

아빠는 목공 사업을 하셨다. 하지만 술친구랑 있으니 나에게 관심이 없었다. 한번 술을 드시면 나흘 동안 마셨다. 회복하시려면 이틀 걸렸다. 하루 일하시고 또 술을 드셨다. 당연히 관심이 없을 수밖에 없었다. 엄마는 새벽 6시면 나가셔서 밤 11시에 들어오셨다. 눈을 뜨면 엄마는 없었다. 눈을 감을 때도 엄마는 없었다. 엄마를 보는 날보다 못 보는 날이 더 많았다. 월요일은 무조건 아프다고 빠졌다.

학교에 가지 않았던 어느 날. 산에서 놀다가 하교 시간이 되어 집으로 갔다. 깜짝 놀랐다. 덩치가 크고, 뿔테안경을 쓰고 정장을 입은 담임선생님이 대문에서 나오는 것이 아닌가? 바로 숨었다. 선생님은 대문에서 나와 주변을 한번 살피고는 내가 있는 반대 방향으로 가셨다. 선생님이 골목에서 꺾어 안 보일 때 집으로 들어갔다. '후유. 걸렸으면 혼났을 텐데.' 다행으로 생각했다. 다음 날 학교에 갔다. 선생님께서 뭐라고 말씀은 하지 않으셨다.

그날 밤! 엄마가 집에 오셨다. 나는 자고 있었다. 엄마가 나를 깨웠다. 잘못한 거 없냐고? 난 없다고 했다. 그러더니 갑자기 어딘가로 가시더니 끝이 살짝 깨진 플라스틱 빗자루를 들고 오셨다. 나의 손을 잡고 엉덩이를 빗자루로 때리셨다. 한 대 맞았다. 엄마에게 잡힌 손을 내가 뿌려 치고 냅다 방에서 뛰쳐나갔다. 캄캄한 마당을 거쳐 시커먼 대문에 작은 문을 열고 쏜살같이 달렸다. 마당까지 쫓아오시던 엄마가 더는 보이지 않자 달리기를 멈췄다. 사방이 깜깜했다. 가로등은 밝은 빛을 토해내지 않고 깜빡거리고 있었다. 갑자기 교회가 생각났다. 교회로 발걸음을 옮기면서 뒤에서 누군가가 따라오는 느낌이라 걸음을 재촉했다. 교회 도착했을 때 뒤에 따라오는 느낌은 사라졌다. 늦은 시간인데 다행히 교회에서 소리가 들렸다. 금요 철야 예배였다. 밖에서 마냥 기다렸다. 끝나면 교회 안에 들어가 잠을 자려고 했다. 끝나고 몰래 들어가 잠을 자려고 했다. 긴 의자 바닥이 차가웠다. 찬 공기가 스멀스멀 옷 사이로 들어왔다. 잠을 잘 수가 없었다.

시간은 잘 몰랐지만 '집 나온 지 한참 지난 거 같아. 집으로 갈까? 엄마 몰래 들어가서 자야지.' 생각했다. 집에 몰래 들어가니 누나가 자리를 내주면서 자라고 했다. 3분도 안 돼서 엄마가 들어오셨다. 또 도망가려고 하니까 엄마가 안 때린다고 밖에 나가지 말라고 하셨다. 학교는 무조건 가야 한다고 다음부터 그러지 말라고 하셨다. 고개만 끄덕끄덕했다.

학교에서는 친구들과 어울리지 못해 투명인간이었고, 집에서는 누나들은 누나들대로 놀아, 나 혼자 놀 수밖에 없었다.

혼자 있는 시간이 많아져 말하는 것도 싫어졌다. 수업시간에 발표하는 것도 두려웠고, 내 번호인 날은 더더욱 싫었다. 언제나 자신감이 부족하던 나는 어디 숨을 곳이 없나, 뻘쭘하게 돌아다녔다. 쉬는 시간이면 어김없이 소변이 마렵지 않아도 갔다. 친구와 대화하기 싫어서였다. 말 없는 아이, 수줍어하는 아이였다. 환경에서 오는 보이지 않는 힘을 나는 이길 수가 없었다. 그냥 조용히 하루를 보내며 얼마 남지 않은 4학년을 보냈다.

아빠가 숨은 쉬는 거 같은데 일어나지 않으셨다. 2~3일 되었나. 엄마는 새벽에 나가시고 밤에 들어오시니까 아빠가 술 드시고 자는가 보다고 생각하셨다. 아빠가 이상하다고 누나가 엄마한테 말했다. 엄마가 부랴부랴 확인했다. 아빠는 의식이 거의 없으셨다. 엄마는 그때 돈이 없었다. 아빠가 술 마시고 몸이 아프셔서 목공소 일을 하지 못하셨기 때문이었다. 엄마 혼자 돈을 버셨다. 6식구가 살기에는 부족한 월급이었다. 다음 날 고모가 집에 오셨다. 고모가 도착하자마자 구급차가 왔다. 아빠를 이동식 침대에 누이고 구급차에 실었다. 구급차는 우리 집 골목을 유유히 소리 내며 빠져나갔다. 포항 병원에서 "이미 늦었습니다. 치료가 안 됩니다."라는 말을 듣고 바로 서울 세브란스 병원으로 이송되었다.

아빠가 위독하다고 빨리 엄마랑 정재만 비행기 타고 오라고 했다. 누나들은 집에 있다가 버스 편으로 외가 친척들과 오라고 했다. 난생처음 비행기를 탔다. 비행기 안에서 엄마는 계속 우셨다. 비행기 창밖을 보니 뭉게구름이 이쁘고 아름답게 보였다. 활짝 웃을 수도 없고, 그냥 무표정으로 아빠한테 가는 것만 생각했다. 공항에 도착해서 세브란스 병원으로 갔다. 고모가 계셨다. 고모가 우시면서 수원의료원으로 빨리 가자고 하셨다. 아빠는 폐암으로 시작되어 속이 전부 암으로 퍼져 오늘내일한다고 엄마한테 이야기하셨다. 택시를 타고 가는데, 고모가 웃돈을 주겠다며 기사분에게 진짜 빨리 가자고 하셨다. 사고가 두 번은 날 뻔했다. 수원의료원에 아빠가 입원하시고 이틀째 되는 날 돌아가셨다. 고모는 외할머니를 붙잡고 아빠를 죽게 했다며 원망하셨다. 나는 몰랐다. 왜 저렇게 행동하는지. 그냥 아빠가 돌아가셨다는 사실만 알고 있었다.

아빠가 돌아가시기 전에 몸이 안 좋아 병원에 갔었는데, 엑스레이가 없는 병원이었다. 그때 폐 사진을 찍었다면 사셨을지도 모를 텐데. 아니 조금이라도 더 사셨을 건데. 그때 아빠는 큰 잉어를 사서 달여 드셨다.

생각대로 살지 않으면, 외부의 말과 생각, 환경에 영향받아 살 수밖에 없다. 외부의 힘으로 자신감 없게, 당당하지 못하게 살 수는 없다. 인생의 선장을 외부에 맡길 수 없다. 내 인생의 선장은 나다. 유년기, 청소년 시기는 부모님과 환경의 영향을 받는다. 좋은 환경, 좋지 않은 환경이 있을 수 있다. 내가 취사선택할 수는 없다. 선택할 수 있는 나이가 되면, 올바로 선택해야 한다. 올바른 선택을 못 할 수도 있다. 나는 학교에 가지 않고 산과 시냇가, 밭을 친구로 벗 삼았다. 살면서 '그때 이렇게 했으면.' '그때 기계가 있었다면' 하고 아쉬운 생각은 하지만, 후회는 하지 않는다. 나의 힘으로 버티고 이겨낼 수 있는 환경을 만들었다. 버티는 거였다.

이길 수 없는 환경이 있으면 적응하고, 힘을 천천히 키운다. 자신 없고 당당하지 못하고 움츠려 있는 나의 모습. 외부 힘의 경험으로 나의 멘탈 근육이 만들어진다. 내가 가지고 있는 여러 개의 쭈그리는 하나씩 사라진다. 쭈그리 텃밭에서 멘탈 강한 텃밭으로 이동 중이다. 오늘도 외부의 힘을 내부의 힘으로 바꾼다.

9

일 년 치 수고를 날렸다

백란현

"와! 진짜 부장하기 싫어요."

단 한 번의 '화' 때문에 일 년 치 수고를 날렸다.

학년말 업무는 무겁게 느껴졌다. 이틀만 등교하면 우리 학년은 원격수업 이후 바로 겨울 방학이었다. 학생들에게 미리 방학 과제를 안내해야 했다. 방학 계획서를 여러 번 읽어본 후 결재를 받았고, 학생 수만큼 134부도 복사해 두었다. 독서교육 담당자에게 우리 학년 독서 상은 빨리 달라고 요청했다. 언어, 예체능의 실력을 칭찬하는 '재능 티움' 인증서도 미리 만들어

학교장 직인도 찍었다. 인증서와 함께 줄 문화상품권 학생 수령 확인 종이도 챙겨 두었다. 다음 주 이틀의 원격수업 계획도 나누어줘야 했다. 연구부장은 학년말 회의를 위하여 학년 의논 결과를 한글파일과 PPT로 정리해서 보내달라고 했다. 방학 맞이 교사별 연수 계획도 모아야 했고, 도교육청 공문 보고도 당장 해결해야 했다. 공공기관 컴퓨터 보안 프로그램에서 암호를 설정하라는 메시지 창도 떴다. 지금 당장 해결해야 하는데, 학년부장 회의 시작한다는 연락도 받았다. 교실 창문마다 설치할 방진막 선택 때문이었다.

교사들끼리 업무 연락을 위해 주고받는 메시지가 바쁘다. 다음 주 전체 협의가 있기 때문에 줌 접속 테스트도 하자고 연락이 온다. 원격수업으로 하루를 보낸 아이들의 과제도 한 명씩 확인해야 하고, 수행평가도 채점해야 한다. 주문해 둔 연구실 책장이 도착하기 전에 내일은 반드시 물건 정리도 해야 한다. 내 교탁은 서류로 폭탄 맞았다.

6학급으로 구성된 우리 학년은 제출물을 늦게 내는 편이다. 4반 선생님은 마감 날짜에 맞추어 겨우 낸다. 부장으로서 제출할 것을 모아서 빨리 내야 하는데, 여섯 반 자료를 모두 취합하려면 4반에게 여러 번 연락해야 한다. 코로나로 인해 매일 아침 보건교사에게 등교 인원 보고도 해야 한다. 머리가 터질 것 같다.

오늘의 하이라이트는 학생부 점검 결과 제출이었다. 우리 학년만 내지 않았다고 교무부에서 전화가 왔다.

먼저 우리 반의 학생부 점검 결과를 각반에 보냈기 때문에 담임들도 결과를 바로 나에게 보낼 줄 알았다. 2반 선생님만 학생부 수정할 목록을 내게 보내주었다. 내 파일을 상세히 확인하지 않았는지는 몰라도 다른 반은 모두 이상 없다고 연락이 왔다. 우리 반과 2반 결과만 담당 교사에게 제출했다.

"부장님, 다른 반에는 이상이 없나요? 저학년 때 같은 반이었던 학생들은 학생부에 똑같은 오류가 났을 텐데요?"

5학년 전체 학생부를 열어 1학년과 3학년 때 같은 반 학생 명단을 일일이 나열했다. 반별로 학생부를 다시 확인해 줄 것을 담임선생님들에게 부탁했다.

"이거 누가 오류라고 찾아냈는데? 내용이 틀린 것도 아니고 날짜 표기가 통일 안 된 것이 오류야?"

옆반 선생님의 말에 나는 폭발했다.

"제가 찾았어요. 며칠 전에 저희 반 것 샘플 드렸잖아요. 고칠지 안 고칠지는 학업성적관리위원회에서 결정하잖아요. 제가 학년 연구를 안 해본 것 아니고 연구부장도 해봤는데, 제 말 좀 따라주시면 좋을 텐데, 와! 진짜 부장하기 싫어요."

1년 동안 코로나 부장을 하면서 쌓아둔 내 감정은 옆반 선생님 앞에서 터져버렸다. 하소연하러 왔던 선생님의 표정은 얼어버렸다.

옆반 선생님이 입원으로 병가를 냈을 때 교감 선생님이 나를 찾았다.

"백 부장, 옆 반에 원격수업 챙길 수 있나? 코로나 원격수업 때문에 강사로 올 사람이 없다."

나는 옆반의 원격수업을 챙기기로 했고, 옆반에는 명퇴한 선배 교사가 출근했다. 수업 시간에만 머무르는 시간강사다.

2020년 6월 8일부터 등교수업과 원격수업이 병행하여 운영되었다. 반마다 A그룹이 등교하는 동안 B그룹은 선생님이 하루 전에 올려둔 이학습터 콘텐츠를 시간표대로 확인하고 학습을 해 놓아야 한다. 선생님은 낮에 등교한 학생과 수업한 후, 오후에는 등교하지 않은 학생들의 학습 결과에 대하여 피드백하는 댓글을 단다. 그리고 다음 날 진도에 맞게 원격수업 콘텐츠를 올린다. 각 수업마다 학습 주제, 학습 자료, 학습 순서를 메모한 수업 진도표도 만든다.

톱니바퀴 돌아가듯이 등교수업과 원격수업 내용을 만들어 둔 상태였는데, 선생님의 입원은 부장인 나를 늦은 밤까지 이 학습터에 매달리게 했다. 옆반의 원격수업도 시간표에 맞게 올려야 하고, 학생들의 수업 결과도 내가 챙겼다. 과제에 대한 댓글에 대하여 칭찬과 격려도 담임 대신 내가 하게 되었다. 강사가 구해지지 않았던 이틀간은 수업 대신해 줄 교사도 섭외했고, 옆반 우유도 내가 들고 교실까지 올라왔다. 학생들 체온 체크도 내가 해야 할 일이었다.

옆반 선생님이 복귀하자 6반에서 임신 초기 건강 문제로 인해 급하게 병가를 냈다. 6반의 원격수업도 챙겨야 했다. 인사발령 통지서 '부장' 역할은 무거웠다. 일은 해도 해도 끝이 없었다.

이틀만 더 버텼어야 했다. 단 한 번의 감정 조절 실패로 내뱉은 말 때문에 부장으로서의 일 년 치 수고를 날렸다.

현명하게 감정을 전달하기 위해서 나에게는 우선 '멈춤'이 필요했다. 욱하는 감정을 '화'로 풀지 말아야 한다. 멘탈 유지를 위해 멈추는 시간 '3초'면 충분하다. 멈춤의 지혜도 멘탈의 힘이다.

10

쥐구멍에도 볕이 들까?

안지영

"합격자 명단에 없습니다. 다시 확인하시고 걸어주십시오."

뚜뚜뚜……

대학 합격자 안내 전화를 몇 번이고 다시 걸어도 내 속을 모르는 야속한 전화기에선 합격이란 말은 끝내 나오지 않았다. 믿기 힘든 그 찰나의 순간이 얼마나 길고 고독했는지 모른다.

어릴 적 꿈꿔왔던 꿈들이 하나쯤은 이루어질 거라 믿고 살았던 나 자신이 한심하고 바보 같았다. 실패가 두려워 고개만 돌려 모른 척한 내가 한심했다. 서울의 좋은 학군에 속하는 고등학교에서의 내 위치는 늘 끝자락이었다. 특별히 잘하는 것도,

자신 있는 것도 없었다. 그나마 좋아하고 점수가 높았던 미술도 형편상 선택할 수 없는 상황이었다.

1남 2녀 중 장녀인 나는 부모의 사랑을 듬뿍 받고 자란 온실 속 화초 같은 아이였다. 엄마가 직접 만들어 입혀주신 예쁜 옷과 뽀얀 피부로 사람들의 귀여움을 받았을 뿐 특기라고는 가족, 친척들의 띠와 생일을 줄줄 외우는 게 전부였다. 초등학교에 들어가서 외우는 구구단도, 암산도 더뎌서 집에서 매일 연습했다. 피아노를 오래 배웠지만 특별한 소질은 없었다. 고등학교 음악 실기 때 너무 긴장해서 절반도 못 치고 사색이 되어 내려오던 기억이 있다. '찌질이' 같았다. 소심하고 겁이 많아 공부와 숙제를 했었고, 좋아하는 선생님에 따라 성적이 움직였다.

'내가 가고 싶었던 대학, 학과는 무엇이었더라?'

대학입시에 낙방할수록 하고 싶은 것이 아닌, 점수에 적성을 끼워 맞추고 있었다. 가고 싶은 대학과 내 성적은 결코 만날 수 없는 평행선을 그으며 달렸고, 결국 대학 대신 그래픽 디자인 학원에 다니게 되었다. 몇 개월은 꿈같은 시간이었다. 학교가 아닌, 그래픽 학원에서의 나는 '우등생'이었다. 학교에서 못 받았던 관심과 칭찬도 받았다. 존재감을 느꼈다. 하지만 학력이 발목을 잡았다. 뒤늦게 재수를 시작했다. 대학에 가고 싶은 간절함으로 성적이 올랐다. 접어놨던 꿈이 꿈틀댔다. 이왕이면 좋아하는 미대에 가고 싶어 입시 미술학원을 두드렸다. 실기가 턱없이 부족했다. 패배를 다시 만났다. 가고 싶었던 과는 다 떨어지고 관심 없었던 귀금속 공예학과에 붙었다. 생각하지 못했던 과와 낯선 학교에 대한 적응이 어려웠다.

첫 시련은 실기 첫 시간에 해야 하는 실기 과제 수행 때 닥쳐왔다. 금속을 녹이기 위해 토치에 불을 붙여야 하는데 켜지지 않았다. 초라한 나의 모습 같았다. 라이터 돌리는 소리가 적막을 깼다. 자신 없고 한없이 작아진 소리였다. 태고의 시간이 흘렀다. 동기들이 다음 과제 하는 동안 라이터 켜는 연습만 했다. 토치가 아닌 얼굴에 불이 붙었다. 쥐구멍이 있다면 숨고 싶었다.

'난 왜 늘 버벅거릴까?'

뭐 하나 제대로 하는 게 없었다. 이해가 어려운 이론 시간도 괴로웠다. '찌질이'라고 이마에 새겨진 것 같았다. 이대로 주저앉을 수 없었다. 이 시간을 버텨내려면 연습만이 답이었다. 남들이 대학 생활을 즐기는 시간에 어두운 실기실에서 끝없는 씨름을 했다. 연습한 덕분에 최악은 간신히 면했으나 줄줄이 사탕처럼 여러 형태의 괴로운 실기 시간은 끝없이 이어졌다.

이런 나에게 한줄기 빛이 보였다. 자유 과제가 나온 것이다.

갑자기 신이 났다. 상상력에 풍선을 단 듯 나만의 특별한 작품들이 떠올랐다. 독창적인 디자인이 나왔다. 내 실력으로는 제작이 힘들 거라고 수군대는 소리가 들렸다. 내 작품을 포기할 순 없었다. 며칠 밤을 새웠다. 만들고 부수는 시간만큼 큰 공부가 되었다. 작품을 완성했을 때 작고 어둡던 쥐구멍에 환하게 빛이 들었다. 남들과 다른 아이디어로 만들어 작품을 제출했다. 날 바라보는 과 친구들의 눈빛이 달라졌다. 납작하기만 했던 자존감이 하늘 위로 날아올랐다.

졸업 전시회 때 나의 작품에 방문객 수가 제일 많았다. 가족은 물론 친척들, 멀리 있는 친구들까지 모두 와 주었다. 방문자들의 눈길이 모두 내 작품들을 향했다. 비로소 살아있음이 느껴졌다. 오랜만에 갖는 감정이었다. 유명한 보석회사 디자인실에서 내 작품이 인상 깊었다면서 연락이 왔다. 졸업과 동시에, 그것도 제일 하고 싶었던 보석 디자인을 하다니, 믿기지 않았다. 기쁨도 잠시, 학과장이 총애하던 다른 학생이 나 대신 가게 되었고, 난 끈 떨어진 연이 되어 추락했다. 나중에 안 사실인데, 나 대신 간 학생은 두 달만 다니다가 퇴사했다고 했다. 더 속상했다.

모두가 취업을 나가고 나에게는 작고 초라한 지하 공방만 남았다. 같은 서울인데도 변두리라 출퇴근 시간이 왕복 3시간이 넘게 걸렸다. 열심히 다녔다. 쥐꼬리만 한 월급조차 제때 받은 적이 없었다. 불안한 시간이 흘러갔다. 열악한 환경에서도 성실히 배웠다. 반응이 좋아 주문량이 늘었으나 사장이 빚쟁이들에게 쫓겨 새 직장을 알아봐야 했다. 새 직장은 출근 첫날부터 야근이었다. 새벽 별 보며 출근하고, 별 보며 퇴근했다. 그냥 버텼다. 다른 곳에서 스카우트 제안을 받고 경력이 차곡차곡 쌓이는가 싶었다. 경기가 좋아지지 않고 잘 되던 회사도 휘청거렸다. 그러는 사이 IMF가 터졌고 실직자가 되었다.

경기 침체로 귀금속 업계 취업이 더 어려웠다. 할 수 없이 카드 상담 회사에 들어갔다. 상담 매뉴얼대로 하면 되는 줄 알았다. 몇몇 몰상식한 사람들의 폭언으로 인해 마음에 생채기가 났다. 귓속과 마음에 날카롭고 불쾌한 언어가 쌓였다. 점점 말수가 줄고 웃음이 사라졌다. 갖은 폭언에도 "네, 고객님." 하며 응대하는 업무를 더 지속할 수 없었다. 다시 실업자가 되었다. 막막했다. 새로운 돌파구를 찾아야 했다. 도시락 싸가면서 모은 돈으로 쥬얼리 캐드 학원에 등록했다. 손으로 그리는 보석 디자인이 아닌, 입체적인 3D 캐드가 전망이 있을 것 같았다. 드디어 신사동 보석 디자인실에 취업이 되었다. 고가의 보석을 수없이 보며 새로운 디자인을 만들었다. 쥬얼리 캐드를 배운 덕분에 예상보다 빨리 디자인실 실장이 되었다. 회사의 신임을 얻고 중요한 위치가 되었다. 지하 공방에서 월급날이면 마음 졸이던 '초짜'가 아니었다. 토치에 불을 못 붙여 고개 숙이던 '찌질이'가 아니었다. 새벽 별 보며 출근하면서도 월급날마다 마음 졸이며 쥐구멍에 숨던 '쭈구리'도 아니었다. 보석회사 '디자인실 실장 안지영'으로 새겨진 명함 속 내 이름이 보석처럼 빛이 났다.

밝은 낮에도 깜깜하고 좁았던 지하 공방부터 시작해 1층, 2층, 점점 위로 올라갔다. 한 칸에 몇 년씩 걸려 올라갔다. 끝없는 좌절에 뿌옇게 이슬 맺힌 세상을 자주 보았다. 남들이 보지 못하는 아주 작은 쥐구멍 속에 숨었던 내가 강남에 있는 보석 전문회사 디자인실 실장이 되었다. 힘들다고 포기했다면, 어둠 속에서 고개 숙이고 있었을 것이다. 버텨낸 내가 자랑스러웠다.

지금 있는 곳이 햇볕이 들지 않는 칙칙한 어둠 속이라고 낙심하지 않았으면 좋겠다. 해 뜨기 전이 가장 어둡기에, 어둠의 시간도 필요하다. 절망적인 어둠 속에서 우리가 할 수 있는 건 절망에 꺾이지 않고 한 줄기 빛을 위해 열정을 다해 사는 것이다. 그러다 보면 초라하고 작은 쥐구멍에도 쨍하고 볕 뜰 날이 오고야 만다. 해 뜨기만을 기다리지 말고 해가 비출 수 있게 어둠을 치워보자. 나만의 강력한 멘탈이면 충분하다.

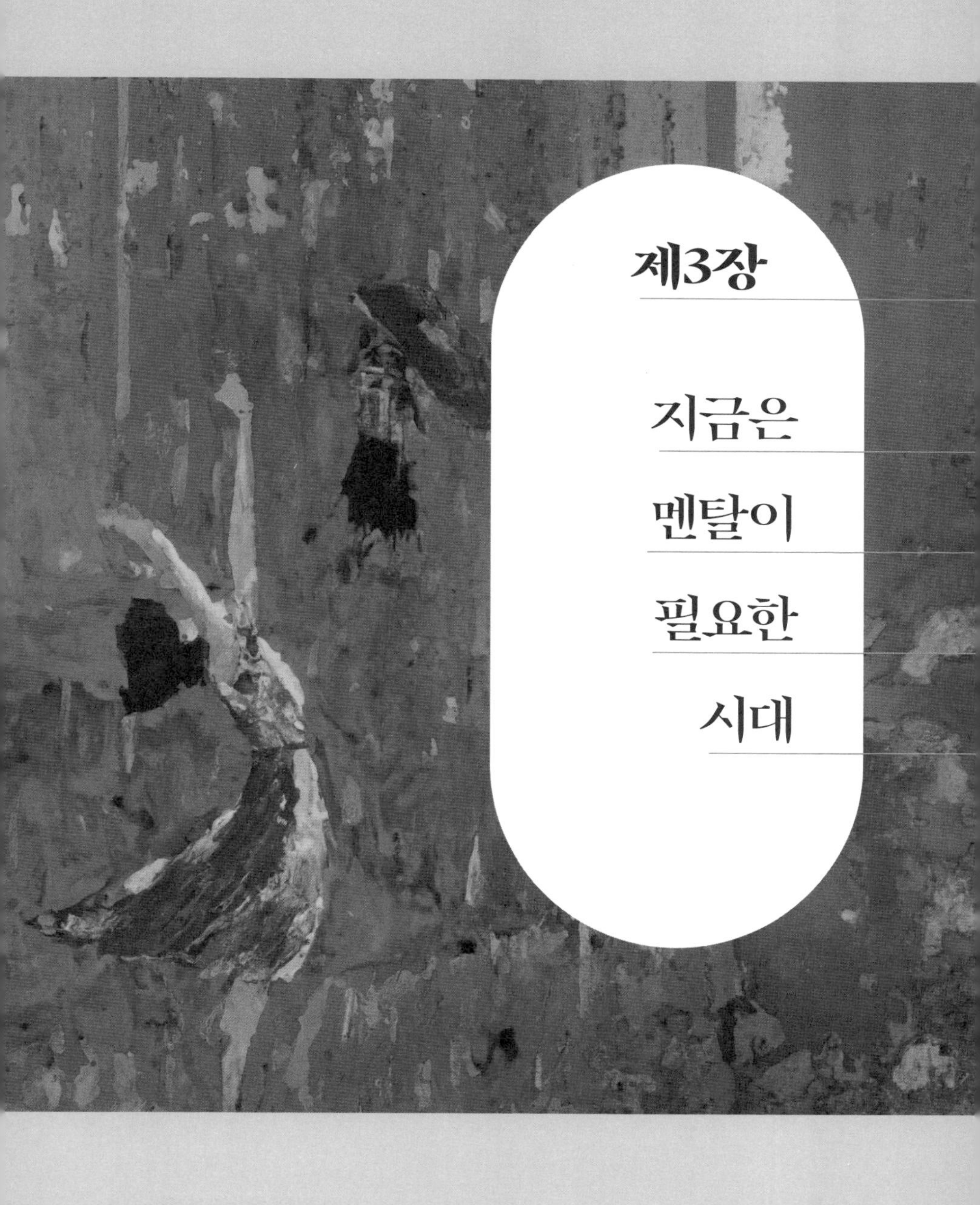

제3장

지금은 멘탈이 필요한 시대

1

마음 챙김, '오늘'을 살아라

김미예

"매니저님! 지금 상품 해지하면 얼마나 돌려받을 수 있나요?"

다급한 목소리다. 5년을 함께 한 광고주의 목소리가 좋지 않았다. 착실하게 광고도 잘하던 분이다. 무슨 일인지 물었다. 안타까웠다. 갑작스러운 일이라 놀랐다.

상품 계약 중, 중도 해지하면 위약금 20 프로가 발생한다. 그리고 남은 일수 일할 적용 후 상품을 해지해 드린다. 정산된 금액은 영업 기준일 5일 이내에 광고주의 환급 계좌로 입금된다. 사용한 정도에 따라 돌려받는 금액은 미비하다.

"미안해요. 매니저님! 영업이 너무 안 돼 고민하다가 부동산 접기로 했어요."

부동산 경기는 내가 처음 부동산 광고대행사에 발을 들여놓은 2004년에도 좋지 않았다. 매년 좋지 않다고 전망했었다. 18년이 지난 2022년은 최악이라며 폐업하는 공인중개소가 속출하고 있다. 9월 초, '연합뉴스 제공'의 기사를 보면, 부동산 시장에 대해 비관적 시각이었다. 폐업률은 더 늘어날 것으로 전망했다. 한국공인중개사협회가 6~7월 개업과 폐업 숫자를 집계한 결과, 서울 555곳이 개업했으나 559곳이 폐업했고, 28곳이 휴업에 들어간 것으로 집계되었다고 보도되었다. 서울 시내 동별 1개 업소 꼴로 폐업한 셈이다. 거리를 지날 때도 보면 곳곳에 '임대 문의'라는 현수막을 자주 본다. 내가 20대였을 때 겪었던 IMF보다 더 심각한 수준이다. 2023년은 더 어려울 거라는 보도가 이어진다. 여기저기서 한숨 소리와 '아이고!' 하는 소리가 들린다. 사회 전체가 휘청거릴 지경이다. 투자에 관심 있는 사람들은 서울 집값이 반토막 났다는 기사를 본 후 망연자실한 상태에 빠졌다. 위기를 맞고 있는 게 눈으로 보였다.

나 또한 다르지 않다. 프리랜서로 일하면서 육아를 동시에 하다 보니 본부장 시절의 급여를 받을 때보다 수입이 줄었다.

더구나 3년 차로 접어드는 지금, 코로나로 인해 우리 집도 예외는 아니었다. 지난 3월 둘째의 코로나 확진으로 집안 식구 모두 돌아가며 코로나에 걸렸다. 일주일 정도 격리 후 해제되면 다음 타자가 걸리고 끝나면 또 막내가. 그야말로 일에 집중할 수가 없었다. 한동안 환자 걱정하느라 들썩거렸다. 좀 안정이 되려나 마음 놓고 있는데, 갑자기 걸려 온 전화에 힘이 쫙 풀리며 애가 탔다.

"한상욱 씨 배우자 되시죠? 한상욱 씨 지금 어디에 계십니까?"

불길한 생각이 들었다. 중랑구 보건소라며 남편이 코로나 확진이란다. 그런데 당사자에게 연락되지 않는다고 배우자인 내게로 전화가 온 거다. 그것도 모르고 평택 근무지에서 일하고 있다고 전했다. 주말부부라 당연히 직장에 있을 거라고 생각했다. 엊그제 통화할 때도 아무 내색이 없었다.

"한상욱 씨 지금 일하면 안 됩니다. 코로나 확진인데 움직이면 어떻게 합니까? 벌금 나올 수 있으니 당장 댁으로 귀가하라고 해주세요."

전화선을 타고 들리는 여자의 말투가 날카로워서 순간 움찔했다. 급한 마음에 남편에게 전화하니 목소리가 좋지 않았다. 아픈데 참고 있는 남편의 상황이 속상했다. 코로나 확진으로 격리되어 있다는 말에 짠했다. 아픈 것도 억울한데 회사 눈치 보느라 걱정하는 남편이 안쓰러웠다.

코로나와 경제 상황이 모두 심각하다. 이로 인해 멘탈이 무너지는 사람들이 의외로 많다. 나라면 어떻게 할까. 고민하지 않을 수가 없었다. 이럴 때일수록 '마음 챙김'이 무엇보다 중요하다고 생각한다. 나의 마음이 단단하다면 어떠한 일이 생겨도 극복해 나갈 가능성이 크기 때문이다. '마음 챙김'이란 지금의 내 마음 상태가 어떤지 알아차리는 것이다. 지금을 살아가는 사람들 대부분이 자신의 마음을 돌보거나 알아차리지 못하는 경우가 있다고 들었다. 바쁘고 빠른 세상에 적응하느라 휩쓸려 사는 사람들을 주위에서 본다. 불평불만도 많아진다. 친구, 지인과 통화하기가 겁난다.

"친구야, 별일 없지?"

인사에 한숨과 불평이 쏟아져 나온다. 괜히 걸었다는 생각이 든다. 들어 주다 보면 나도 그들과 함께 삐딱한 시선으로 비판하고 있다는 걸 느낀다.

"먹고살기 힘드니 돈 되는 건 모두 해야지요. 별수 있습니까?"

안타깝다. 나만 해도 바쁘다는 이유로 쫓기듯 살아왔다. 내 마음 상태를 의식하지 못할 때가 많았다. 알아주지 않는다고 다른 사람을 원망했다. 일상에서 일어나는 순간순간이 별것 아니라 생각했다. 늘 오는 줄 알았다. 시시때때로 생기는 변화를 눈치채야 한다. 어려운 세상일수록 '나'를 챙겨야 살아갈 힘도 생긴다. 그러나 여유가 없다. 감정 소모에 에너지를 쓴다. 화가 났거나, 우울하거나 기분이 좋지 않을 때, 이 마음을 오래 가지고 있으면 나만 힘들다.

한번은 블랙리스트 명단에 있는 진상 광고주로 인해 멘탈이 탈탈 털려 옴짝달싹하지 못하고 있을 때였다. 울화가 치밀어올라 나도 모르게 입꼬리를 삐죽대며 씩씩거렸다. 이런 상황에서 부정적 생각은 꼬리에 꼬리를 물고 더 나쁜 상태로 몰고 간다. 마음 다스리기가 쉽지 않다. 다행히 기분 좋은 상상으로 위기를 넘겼었다. 그런 이유로 '마음 챙김'이 필요하다고 생각했다. 처음엔 어색하다. 꾸준하게 나의 모습을 관찰하고, 내가 어떤지 알아차리는 연습을 하면 감정을 다스릴 수 있다고 배웠다.

정신을 차릴 수 없을 정도로 어지러운 세상이다. 내 마음을 제대로 들여다볼 필요가 있다. 뭔가 제동이 걸린다고 생각될 때는 일단은 멈춰야 한다. 오롯이 나만 생각한다. 잘 가고 있는지, 마음은 괜찮은지, 어떤 생각 하고 있는지 가만히 집중해

본다. 오만가지 생각을 다 하는 나를 발견한다. 지금의 생각을 종이에 적어본다. 적으면서 내 안에 이중적인 면이 있다는 것에 놀란다. 새로운 경험일테니 말이다. 내가 그랬다. 위에서 말한 블랙컨슈머에게 탈탈 털린 날, 할 수 있는 욕을 다 끄집어내어 낙서하듯 메모했다. 한참을 씩씩거리며 적다 보니 나도 모르게 피식 웃음이 나왔다. 나도 사람이구나. 화가 조금은 가라앉는 걸 느꼈다. 일부러 클레임을 거는 사람은 없겠지만, 이런 사람에게 에너지를 쓸 필요가 있나 싶었다. 원망하는 대신 잘 버텨준 나에게 '잘했다.'고 위로해 줬다. 기분이 한결 나아졌다. 어떤 일이 생겼을 때 내 기분을 적어보는 것이 감정을 다스리는데 효과가 있음을 느꼈다. 동료에게 내가 했던 방법을 공유했다. 그녀는 멋쩍어하면서 주저했다. 일단 해보라고 옆구리를 꾹꾹 찔렀다. 나도 처음에 할 때 낯간지러워 주저했는데, 요즘 같은 시기에 딱 좋다고 말하니 귀를 기울이는 듯했다. 내가 끄적였던 갖은 욕을 본 동료는 '푸핫' 하고 웃었다. 그러면서도 관심을 보였다.

외부 자극에 눈치를 보거나 휩쓸리지 않으려면 내가 나를 인정해 주면서 안아주면 좋겠다. 이 세상에 살아있다는 존재만으로도 의미와 가치는 충분하다. 노력하는 내 모습을 매일 기록하면서 오늘을 돌아보는 것도 즐거운 일이다. 매일매일 갖는 긍정 에너지는 삶에 중심을 잡아준다. 웃을 일이 많아진다. 의식적으로 좋은 생각을 하려고 노력한다. 흔들리지 않고 중심 잡고 버티려고 애썼다. 거울을 보며 웃는 연습을 했다. 양손으로 입꼬리를 위로 아래로 움직였다. 연습하니 제법 자연스러워졌다. 혼란스러운 세상에서 밝게 웃을 수 있는 것도 '마음 챙김'을 통한 오늘 하루에 집중했기 때문이다. 마음 챙김은 내 삶을 플러스 인생으로 만들어 주고 있다. 오늘도 내 감정 상태를 들여다본다. 이것이 멘탈의 힘이다.

2

마음의 힘으로 살아가다

김민경

"흔들리는 나무를 보며 제자가 물었다. 나무가 움직이는 것인지, 바람이 움직이는 것인지. 스승은 긴 숨을 내뱉으며 말했다. 움직이는 것은 나무도 아니고 바람도 아니다. 그저 마음이 움직이는 것이다."

– 영화 〈달콤한 인생〉 –

복수하고 싶었던 적이 있다. 나에게 피해를 준 사람은 아니었지만, 늘 나보다 앞선다고 느껴서 꼭 이기고 싶은 사람이었다. 처음엔 내가 되고 싶은 롤모델이었다. 그 사람은 이미 내가 가고자 하는 방향으로 걸어가고 있었다. 그의 블로그를 방문해 염탐하고 배웠다. 하루는 고민이 생겨 그 사람에게 무작정 전화를 걸었다. 조언을 구했다. 그런데 그는 나에게 조언이 아닌 비용을 청구했다. 마치 조언받고 싶으면 돈을 달라는 듯이. 그 때 괜한 열등감으로 승부욕이 발동했다. 나랑 나이도 비슷한데 더럽게 잘난 체하네? 좋아, 내가 이겨보자. 이기고야 만다. 부정적인 마음이 깃들었다. 그런데 오히려 그때부터 일이 잡히질 않았다. 빨리 발전하고 싶고, 그 사람처럼 성공하고 싶었다. 당장 일은 해결하지 않고 장기적인 계획만 세웠다. 마음이 흔들리니 모든 것이 부정적으로 보였다. 늘 불안했다. 결국, 나는 그와의 대결에서 졌다. 내가 포기한 것이다. 그 사람처럼 하려던 계획을 모두 접었다. 승부욕과 부정적인 마음이 오히려 날 지치게 했다. 흔들리지 않고 나아갔다면 다른 결과가 있었을 것이다.

마음의 힘으로 살아가야 한다. 흔들리지 않는 마음이 가장 중요하다. 일상생활에서도 마찬가지다. 우리 인생에 스며들어 있는 마음의 힘. 세 가지로 나누어 보았다.

첫째, 직장생활. 나는 아르바이트 경험이 많다. 중학생, 고등학생 시절부터 단기 아르바이트를 하였고, 성인이 되고부터는 늘 아르바이트와 학업을 동시에 해왔다. 영화관, 햄버거집, 일식집, 한식집, 수학학원, 지역아동센터, 놀이동산, 조명가게 등등 다양한 종류의 일을 했다. 어릴 적 많은 일 경험과 지난 회사생활을 통해 알게 된 점이 있다. 그 어떤 일보다 어려운 것은 같이 일하는 '사람'과의 관계다. 일은 어려워도 이겨낼 수 있다. 하지만 동료와의 관계, 상사와의 트러블은 이겨내기 힘들다. 쉬운 일도 어렵게 만드는 사람, 정답이 아닌데 정답이라고 우기는 사람, 모든 회사생활의 본질적인 문제는 사람이다. 동료와 말썽이 있으면 누구 하나 떠나야 끝이 난다. 하지만 신기하게도, 이상한 사람이 회사를 그만두면 다른 사람이 이상한 사람의 역할을 대체하기 시작한다. 이상한 사람은 어디를 가나 꼭 한 명씩은 있다. 즉, 누구 하나 그만두는 것이 해결책이 아니다. 그럼 어떻게 해야 할까. 극복해야 한다. 그냥 받아들여야 한다. 결국, 나의 마음이 중요하다. 직장생활은 강한 정신력으로 살아남는 사람이 이긴다. 직장생활은 내 마음에 달렸다.

둘째, 육아. 나의 아들 시현이는 네 살이다. 주기적으로 건강 검진을 받는데, 키와 몸무게가 앞에서 1등, 2등을 다툰다. 나도, 아내도 작은 편이긴 하다. 아무리 그래도 그렇지…. 100명 중 앞에서 1, 2등이라니…. 시현이는 아주 작다. 거의 12개월 차이 나는 아이들과 비슷하다. 갑자기 그렇게 된 것은 아니다. 꾸준히 작았다. 시현이가 또래보다 늘 작았기 때문에 우리 부부는 이런저런 노력을 하였다. 시현이는 활동적이고 음식 섭취량이 적다. 활동량을 줄이고 식사량을 늘렸다. 밥 먹을 때 억지로 먹이기도 했다. 성장에 도움이 된다는 영양제와 약도 먹었다. 이런 생활을 몇 개월간 지속하면서 아이는 힘들어했고, 나와 아내도 지쳐갔다. 힘들어하는 만큼 키가 커야 하는데 크지도 않았다. 노력의 결과가 없으니, 우리 부부는 생각을 바꾸기 시작했다. 모든 것을 받아들이기로 했다. 시현이는 아마 꾸준히 작을 것 같다. 그냥 작은 아이이다. 대신 다른 강점이 있으니 위안 삼는다. 시현이는 어휘력이 아주 뛰어나다. 생각지도 못한 말을 하고, 자기 의사를 표현하는 것이 명확하다. 아직 말을 배우는 중이라, 말로 표현하지 못하는 것이 있다. 하지만 소통하는 힘이 있다. 소통력이 좋은 아이이다. 그러다 보니 어린이집 생활에 특별한 걱정이 없다. 선생님들도 시현이와 원활한 소통을 한다. 키가 작은 대신 똘똘하다. 일명 정신승리. 아이를 키우려면 강한 마음가짐은 필수다. 육아도 나의 마음에 달렸다.

셋째, 습관도 멘탈이다. 최근 성공한 사람들의 습관을 배우는 모임에 참가했다. 새벽에 일찍 일어나 명상하기, 매일 운동하기, 책 읽기, 공부하기, 글쓰기 등등 매일 꾸준히 하는 것의 위대함을 느끼고 있다. 나는 이 모임에 참여하기 전, 새벽 6시에 운동을 하겠다고 마음먹은 적이 있다. 혼자 하면 금방 실패할 것 같아, 사람들을 모았다. 당시 축구 코치였기 때문에, 새벽 6시에 축구 수업을 해주겠다며 사람들을 모았다. 생각보다 많은 사람이 지원하였고, 몇 명을 추려서 운동을 시작했다. 일찍 일어나 운동을 하니 기분도 좋고 상쾌했다. 에너지 넘치는 기분이 들었다. 회원들도 만족스러워했다. 하지만 문제는 꾸준히 하기 힘들다는 것. 새벽에 일어나 매일 운동하는 것이 목표였는데, 쉽지가 않았다. 비가 오는 날이면 취소하고, 비가 올 것 같아도 취소했다. 회원들은 숙취로 인해 못 나오고, 늦잠을 자서 못 나온다며 결석하였다. 결석하는 횟수가 점점 잦아지더니, 결국 나오지 않겠다고 했다. 회원들이 안 나오기 시작하자 나도 점점 게을러졌다. 재미도 없었다. 회원 없이 혼자서라도 운동을 했지만, 그마저도 중간에 포기하고 말았다. 매일 아침 일찍 운동을 하는 것이 이렇게 힘든 일인 줄 몰랐다. 매일 지속하는 것은 웬만한 정신력으로는 해내지 못할 일이다. 습관을 만들려면 강한 정신력이 필요하다. 습관도 결국 강한 마음에 달렸다.

축구를 가르치다가 그만둔 이유는 회의감 때문이다. 전국에서 내가 유일하다고 생각했다. 저연령부터 고학년 이상의 아이들까지 모든 연령층의 아이들을 지도할 수 있는 선생님은 나 밖에 없다고 생각했다. 특히 4세 아이들을 데리고 엄청난 활동량으로 운동하였고, 단순히 운동이 아니라 전반적인 성장 발달을 이루어내어 돈값 이상을 한다고 자부했다. 나의 고퀄리티 수업에 들어오면 아무도 그만두지 않을 거라 믿었다. 하지만 생각과는 달랐다. 엄청난 노력과 정성을 들였는데, 너무 쉽게 그만두었다. 이사 때문에, 일정 때문에, 데리고 다니기 힘들어서 등등. 사소한 이유로 그만두었다. 멘탈이 부서졌다. 아무것도 하기 싫었다. 결국, 일을 그만뒀다. 다시는 아이들을 가르치지 않겠다고 다짐했다. 몸과 마음 모두 지쳤다. 하지만 지금, 다시 아이들 곁으로 돌아왔다. 영어 선생님으로 새로운 도전을 시작하였다. 내가 방황하고 있을 때, 가족들은 내게 제일 잘하는 일을 왜 하지 않냐며 조언하였다. 누구도 인정해 주지 않아도, 내 가족들이 인정해 주니 생각을 고쳐먹었다. 마음의 힘이다. 사랑하는 아내의 응원 덕에 일하고 있다. 만족해하는 학부모님들의 말 한마디에 힘을 얻어 일하고 있다. 마음의 힘으로 살아가고 있다. 우리 인생, 정신력과 마음이 중요하다.

3

20년 지기 친구는 멘탈 뱀파이어

김위아

남이 나를 대하는 태도는 내가 하기 나름이다. 오랜 인연이든 얼굴도 모르는 사람이든, 감정의 주도권은 내가 쥐고 있어야 한다. 정신력이 강하다고 모든 사람과 상황에서 덤덤한 건 아니었다. 독종 소리 듣는 내가, 오랜 친구 앞에서는 정에 이끌려 바보가 되었다. 큰일에는 당차게 대처했는데, 어이없게도 블로그 공감 버튼 때문에 기분이 상할 때로 상했다. 타이어에 박힌 못 하나가 사고를 일으키듯이, 타인이 생각 없이 내뱉은 말과 행동으로 하루를 망친다. 사고를 방지하기 위해 차를 미리 점검하는 것처럼, 감정이 다치지 않도록 마음도 관리해야 한다.

20년 지기 친구는 멘탈 뱀파이어

"힘들어 죽겠어. 다 꼴도 보기 싫어!"

대학 동창 지수, 또 시작이다. 친구를 나쁘게 말하는 게 내키진 않지만, 지수를 보면 단어 하나가 맴돈다. 《기운 빼앗는 사람, 내 인생에서 빼버리세요》를 쓴 스테판 클레르제는 프랑스의 저명한 아동 정신과 의사다. 상대방을 쉽게 지치게 하고 좋은 기운을 뺏는 사람을 '멘탈 뱀파이어'라고 표현했다. 고개를 저어봤지만 지수였다.

지수는 이혼 후 점점 삐딱해졌다. 세상 짐은 혼자 다 짊어진 것처럼 행동했다. 걸핏하면 남 탓, 세상 탓. 심지어 지나가는 아이를 보고도 트집을 잡았다. 만날 때마다 들었다.

"애가 왜 저렇게 못생겼어. 눈 버렸네."

자기랑 아무 상관도 없는 사람에게 화살을 쏘아 댔다. 식당에서는 "저 사람은 왜 저렇게 밥을 더럽게 먹냐" 비아냥거렸다. 커피숍에서는 "음료가 왜 이렇게 늦게 나오냐" 짜증을 부렸다. 이혼했다고 모두가 지수처럼 말하고 행동하진 않을 텐데, 정도가 갈수록 심해졌다. 불평불만을 쏟아내지 않으면 못 견뎌 했다. 진공청소기가 먼지를 빨아들이듯, 20년 지기 친구는 내 좋은 기운을 빼앗아 갔다.

그런데도 관계를 정리하지 못했다. 그놈의 정이 문제였다. 사진첩에는 대학 1학년 때부터 함께한 추억이 있었다. 학교 축제에서 막걸리와 파전을 팔았다. 도서관에서 서로의 자리를 맡아주며 밤샘했다. 매점에서 김밥, 삶은 달걀, 컵라면을 나누어 먹었다. 나는 〈튀김우동〉, 지수는 〈새우탕〉을 좋아했다. 제주도 졸업 여행에서 어깨동무하고 V자를 그렸다. 웨딩드레스를 입은 지수가 환하게 웃었다.

나마저 등 돌릴 수가 없었다. 상태가 더 나빠질까 걱정됐다. 마음이 아픈 애잖아. 내가 좀 참지 뭐. 친구를 만나러 가는 길이 즐겁지만은 않았다. 나는 '들어주는 사람'이었다. 황금 같은 시간이 쓰레기 같은 소리 듣느라 사라졌다. 이대로 가다간, 내가 멘탈 뱀파이어가 될 지경이었다. 인연을 끊던지, 지수를 정신 차리게 해야 했다.

"그만 징징거려. 듣기 싫어. 너만 힘든 거 아냐!"

말 꺼내기까지 10년 가까이 걸렸다. 내 영역 안으로 들어오지 못하게 선을 그었다. 그칠 줄 모르던 하소연이 줄었다. 그때 알았다. 받아주니 쏟아냈던 거다. 지수가 나를 쉽게 대하도록, 내가 허락했다. 나를 조금도 배려하지 않는 사람을 친구라는 이유 하나로, 억지로 이해했고, 참아줬고, 쓸데없는 책임감까지 느꼈다.

당신 주위에도 멘탈 뱀파이어가 있는가? 친한 사이든, 인스턴트 관계든 에너지 도둑과는 거리를 둬야 한다. 인간관계에서 어떤 대우를 받을지 결정하는 건 '나'다. 불쾌한 행동은 그냥 안 넘어간다는 걸 분명히 알려줘야 한다. 그렇지 않으면 '그래도 되는 사람'으로 쉽게 본다. 나를 존중하지 않는 사람에게 잘 보이려고 애쓰지 않는다. 오랜 인연이라면 단호하게 끊어내고, 새로운 관계라면 처음부터 내 색깔을 보여준다. 나를 먼저 아끼고 적정 거리를 유지하는 것이 좋은 관계를 유지하는 비결이다.

나는 좋은 사람이지만, 만만한 사람은 아니다. 모두를 위해 '따뜻한 독종'으로 살아간다.

공감 버튼이 뭐길래

블로그 앱을 켰다. 휴대전화 맨 아래 종 모양 이모티콘에 빨간 점이 찍혔다. 반가운 마음에 터치했다. 읽음 0, 공감 버튼 1. 차라리 광고업자라면……. 매일 단톡방에서 반갑게 인사하는 멤버였다. 방문자가 적어서 누가 읽지 않고, 누르는지 다 안다. 어쩌다 한 번이면 이해한다. 처음엔 피곤해서 공감 버튼을 먼저 누르고 나중에 읽으려나 보다 했다. 습관이었다. 독심술이라도 있나? 읽지도 않고 뭘 공감해? 또 다른 사람은 공감 폭탄녀였다. 독서 모임 멤버였다. 어쩌다 한 번씩 찾아와 1분 동안 포스팅 열 개에 하트를 눌러댔다.

'버튼을 없애 버릴까?' 내 안부가 궁금해서 찾아오는 이웃도 있었다. "그런 짓 하지 마세요!" 직접 말할까. 온라인이지만, 매일 보는 사이였다. 어색한 분위기가 흐를 것 같았다. 나는 도저히 할 수 없는 행동인데, 누군가는 밥 먹듯 했다. 사람의 다양성을 클릭 한 번으로 확인했다.

빨간 하트는 스트레스 버튼이었다. 짜증 나서 폭발하기 직전이었다. 알고 지내는 MBTI 코치에게 상담을 청했다. 먼저 내 기분에 공감해 줬고 경험담을 들려줬다.

"피곤해서 글은 읽지 못하지만, 응원은 보내고 싶었을 수도 있어요."

습관적으로 그러는 사람들을 이해하기엔 충분하지 않았다. '그럴 수도 있겠구나.' 새로운 관점은 생겼고, 마음이 조금은 누그러졌다.

"공감과 댓글 버튼을 다 없애버리는 건 어떨까요?"

한편, 스트레스 불씨를 완전히 끄고 싶었다.

"진상 때문에 찐 이웃이랑 소통도 끊으시려고요? 누가 더 소중해요? 거기에 집중해 보세요."

코치는 상황과 나를 분리했다. 제삼자의 눈으로 문제를 바라보게 했다. 그 후로 몇 차례 더 이야기를 주고받았고, 블로그 스트레스는 안정을 찾아갔다. 읽음 0, 공감 버튼 1. 여전히 보이지만, 한결 편안한 마음으로 앱을 켠다. 상황은 그대로다. 문제를 대하는 내 태도가 바뀌었다.

사람, 쉽게 만나고 쉽게 헤어지는 사회다. 과거엔 인간관계가 가족, 직장, 친구 정도로 한정적이었다. 지금은 온·오프라인을 넘나들며 1분 전까지 몰랐던 사람이 클릭 몇 번으로 이웃이 된다. 《트렌드 코리아 2023》에서 현대인의 인간관계 맺기 방식을 '인덱스 관계'라고 했다. 블로그, 인스타그램, 오픈 톡 방, 메타버스에서 목적에 따라 수많은 사람을 만나고, 분류하고, 관리한다. 외부 상황에 휘둘릴 일이 많아졌다. 타인의 행동에 따라, 하루에도 기분이 수십 번 오르락내리락할 가능성이 커졌다. 내 행복을 남에게 맡길 것인가. 감정을 스스로 조절하고 선택할 줄 알아야 하는 시대다. 멘탈 관리는 필수다.

4

위태로운 촛불

김은정

자살! 남의 이야기였다. 죽을 용기로 왜 못 사냐며 이해하지 못했다. 독하다고 생각했다. 무책임하게 생각되기도 했다. 어느 순간 자살이 내 일이 되고 나니 생각이 바뀌었다. 살면서 두 번, 인생이 끝나는 경험을 했다. 수면제를 사서 모으기도 하고, 매일 죽음을 생각하면서 지낼 때도 있었다. 가슴에 주홍글씨가 새겨지듯 지독한 시간이었다. 그 이후로는 자살하는 사람들에 대한 연민이 생겼다. 자살을 동의하는 것은 아니지만, 적어도 그 선택을 한 사람들의 마음이 어떤 건지 온전히 공감하게 되었다. 마음이 아프고 당연히 말리고 싶지만, 적어도 그들의 선택을 함부로 비난하고 싶지 않다. 대신 포기하려는 이들의 손을 한 번이라도 더 잡아주고 싶다.

두 번의 자살 고비를 지나왔다. 자살 생각밖에 없을 때는 살아있는 자체가 고통이었다. 10년이 지난 후에는 살아있는 자체가 축복이었다. 삶이 이렇게 평온해도 되는지, 현재 이게 내 삶이 맞는지 몇 번씩 확인할 정도로 낯설었다. 동시에 나 같은 사람들을 도와주고 싶어졌다. 깜깜한 터널에 갇혀 있어 희망이 없는 사람들, 고통 속에서 허우적대고 있는 사람들, 삶을 포기하고 싶은 사람들에게 손 내밀고 싶었다. 나도 그랬었으니깐! 현재의 내 모습이 그들에게 희망의 증거가 되길 바란다.

삶이 힘들어 자살하기도 하지만, 우울증으로 삶을 마감하기도 한다. 영향력 있거나 평소 괜찮게 생각했던 연예인들의 자살 소식을 들으면 충격 여파가 꽤 오래갔다. 국민 스타였던 최진실, 속 시원하고 유쾌한 상담가였던 최윤희, 긍정의 아이콘이었던 박지선, 따뜻한 이미지 배우 전미선 등 연예인들의 사고 소식을 접할 때마다 나도 모르게 우울감에 빠져 지냈다. 마냥 안타깝고 받아들이기 힘든 사실에 먹먹한 시간을 보냈다. 전부는 아니더라도 그들의 고통이 전해진다고나 할까… 매일 자살만 생각하고 살았을 시기에 배우 이은주가 고인이 되었다. 이때 감정 이입이 제대로 돼서 나의 자살 생각을 더 부추기기도 했다.

생활 의지가 강했던 최진실의 죽음을 믿을 수 없어 했을 때, 친구가 했던 말이 생각난다. "우울증이 그래서 무서운 거야!" 우울증은 마음의 감기다. 종종 큰 병이 감기로 신호를 줄 때가 있다. 그 신호를 무시하면 병을 키울 수 있다. 우울증도 마찬가지다. 마음의 신호를 인지하지 못하면서 우울증을 키우게 되는 것 같다. 그래서 우리는 평소 마음 돌봄을 소홀히 하면 안 된다. 타인에게 잘 지내냐는 인사를 건네듯 우리 마음에도 종종 안부를 물어줬으면 좋겠다.

모든 자살이 마음 아프지만, 특히 내가 더 힘들어하는 자살은 학생들 관련 뉴스다. 학교 폭력, 가정 폭력, 성적 스트레스, 우울감으로 삶을 포기하는 아이들… 마냥 어른들 잘못인 것만 같다. 모르는 아이들이지만, 뉴스만 읽어도 마음이 너무 힘들다. 요즘은 학교에서 아이들의 심리 상태를 수시로 점검하는 등 상담 시스템도 많이 좋아졌다. 도움받을 수 있는 환경이 좋아져서 감사한 동시에 우울감을 호소하는 학생들도 늘고 있다는 사실에 주목할 필요가 있다. 학생들 사이에서 벌어지는 사이버 폭력, 카톡을 이용한 왕따 등 눈에 보이지 않는 위험에 노출된 아이도 많다. 이 사실을 기억하고 아이들의 마음 안부도 자주 챙겨주자.

좀 더 시야를 넓혀보면, 성인 우울증의 심각성도 인지할 수 있다. 삶은 더 풍요로워지고 편안해졌는데, 왜 그럴까? 여러 가지 이유가 있겠지만, SNS 발달을 무시하지 못한다. 인스타 사진들로 눈 호강은 하지만, 동시에 우울하단다. 화려한 패션들, 군침 돌게 하는 음식들, 해외여행을 이웃 동네 다니듯이 올라오는 사진들, 핫플 다녀온 인증샷, 고급스러운 일상을 담은 소식이 상대적 박탈감을 일으킨다. 없던 허영심도 생기게 하고, 갖고 싶고 누리고 싶은 욕망을 불러내기도 한다. 유튜브 영상이나 블로그 포스팅에 달리는 악성 댓글들, 카더라~ 통신으로 시작되는 마녀사냥도 당사자들의 멘탈을 털리게 한다.

또 다른 이유를 생각해 보면, 편리해진 환경도 우리의 약한 멘탈에 일조하지 않았나 싶다. 내가 자랄 때만 해도 의식주 문제 해결이 대부분 가정의 목표였다. 형제도 많아서 일상이 전쟁이었다. 비 오는 날 비 맞지 않고 학교에 가려면 일찍 일어나야 몇 개 없는 우산을 차지할 수 있었다. 도시락을 쌀 형편이 안

되고, 학교에 육성회비를 낼 돈이 없는 주변의 이야기가 낯설지 않았다. 어린 나이에 생업 전선에 뛰어든 사람들도 많았다. 고생이 일상인 세대였다. 고생과 동거동락하면서 멘탈이 저절로 강해지기도 했다. 그에 반해 요즘은 온실의 화초처럼 자란 사람들이 많다. 큰 어려움 없이 자라다 보니 위기 앞에서 휘청거리기 쉽다. 어려움이 생기면 맞닥뜨려 해결하기보다 피하고 싶어 한다. 그러나 우리는 항상 꽃길만 걸을 수는 없다. 살아가다 보면 누구나 악재를 만날 수 있다. 그래서 그에 대비한 멘탈 관리는 필수다. 예고 없이 닥치는 악재는 선택할 수 없지만, 위기를 대하는 나의 자세는 선택할 수 있기 때문이다.

멘탈이 강한 사람은 충격을 대하는 자세가 다르다. 작은 충격은 인지도 못 하고 흘려보낼 때도 많다. 좀 강한 충격이 와도 흔들리기보다는 오히려 공부하는 계기로 삼는다. 쓰러질 만한 강한 충격에도 포기라는 단어를 떠올리지 않는다. 쓰러졌다가도 다시 일어날 준비를 한다. 그만큼 멘탈 관리는 현대를 살아가는 우리에게 없어서는 안 될 필수 항목이 되었다.

나를 포함해서 우리 현대인들의 모습이 촛불 같다. 평온한 상황에서는 불꽃이 안정된 모양으로 빛을 내지만, 강한 바람

한 방에 실오라기 같은 연기와 함께 사라져 버릴 수 있기 때문이다. 평소에도 멘탈에 관심을 가지고 강한 멘탈을 기르기 위해서 애써야 한다. 근육이 하루아침에 생기지 않듯 강한 멘탈도 마찬가지이다. 현재 내 멘탈 상태를 체크하고 멘탈을 강화하기 위해 일상에서 노력해야 한다. 그래야 언제 닥칠지 모르는 위기에 대비할 수 있음을 기억하자.

5

멘탈 만들어가기

김혜련

인생은 살아내는 것이다. 인생의 사전적 의미는 사람이 세상에서 살아있는 동안의 시간, 경험 등이라 한다. 그래, 살아있으니까 인생을 말하고 있다. 독일 여행에서 인상 깊었던 일은 우리 일행이 묶고 있는 호텔 부근, 도시 한가운데에 공동묘지가 있는 것이었다. 가이드 설명으로 유럽 사람들은 그곳을 '조용한 이웃'이라 부른다고 했다. 죽은 자는 말이 없다. 아무리 듣고 싶어도 들을 수 없는 침묵이 펼쳐진다. 아침 산책길에 호기심 반, 두려움 반으로 다녀왔다. 그곳에서 스산함과 절규를 느꼈다. 문득 58세 나이로 세상의 파도와 맞서며 살다 간 동료

교사를 생각했다.

죽음 앞에서 그녀는 당당했다. “간호사가 나더러 어디가 어떻게 아픈지 아느냐고 물었어요. 내가 하도 웃고 씩씩하게 병실을 돌아다니니 이상하다 싶었겠지요.” 그녀는 남편과 오랜 기간 별거 중이었다. 3남매를 홀로 키우며 열심히 살았는데, 암이라는 병마가 찾아왔다. 유아 교사들의 권익을 위해 불철주야 고뇌한 선생님이다. 아이들의 놀이를 위해 연구도 많이 하고, 열정적으로 강의도 하러 다녔다. 세 번째 방문 날이었다. “누워 있으면 천장에 헛것이 보여요. 동물 같기도 하고 사람 같기도 해요.” 아, 헛것이 보인다니! 어떤 말로 용기와 위로를 전해야 할지 막막해졌다. 땀으로 범벅이 된 그녀의 몸을 닦아주며 참았던 눈물이 쏟아졌다. “선생님, 울지 마세요. 같이 근무하던 그때가 좋았어요. 선생님과 마음이 통해서 편안하게 지냈어요. 결혼하려고 할 때 선생님이 다시 한번 생각해 보고 결정하라 말했는데 들었어야 했네요. 내가 이렇게 아픈데 애들 아빠는 한 번 찾아오지도 않아요.” 헛헛한 미소를 보이며 마음에 담아둔 이야기를 꺼냈다. 서울 출장 중 그녀의 임종 소식을 들었다. 병실을 다녀온 3일 뒤였다. 죽음 앞에서는 늘 마음이 아프고 멘탈이 약해진다.

그녀가 떠나고 몇 년이 지났다. 인생은 절대 만만하지 않지만, 산 사람은 어떻게든 살아가고 있다.

보도 섀퍼의 《멘탈의 연금술》에서 나오는 말이다. "우리는 모두 죽는다는 것을 기억하라. 그러면 삶은 충만해질 것이다. 비로소 제대로 살기 시작할 것이다. 어떤 것도 포기하지 않고 두려워하지 않으며, 문제와 난관을 돌파해 나가는 삶이 시작될 것이다." 제대로 살아가기 위해 무엇을 어떻게 할 것인가? 이제 인생 2막을 마무리하며 3막을 시작한다. 인생 100세로 볼 때, 1막은 태어나서 결혼 전까지의 시기이고, 2막은 결혼 후 자녀들을 출가시키기 전까지라 한다. 인생 제3막은 퇴직 이후 생을 마감할 때까지의 기간이 될 것이다. 예전과 같은 혈기 왕성함은 사라졌다. 대신 삶의 깊이와 세상의 모든 일에 대하여 따뜻한 애정을 가지려고 노력한다. 내가 살아온 이야기, 알고 있는 작은 지식으로 남을 돕는 일을 하자고 마음먹는다. 좀 더 가치 있는 일에 의미를 부여한다. 내면의 성장에 도움이 되는 일에 중점을 두고 싶다. 내가 정말 좋아하면서도 잘할 수 있는 일이 무엇일까, 고민하고 있다.

소박한 꿈으로 한 걸음 한 걸음을 내딛게 된 것도 나이가 준 선물이다. 인생길에서 아직도 늦지 않았음을 기억하며, 하고 싶은 것들을 차근차근 해보려 한다. 영어로 '현재'와 '선물'은 둘 다 'Present'다. 오늘 이 시간이야말로 나에게 주어진 선물이다. 나눌 수 있는 선물 같은 사람으로 나이 들고 싶다. 그동안 전문직 여성으로 열심히 살았다. 정년을 앞두고 있다. 퇴직하면 이제 쉬어도 된다고 사람들은 말한다. 나는 아니라고 생각한다. 정체된 삶보다 배움으로 성장하는 삶이 더 활기차고 보람 있지 않을까? 통영에서 서울로 활어를 운송하는데, 수조 통에 작은 상어를 함께 넣는다고 한다. 그러면 물고기들은 잡아먹히지 않으려고 열심히 도망 다니니까, 싱싱한 상태로 서울까지 운송할 수 있다고 한다. 이것 또한 젊음을 유지하는 삶의 비결이 아닐까? 끊임없이 새로운 일에 도전하며 삶의 가치를 찾는 것이야말로 의미 있는 인생이라고 믿는다. 노년 중에도 삶에 대한 놀라운 열정을 가지고 활기차게 살아가는 사람이 많다. 빠르게 변화하는 시대에 휘둘리지 않는 강한 멘탈은 도전적인 삶일 것이다.

대한민국의 유튜브 스타 박막례 할머니는 7남매의 막내로 언니 세 명이 모두 치매 판정을 받자, 치매를 걱정하게 되었다. 어릴 때부터 키워 온 손녀가 치매 예방 목적으로 영상 촬영을 제안하였다. 〈박막례 할머니의 욕 나오는 호주 케언즈 여행기〉

영상이 화제가 되면서 유튜브 활동을 시작했다. 70대 중반의 나이에 많은 구독자를 보유하고 있다.

김칠두라는 시니어 모델이 있다. 딸의 권유로 65세에 포기할 수 없는 꿈을 찾아 나섰다. 모델 학원에 등록하고 한 달 만에 모델로 데뷔하였으며, CF에도 출연하고 있다. 시니어 모델로 인생 역전이 되었다. 누구보다 화려한 제3의 인생에 도전한 강한 멘탈의 주인공이다.

몸짱 할머니 임종소는 보디빌더다. 2019년 5월 제24회 WBC 피트니스 오픈 월드 챔피언십 피규어 부문 2위(38세 이상 부)의 주인공이다. 출전자 중 40대 이상 선수는 그녀가 유일했다. 70대 보디빌더로 이름을 날렸다. 그녀는 인생 세 번째 도전으로 뮤지컬을 하고 있다.

은퇴하고 30년을 열정과 취미 생활로 즐기면 늙지 않는다고 한다. 열정을 가지면 마음이 늙지 않고, 마음이 늙지 않으면 육체를 건강하게 유지할 수 있다.

지금은 멘탈이 필요한 시대다. 실력과 운, 재능을 가졌다고 해도 멘탈이 약하면 성공할 수 없다. 치열한 경쟁과 예측 불가능한 세상이다. 목표를 달성하고 원하는 것을 얻으려면 혹독한 시련과 난관을 극복할 수 있는 멘탈 만들기가 필수적이다. 강한 멘탈을 만들려면 첫째, 나이의 한계를 뛰어넘을 수 있다는 용기를 발휘하자. 둘째, 자기 자신의 속도로 꾸준히 실행하자. 셋째, 부정적인 생각을 긍정으로 바꾸어 보자. 넷째, 적극적으로 행동하자. 다섯째, 탓하기를 하지 말자. 내가 강한 멘탈을 만들어야 하는 이유 중 하나는 죽음까지도 피하지 않고 정면으로 맞섰던 동료 교사의 몫까지 제대로 살아내기 위해서다. 삶이란 혼자만을 위한 것일 뿐만 아니라, 나와 정서적 관계를 맺고 있는 주변 사람들을 위한 것이기도 하기 때문이다.

6

공부가 최고

나선화

멘탈 관리가 필요한 시기다. 보건복지부 2022년 2분기 「코로나19 국민 정신건강 실태조사」발표에 따르면, 코로나19로 우울증을 앓고 있는 사람이 많다고 보고한다. 최근에 위드 코로나로 접어들면서 다소 줄어들기는 했으나 여전히 높은 수준이다. 경제 또한 어둡다. 특히 올해는 고물가, 고금리, 고환율이 맞물려 어려운 시간을 보내고 있는데, 내년 전망도 크게 다르지 않다. 경제 한파를 예고하고 있다. 마트에서 장보기가 겁난다. 식당의 음식값도 대폭 올랐다. 뉴스에서는 연일 영끌을 주도했던 20대, 30대의 이자 부담이 크게 늘었다는 소식을 전한다.

위기가 찾아올 때 사람은 정직해진다. 조금만 참으면 좋은 시절 온다고 믿으며 앞만 보고 살았다. 정신을 차리고 보니 나이 오십을 넘었다. 지금까지 잘 참고 살았는데, 앞으로도 계속 참고 살자니 억울하다. 억울함은 우울을 낳는다. 이대로 가다가는 삶이 송두리째 흔들릴 수 있다.

불면증을 호소하는 S가 있다. 갱년기의 영향이 크다. 젊었을 때는 젊음으로 문제를 이겨냈다. 나이가 드니 건강에 적신호가 켜졌다. 마음의 병이 신체로 나타났다. 몸을 돌보라는 신호인 것을 알면서도, 아직은 내 몸 돌보는 것보다 사회적 역할이 중요하다. 자녀들은 아직 독립하지 못했다. 시어머니는 치매를 앓아 어느 때보다 S의 손길이 필요하다. 시어머니는 S가 직장생활을 할 때 자녀들을 키워주었다. 도움을 받은 처지라 외면할 수도 없다. 다른 자녀들은 잘 모시라고 훈수 두기 바쁘다. 자기가 모시겠다는 사람은 없다. 시어머니는 치매가 심해져서 대소변을 해결하지 못한다. 요양병원에 모시자는 이야기를 꺼내고 싶지만, 역적이 될 것 같아서 입을 다문다. 남편이 총대를 메면 좋겠는데, 세상에 둘도 없는 효자처럼 군다. 결국은 며느리인 S의 몫이다. 낮에는 직장을 다니고, 저녁에는 시어머니 수발에 몸과 마음이 지쳐 간다. 멘탈이 허물어져 내리고 우울하다고 하소연한다.

S의 시어머니는 장에도 문제가 생겨 수술 후 요양병원에 입원했다. 입원 후에는 다른 문제로 마음고생이 심했다. 코로나로 인해 면회조차 할 수 없게 된 이유다. 서로 생이별이 되어 불효하는 것 같아 죄책감이 든다는 거다. 최근에야 코로나 방역지침이 다소 완화되어 면회를 갈 수 있다고 기뻐한다. S의 삶의 무게가 가볍지 않다.

내 경우는 경제적인 문제로 멘탈이 흔들리고 있다. 2021년, 김제에 작은 집을 샀다. 집이 상한가를 치고 있었다. 집을 사는 시기가 아니라는 것을 알면서도 돈으로 갖고 있으면 당장 쓰게 될까 봐 겁이 났다. 모자라는 금액은 은행에서 집을 담보로 대출했다. 20년 된 허름한 집이어서 리모델링도 해야 했다. 그래도 내 집을 마련한 기쁨이 컸다. 싱크대도 새것으로 들이고, 도배 장판도 새로 했다. 리모델링을 하기 전과 후가 확 달라졌다.

리모델링을 마칠 무렵, '요소수 대란'이 터졌다. 평소에 요소수란 용어를 들어본 적이 없다. 흔하디흔해서 관심조차 없었던 요소수다. 어디에 쓰는지도 몰랐다. 요소수가 경유 차에 설치되어 있는 후처리 장치에 사용된다는 것도 처음 알았다. 요소수를 시작으로 생활필수품들이 무섭게 뛰어올랐다. 8천 원 하던 실리콘 값이 2만 4천 원이 되었다고 리모델링을 하는 K가 실리콘을 쏘면서 말한다.

조명등을 사면서 실감했다. 익산에 있는 제법 큰 조명가게에 갔는데, 선반이 군데군데 비어 있었다. 물건이 안 들어와서 팔 물건이 없다고 팀장이 말한다. 무슨 일인지 어안이 벙벙했다. 코로나 때문에 세계의 공장인 중국이 물건을 안 만들어내고 있어서 그렇다고 했다. 평소에 생산하는 물건이 무기가 될 수 있다는 것을 국제사회가 알아차린 이유 때문이라고도 한다. 리모델링 자잿값이 하루가 다르게 오르니 예산은 예산일 뿐, 리모델링 대금이 두 배로 들어갔다. 김제는 대도시에 비교해서 집값이 싸지만, 집 살 때 은행에서 빌린 돈과 리모델링 잔금이 고스란히 빚이 되었다.

걱정했던 금리가 가파르게 올랐다. 앞으로 더 오를 전망이라고 한다. 통장에 스쳐 지나가는 숫자에 이자가 차지하는 비중이 높아졌다. 멘탈이 후들거린다.

2023년에도 경제 여건이 어렵다는 소식에 마음이 움츠러든다. 지난날을 돌이켜보면, 멘탈이 흔들릴 때마다 공부가 나를 구했다. 그래서 최근에는 자기계발서를 많이 읽는다. 자기계발서는 생각은 많고 행동이 굼뜬 나를 재촉한다.

조셉 머피가 쓴 《머피의 100가지 성공 법칙》은 잠재의식의 법칙에 관한 책이다. 머피의 법칙을 오해한 적 있다. 안 좋은 일이 연속적으로 일어나는 일이라고 치부했다. 청춘 시절 들었던 대중노래 영향 탓이다. 공부해 보니, 머피의 법칙은 잠재의식을 어떻게 활용하느냐에 따라 우리의 인생이 성공할 수도 있고, 실패할 수도 있다는 내용이다. 좋은 일을 생각하면 좋은 일이 일어나고, 나쁜 일을 생각하면 나쁜 일이 일어난다는 지극히 당연한 이야기를 일상에서 놓칠 때가 많다. 멘탈이 흔들릴 때는 부정적인 생각이 먼저 든다. 머리에 들어온 생각은 똬리를 틀고 자리를 잡는다. 이때 '의식적'이 중요하다. 의식적으로 부정을 긍정으로 바꾸어야 한다. '자기'란 스스로가 지금 생각하고 느끼고 있는 것, 그 자체이기 때문이다.

그랜트 카돈의 《10배의 법칙》은 '성공을 하려면 생각을 10배 더 원대하게 하고, 행동을 10배 더 많이 하는 것'이라고 말한다. 뭐? 10배를 더 행동하라고? 나 열심히 살고 있는데, 2배도 아니고 10배라니. 반감이 생긴다. 호랑이를 그리려다 잘못 그리면 고양이라도 그리지만, 고양이를 그리려다 못 그리면 아무것도 못 그린다는 속담과 일맥상통하네. 고쳐 생각하니 이게 답이구나 싶다.

불황이라고 움츠리고 있을 수만은 없다. 10배까지는 아니더라도 행동의 양을 늘려야겠다고 생각하던 차다. 이은대 작가도 "지금은 돈 벌 수 있는 판때기가 펼쳐져 있는 세상이다. 노력하면 얼마든지 돈을 벌 수 있다."고 목이 아프도록 외치고 있지 않은가.

나는 행동하지 않고 있었다. 어제와 똑같은 행동을 하면서 더 나아지기를 바랄 수는 없다. 꿈은 원대하게 꾸되 마치 영화의 주인공인 것처럼 생생하게 상상하고 마치 꿈을 이룬 것처럼 감사한다. 행동은 내일로 미루지 말아야 한다. 오늘 움직여야 오늘이 쌓여 미래가 달라질 수 있다.

신문의 모든 지표는 적신호를 가리키고 있다. 통장 잔고를 생각하면 우울하다. 56년을 살면서 힘든 시간도 많이 겪었다. 이 또한 지나간다. 내게 공부는 힘든 시기를 견디게 해준 고마운 존재다. 다시 용기를 내 본다. 시간을 허투루 보내지 않으려고 신경 쓴다. 열 권의 책을 읽으면 열 명의 멘토를 곁에 두는 셈이다. 어제보다 오늘 더 행동하고 준비하면 기회는 반드시 온다고 믿는다. 멘탈이 흔들릴수록 책을 펼친다. 나는 작가다. 글 쓰며 경제적 자유를 누리는 백수를 꿈꾼다.

7

멘탈도 마사지가 필요해

박미희

"나 완전 멘탈 나갔어." "멘붕이야."라는 말을 종종 듣는다. 멘탈이 무슨 뜻인가? 생각하거나 판단하는 정신 또는 정신세계라고 사전은 정의한다. 우리말로는 정신력, 심지, 심기로 표현할 수 있다. 멘탈 관련해서는 멘탈갑, 멘탈붕괴, 강철멘탈, 유리멘탈, 두부멘탈 등의 말들을 자주 쓴다. 멘탈이 깨지다, 부서지다, 가루가 되다, 멘탈이 탈탈 털린다고도 표현한다. 이런 멘탈이라는 말은 언제부터 사용되었을까. 해외 축구 갤러리에서 공신력을 인정받는 축구 시뮬레이션 게임을 풋볼 매니저 시리즈라고 한다. 이 게임에서 축구 선수의 능력치를 세 가지로 나누

어 놓았다. 첫째, 기술 능력치는 테크닉, 둘째, 신체 능력치는 피지컬, 셋째, 경기력과 관련 있는 전술 이해도, 심리적 압박 대처 능력 등을 아울러 '멘탈'이라고 표현했다. 멘탈이라는 단어를 사용하기 전에는 주로 정신력이라는 말을 썼다. 이 게임에 영향받은 사용자들이 '멘탈'을 사용하면서 대중화되었다고 전해진다. 일상생활에서 멘탈이라는 단어를 자주 사용하고 관련된 표현이 늘어나는 현상은 우리의 정신력을 흔드는 일들이 빈번하다는 뜻이 아닐까. 그만큼 어려운 시대를 살고 있다는 말도 될 것이다.

"비밀번호 잘못 누르셨네요. 다시 눌러주시겠어요?"

사무실 비용을 찾기 위해 은행을 방문했다. 순간 통장 비밀번호가 생각나지 않았다. 몇 번을 반복했지만, 틀렸다는 직원의 앵무새 같은 소리가 반복될 뿐이었다. 얼마 전에도 문제없이 비밀번호를 누르고 출금을 했었다. 오늘은 누가 내 머릿속을 새하얀 페인트로 칠해버렸는지 온통 하얗다. 멘붕이다. 그 어디에서도 네 자리 번호를 찾을 수 없었다. 초조해졌다. 머리를 세차게 흔들었다. 그렇게 하면 어디론가 도망간 숫자가 다시 나타날까 싶었지만, 그런 일은 일어나지 않았다. 비밀번호를 확인하고 다시 오겠다는 말을 남긴 후 허둥지둥 은행을 빠져나왔다. 마음을 가라앉히고 시간이 지나면 문득 떠오를 때가 있을 거야, 조금만 기다려보자며 자신을 다독였다. 하루 이틀 시간은 흘러갔지만, 달아난 비밀번호는 돌아올 기미가 보이지 않았다. 이런 일은 처음이었다. 전화번호를 줄줄 외우고 한 번 본 얼굴은 잊은 적이 없던 나는 이제 존재하지 않았다. 내 통장도 아니고 사무실 통장이다. 비밀번호를 바꾸려면 상사를 모시고 직접 은행에 가야 한다. 비밀번호를 잊어버렸다고 보고해야 하는 나를 참을 수 없었다. 몇 날 며칠을 끙끙대다가 상사에게 솔직하게 말했다. 함께 은행에 가서 비밀번호를 바꾸었다. 다시는 같은 일을 반복하지 않도록 비밀번호를 기록해 두었다.

무슨 이 정도의 일로 멘탈이 나가냐고 의아해하는 사람도 있을 것이다. 늘 완벽을 추구하는 나에게는 받아들이기 어려운 일이었다. 며칠 동안 잠도 자지 못하고 힘들었다. 온통 그 생각에 대화도, 일도 집중할 수 없었다. 상사는 의외로 별일 아니라는 듯 내 마음을 편하게 해주었지만, 나 스스로 용납이 되지 않았다. 자책하고 자책했다. 믿음이 무너져 내렸다. 기억력이 좋다고 생각했기에 내가 한 말, 한 일에 자신 있게 대답할 수 있었다. 하지만 이제는 그럴 수 없다.

사람은 16~18세까지 뇌세포가 성장하고 두뇌 활동이 활성

화된다. 이후부터는 기억력이 떨어지기 시작해 삼십 대부터 순간순간 건망증이 나타난다고 한다. 물론 사람에 따라 차이가 있을 수 있다. 요즘 모든 병의 근원에서 스트레스를 떼어놓을 수 없듯이, 기억력이 저하되는 일 또한 스트레스의 영향이 크다고 한다. 일반적으로 출산을 경험한 여자들은 나이가 들수록 급격한 기억력 감퇴를 겪는다. 아이 둘을 낳은 나도 별반 다르지 않다. 자연스러운 현상으로 받아들이기까지 시간이 필요했다. 어쩔 수 없이 현실을 받아들이고 적응해 나갔다. 같은 실수를 반복하지 않기 위해 스스로 대책을 세웠다. 중요한 일은 잊지 않기 위해 수첩이나 스마트폰 또는 PC에 기록하는 습관을 들였다. 알람도 이중 삼중으로 맞춰놓고 관리했다.

요즘 시대는 살아가기가 그리 녹록하지 않다. 왕따와 학교폭력, 입시지옥으로 청소년 자살률이 늘어간다. 비싼 대학 등록금을 내고 졸업한 청년들은 취업 지옥에서 시달린다. 치솟는 집값에 내 집 마련은 더 어려워지고, 아이 키우기 힘들어 출산을 포기하는 사람들이 늘어가는 추세다. 조기 퇴직, 노후 걱정에 살아갈 날이 막막한 이도 많다. 소통 단절로 우울증을 앓고 있는 사람들도 증가하고 있다. 겉으로는 별문제 없이 살아가는 듯 보이지만, 제각각의 아픔을 안고 있다. 그런 상처들을 잘 이겨내지 못해 정신적으로 힘들어하는 사람들도 있다. 어느 때보다 멘탈 관리가 필요한 때이다.

멘탈 관리는 운동선수들에게 흔히 행해지는 일이었다. 대표적인 예로 피겨 스케이트의 김연아, 수영의 박태환, 펜싱의 박상영, 높이뛰기의 우상혁, 축구의 손흥민 등등. 끊임없는 연습과 불굴의 의지로 자신의 분야에서 두각을 나타낸 선수들로 흔히 멘탈갑이라 불린다. 몇 달 전, 2022년 월드컵이 끝났다. 우리나라 선수들은 포기하지 않는 정신력으로 16강 진출을 이뤄냈다. 2002년의 신화는 달성하지 못했지만, 계속해서 성장하고 있는 한국 축구의 미래를 확인할 수 있었다. 이제 멘탈 관리는 비단 운동선수들에게만 국한되지 않는다. 현시대를 살아가고 있는 우리 모두에게 필요한 일이다. 왜냐하면 우리는 빠르게 변화하는 세상 속에서 자신을 몰아붙이며 살아가고 있기 때문이다. 더 열심히 살라고, 돈을 더 벌라고, 더 완벽한 인간이 되라고 매일매일 자신을 한계 상황으로 내몰고 있다. 이런 분위기 속에서 자칫하면 멘탈이 부서지고 삶이 위태로워질 수 있다.

완벽한 사람은 존재하지 않는다. 단지 그렇게 보일 뿐이다. 완벽을 추구하는 행위도 좋지만, 현재 상태에서 자신이 할 수 있는 최선을 다하는 자세가 무엇보다 중요하다. 그리고 하나 더 필요한 태도는 자신을 끊임없이 칭찬하는 일이다. 운동선수들이 근육을 이완시키기 위해 마사지를 받듯이 우리의 멘탈도 때로는 마사지와 같은 관리가 필요하다. 그런 역할을 하는 것이 칭찬이다. 항상 노력하는 자신에게 잘하고 있다고 말해주고 격려하는 일, 멘탈이 필요한 시대를 살아가는 우리가 취해야 할 자세이다.

8

버티면 다이아몬드, 못 버티면 모래

박정재

다이아몬드를 발견했다. 다이아몬드를 품 안에 넣기 위해 매주 540km를 이동했다. 다이아몬드는 지금의 아내이다. 아내를 만나러 수원에서 대구를 매주 금요일에 내려갔다. 그리고 월요일 새벽에 대구에서 수원으로 올라왔다. 그 거리가 540km이다. 1년 동안 장거리 연예를 했다. 540km 곱하기 52주는 28,080km이다. 다이아몬드를 얻기 위해 기차로 약 2만 8천km를 이동했다.

수원에서 직장생활을 했다. 아내는 친구 소개로 만났다. 주말 연예를 시작했다. 자동차가 없었다. 자동차를 살 생각조차

하지 못했다. 연애를 하면서 자동차가 필요했지만, 장거리를 매주 왔다갔다할 수 없다고 생각되어 대중교통을 이용했다. 금요일에 대구로 내려갈 때는 KTX를 타고, 월요일 새벽에 올라올 때는 무궁화를 탔다. 새벽 4시에 타면 7시 30분쯤 수원역에 도착한다. 수원역에서 버스를 타고 직장으로 갔다.

첫 만남에 아내는 수다쟁이였다. 이전에 소개팅 때는 내가 수다쟁이였다. 첫 만남도 특이했다. 나는 포항에, 아내는 대구에 있었다. 아내가 친구랑 통화하다가 화장실에 간다고 휴대전화를 나에게 줬다. 받기 싫었다. 친구에게 들은 이야기다. 내 혈액형이 O형이라고 해서 싫다고 했단다. O형은 바람을 많이 피운다고. 만나보지도 않고 판단하는 여자는 나도 거부하겠다는 생각이었다. 어쩌나, 휴대전화가 내 손에 있다. 베란다로 가서 "여보세요." 했다. 간단히 인사를 하고 대화하다가 아내가 지금 당장 대구로 오란다. 잘 곳이 없으면 자기 집에서 자도 된단다. 자기 집 넓다고. 잠잘 곳이야 나도 있다. 대구에서 대학을 졸업했기에 친구가 자취하고 있다.

뭐 이런 사람이 다 있지? 내가 아는 상식과 조금 다른 사람이구나! 호기심이 생겼다. 친구와 상의한 후 간다고 이야기했다. 친구는 대구에 사는 아는 형 집들이에 가야 한다고 하면서 가자고 했다. 저녁 9시쯤이었다. 대구에서 밤 10시 넘어 만났다.

나와는 다른 부류의 사람이었다. 커피숍에서 만나 이야기했다. 밤 11시쯤 커피숍이 문을 닫아야 해서 술집 투다리로 갔다. 투다리에서 소주 한 병과 어묵탕, 꼬치구이를 주문했다. 새벽 1시까지 이야기하고 나왔다. 다음 날 만나서 점심 같이 먹자고 약속하고 나서 헤어졌다.

다음 날 친구와 오전 10시부터 당구장에서 놀았다. 친구가 배고프다며 짜장면을 먹자고 했다. 나는 '점심 약속이 있는데.' 고민하다가 지금의 아내에게 연락했다. 당구장에서 짜장면을 먹는다고, 그리고 친구랑 당구를 쳐야 한다고 이야기했다. 의외로 시원하게 알았다고 답했다. 저녁에 보자고 했다. 생각했다. '소개팅녀가 시원시원한 성격이네.' 마음의 문이 열렸다. 저녁 식사 약속을 했지만, 내가 또 약속을 어겼고, 만나면서 커피를 마시자고 했다.

지하철 개찰구 앞에서 소개팅녀를 만났다. 반가움 반, 미안함 반이었다. 커피숍에서 이야기꽃을 피우고 수원으로 가는 열차 시간이 다 되어 지하철역으로 갔다. 소개팅녀와 '안녕!' 하고 유유히 내려갔다. 지하로 내려가는 계단을 두 칸씩 내려갔다. 귀퉁이를 돌고 재빠르게 지하철을 타러 갔다.

문자 한 통을 받았다. “모퉁이에서 뒤돌아보는 센스가 부족하네요. 잘 가세요.” 소개팅녀의 마지막 문자였다. 그렇지만 나에게는 시작의 문자가 되었다. 나를 끝까지 바라봤다는 것이었다. ‘나는 소개팅녀와 같은 행동을 예전에 했었는데. 까마득히 잊고 지냈었는데.’ 각성하면서 “바로 이 여자다.”라고 생각했다.

매주 하루도 빠지지 않고 대구로 내려갔다. 270km는 내겐 짧은 거리였다. 여자친구를 만나는 것이 0순위였다. 만나면 즐거우니까, 힘들어도 좋았다. 만남은 금, 토, 일, 월 이렇게 4일이었다. 먼 거리를 왔다갔다하면서 어떻게 4일을 만나? 가능했다. 금요일 밤에 만나고, 토, 일요일에 만나고, 월요일 새벽에 잠깐 보면 4일을 만나는 것이었다.

결혼을 앞두고 다이아몬드가 모래가 될 위기가 있었다. 경제적인 문제도 컸고 집안의 문제도 있었다. 문제를 해결하기 위해 버티고, 인내하고, 긍정적인 생각을 했다. 여자친구와 대화를 통해 하나씩 양파 껍질 벗기듯 해결했다. 결혼했고, 아내는 나의 다이아몬드가 되었다. 끝까지 버텨야 열매를 맺는다는 것을 경험했다.

목수인 아빠가 탁구대를 만드셨다. 남아 있는 자재로 만드셨다. 기존 탁구대 규격보다는 조금 작았다. 여러 집이 사는 넓은 마당 중앙에 떡하니 탁구대를 놓았다. 아빠가 탁구채와 탁구공을 주면서 친구들과 놀라고 하셨다. 탁구 네트는 줄넘기로 만들었다. 줄넘기를 팽팽하게 잡아당겨 양쪽으로 못질하여 고정시켰고, 네트 가운데 부분은 찢어진 현수막으로 채웠다.

나의 첫 서브는 왼손으로 던지는 거였다. 친구들이 삼삼오오 모였다. 동네 형들을 비롯하여 동생들도 모여 함께 쳤다. 혼자 실력을 쌓겠다고 생각해, 네트 부분을 넓은 판자로 막았다. 혼자 넓은 판자가 있는 곳으로 서브를 넣고 공이 판자에 맞아 다시 나에게로 오면 다시 판자가 있는 쪽으로 쳤다. 이런 행동을 반복 또 반복했다. 실력은 점점 좋아졌다. 그러나 실력이 더 늘지 않아 한계에 부딪혔다. 자만감으로 탁구 선수가 돼야겠다고 생각했었는데, 탁구 선수가 되는 꿈이 깨졌다. 이정화, 김택수, 유남규 선수가 왕성히 활동하던 시기여서 정말 하고 싶었지만 버티지 못했다. 지원해 주는 사람도 없었다. 탁구를 잘 치기 위해 학교가 끝나면 매일, 주말에도 연습했다. 공부보다 더 많은 시간을 투자했지만, 결국 모래가 되었다. 탁구 선수의 꿈은 열매를 맺지 못했다.

왼손은 다이아몬드다. 뇌를 좋게 하려면 왼손을 자주 사용해야 한다. 피아노를 치던지, 기타를 치던지, 키보드를 두드리던지, 왼손을 빈번하게 사용해야 두뇌가 개선된다.

고등학교 때 기숙사 생활을 했기에 식당에서 밥을 먹었다. 천천히 먹어도 되었지만, 음식물은 남기면 안 되었다. 천천히 왼손으로 젓가락을 잡았다. 오른손과는 다르게 잘 잡히지 않았다. 젓가락을 사용하는데 손가락이 마비되는 느낌을 받았다. 힘들어도 머리가 좋아진다고 생각하니 즐겁게 왼손으로 젓가락질을 했다. 1년 6개월 정도 식사 때마다 꾸준히 연습했다. 완벽하진 않았어도 젓가락 사용에 불편함은 없었다.

결혼 후 오른손을 다쳐서 깁스를 했다. 샤워도 못 하고, 혼자 머리 감는 것도, 옷 벗고 입는 것도, 깁스로 인해 불편했다. 여간 불편한 게 아니었다. 화장실 볼일도 손이 불편해서 다 내리고 봐야 했다.

밥을 먹어야 하는데 아내가 키득키득 웃었다. 나는 오른손으로 밥을 먹는데 오른손을 다쳐서 밥을 못 먹게 되었다고 우스웠는가 보다. 밥을 제대로 못 먹으면서 고생하라는 눈빛이었다. 그런데 아니나 다를까, 나는 왼손으로 잘 집어서 먹었다. 아내는 어이없는 표정을 지으며 왼손도 사용할 줄 아느냐고? 밥 먹을 때 고생하는 거 보려고 했는데 좋았다가 말았다고 말했다.

뉴스, 유튜브, 틱톡, 페이스북, 인스타그램에 끊임없이 업데이트되는 정보를 보고 듣고 한다. 광고, 홍보 등 원하는 정보를 정확히 찾아야 한다. 한 분야를 배우려면 여기도 좋다, 저기도 좋다고 한다. 후기, 사례, 성공담도 있고, 무엇이 진실인지 분간하기 힘들다. 선택을 잘해야 한다. 강의의 핵심은 같다. 메뚜기처럼 뛰어다녔다. 무료, 유료 강의가 있는 곳이면 무작정 가서 들었다. 그러나 남는 것은 없다. 정보가 넘치는 시대, 멘탈이 필요하다. 멘탈을 다잡고 중심을 세워 꾸준히 한곳에서 배우기 시작했다. 할 수 있는 일을 하나씩 해 나갔다. 배울 곳을 정착시키기 전에 기웃거리다 정작 할 수 있는 일은 하지 못했다.

"한 우물을 파라."라는 말이 생각난다. 한 분야에서 전문가가 될 것이다. 전문가가 살아남는 시대! 여러 가지 능력을 융합하여 시너지 효과를 내는 것도 좋지만, 한 분야만큼은 깊이 있는 전문가가 되어야 한다. 한 분야에서 끝까지 버티면 다이아몬드가 되고, 못 버티면 쉽게 부서지는 모래가 된다. 지금도 우물을 열심히 파는 중이다.

9

나의 가치는 당당함에서 나온다

백란현

10년 전 3월, 친목회가 조직되었다. 신입 교사를 환영하기 위해 대부분의 교직원들이 회식에 참여했다. 친목회 운영이 나의 업무는 아니었지만, 아침마다 참모회의에 들어가는 입장으로 인해 회식자리에서 술을 챙기고 권했었다. 횟집에서 1차 식사를 한 후 같은 건물 5층에 있는 노래방에 갔다. 노래방에서는 노래가 끊어지지 않도록 리모컨을 선후배들에게 건넸다. 교장 선생님은 김 선생님에게 소주 한 잔을 주고 싶어 했다.

"연구부장, 소주 한 병 가져와라."

소주를 찾아 지하 1층까지 내려갔다. 소주병을 들고 노래방에 들어가니 모두 집에 가는 분위기였다. 김 선생님은 자기 배낭 가방 옆 주머니에 술병을 꽂으면서 말했다.

"교장 선생님이 주신 소주는 제가 챙겨가겠습니다."

이전 연구부장은 회식 자리에서 분위기를 띄우는 역할을 즐기는 사람이었고, 나는 그렇지 않았다. 주변에서 이전 부장 이름을 들먹일 때마다 유쾌한 회식 분위기를 만들고자 안간힘을 썼다.

퇴임을 앞둔 교장 선생님은 내년에 사용할 전교생용 창의적 체험활동 교재를 나에게 주문하라고 지시했다. 천천히 주문해도 된다고 판단했다. 이후 가급적 교장실에 가지 않았다. 나를 교장실로 불렀던 교장 선생님은 수화기를 내게 주었다.

"연구부장, 지금 서점에 전화해서 교재 주문해라."

주문하더라도 신학기 교사들과 충분한 협의를 한 후 교재 주문을 넣고 싶었다. 그러나 내 의견을 제대로 말하지 못했다. 1년간 참모로 함께한 시간 때문에 내 의견을 말할 줄 모르는 바보가 되었다.

불합리한 일에는 내 주장을 당당하게 펼칠 줄 알아야 한다. 만약 10년 전 상황으로 돌아간다면 회식 자리에서 식사만 하고 일어설 것이며, 교장실 수화기로는 교재 주문은 하지 않을 것이다. 실제로 1년 후 창의적 체험활동 교재구입비 예산을 없앴고, 그 돈만큼 학교 도서관 아동 도서구입비로 예산을 책정했었다. 예산 협의에서 후임 연구부장과 설전한 결과였다.

드라마 〈김과장〉을 보면서 나의 가치는 내가 스스로 부여하는 것이고, '당당함'에서 나온다는 것을 알게 되었다.

〈김과장〉 10회에서는 택배회사 회생 프로젝트를 진행한다. 실패하면 직원들은 일자리를 잃는다. 그동안 직원들은 직장생활로 인해 자존심, 자존감, 자긍심 모두를 어딘가에 접어두었었다. 프로젝트를 성공하면 얻는 것은 '나 자신'이라고 말하는 부분이 기억에 남았다. 같은 장면을 열 번도 넘게 봤다. 회사 재무이사가 반대하는 프로젝트였고, 실패 후폭풍이 크지만 회사를 살리고 직원의 구조조정을 막기 위한 회생 프로젝트는 반드시 필요한 일이었다. 일의 가치에 대한 '당당함'이 있기 때문이다.

〈김과장〉 12회에서는 다음과 같은 대사가 나온다.

"어떤 사람은 자신의 이익을 위해 모든 걸 바치지만, 어떤 사람은 자신이 부여받은 가치를 위해 모든 걸 바친다."

나는 왜 교장 선생님의 눈치를 많이 보았을까? 연구부장 업무가 처음이기도 했고, 교장 선생님의 의중을 파악하고 따라야 학교 교육과정을 기획하고 추진할 때 힘들지 않을 것이라고 생각했었다. 게다가 내 의견을 말하지 않는 것이 어른을 향한 예의이자 공경이라고 여겼다. 이러한 행동에서 '나 자신'은 없었고, '나의 이익'을 먼저 생각했던 것은 아닐까 되돌아보았다.

직장에서 내 생각을 당당하게 밝히는 일은 나 스스로 부여한 가치도 지킬 수 있다. 2학년 학급에서 남학생 두 명 사이에 '성'과 관련된 일이 벌어졌다. 사건이 생기기 전, 성폭력 예방 교육은 이미 한 상태였고, 사후 성교육 및 안전 생활에 대해 지도를 했었다. 학부모는 같은 일이 다시 생기지 않도록 담임이 더 잘 지도해 달라는 의견을 인성부장에게 전달했다.

"부모님께서 부탁하시는 것은 당연합니다. 그러나 부장님, 제가 어떻게 지금보다 더 잘 지도합니까? 제 생각으로는 2학년 전체로 외부 강사가 인성교육을 해주면 교육 효과가 클 것 같습니다. 담임이 혼자 지도하는 일은 한계가 있습니다."

친분이 없었던 인성부장에게 내 의견을 강하게 말했다. 나를 일하기 싫어하는 교사로 생각하면 어쩌나 하는 걱정도 되었다. 괜히 말했나 하는 후회도 생겼다.

결론적으로, 인성부장은 내 의견을 받아주었다. 학년 전체로 상담교사의 집단 상담이 이루어졌다. '나 자신을 얻는다.'라는 대사를 듣고 보니 새 학교에서도 나답게 말하고 살아야겠단 생각이 들었다.

나 스스로 부여한 가치를 위해, 삶을 살아가는 사람이 되고자 애를 썼다.

"국악 동영상 대신 선생님의 가창 실기를 보여주세요. 40분 전체 미디어 활용은 자제해 주시고 장구 등의 연주도 보여주세요."

수업마다 국악 강사는 동영상을 활용하여 수업을 진행했다. 국악을 전공하지 않은 담임교사도 동영상 자료가 있다면 얼마든지 국악 수업을 할 수 있다. 수업이 끝나자마자 국악 강사에게 건의했었다.

다른 선생님들에게 내 의견을 전하는 일은 쉽지 않다. 동료들과 의견이 다르다는 사실에 서로 불편할까 봐 입을 다물고 있을 때도 많았다. 그러나 시간이 흐를수록 내 생각을 당당하게 말할 줄 모르는 사람이 되어가는 것은 아닐지 염려가 되었다. 좋은 관계를 유지하면서 나의 주장을 펼치면 금상첨화다.

비록 인간관계가 불편해질지라도 나에게 맡겨진 학생들을 위하여 당당하게 말하기 시작했다. 나는 학생의 성장을 돕기 위해 일하는 교사이기 때문이다. 나의 가치는 당당함에서 나온다.

10

'깡'으로 버틴 세상

안지영

강소주를 들이켰다. 뜨거운 소주가 롤러코스터처럼 빠른 속도로 내장을 훑고 발바닥을 때린다. 드라마나 영화에서 보면, 세상에 배신당하고 상처 입은 사람들이 투명한 소주를 만병통치약인 양 들이켰다. 그렇게 마셔버리면 다 잊힐 줄 알았다. 처음으로 좋아했던 첫사랑이 말없이 군대에 갔다. 세상이 무너지고 내 인생도 끝나버린 것 같았다. 첫사랑이 사라진 지금, 회사 출근도 중요치 않았다. 학교 다니면서 유일하게 자신 있었던 개근도, 직장생활을 하면서 지각 한 번 안 했던 나의 근면함도 이별 앞에선 후루룩 허물어졌다.

소주의 위력에 밤새 울다 술병이 난 딸을, 엄마는 말없이 차에 태워 회사 앞에 내려 주고 가셨다. 직장이 장난이냐며 야단맞는 것보다 엄마의 말 없는 가르침에 정신이 번쩍 들었다. 이 일이 있고부터 어떤 일이 있어도 맡은 바 책임을 다하게 되었다.

어려서부터 작은 일에 상처받고, 별거 아닌 일에 밤새 울고 잠을 못 자는 유리 멘탈이었다. 이런 나에게는 작은 일도 시련처럼 크게 느껴졌다. 남들은 한 번에 해내는 것조차 수십 번이 더 걸렸다. 잔꾀를 쓸 배짱이 없어서 될 때까지 해봤다. 처음부터 오기가 생겨 계속 시도했던 건 아니었다. 안 하고 지나갈 용기가 없어서 도망가지 않고 했을 뿐이다. 그러다 그 성취감의 맛을 보고 다시 일어서는 힘이 생겨났다. 고지식하고 융통성 없는 딸을 보는 부모로선 답답했을 것이다. 마음도, 의지력도 약했던 울보 딸은 쉽게 상처받고 자주 울어댔다.

직장도 쉽게 풀린 적이 없었다. 첫 직장을 다른 학생에게 빼앗기고 밑바닥 공방부터 시작했을 때, 간절히 원했던 보석 디자이너의 삶은 저 멀리 날아가 버렸다. 친구들이 이십 대의 청춘을 즐길 때 나의 이십 대는 지하 공방에 갇혀 있었다. 친구들이 매끈한 아스팔트를 달리고 있었다면, 나는 먼지 나는 비포장도로를 걷고 있었다. 포기해야 할지, 멈추고 다른 길을 찾아야 할지 늘 고민이었다. 고생한 시간이 아까워서 더 참아보자며 이를 악물었다.

사회 초년생 시절, 친구와 나의 소박한 꿈이 세상을 버티게 했다. 우리가 생각하는 '성공한 직장인'의 모습은 월급날 각자 통닭 한 마리씩 먹는 거였다. 그 순박한 꿈은 취업 후 3개월 만에 이루어졌다. 배불리 실컷 먹었던 통닭과 시원한 생맥주의 맛은 지금도 생생하다.

월급날 먹을 수 있는 '통닭 한 마리의 호사'는 직장인으로 버틸 힘이 되어 주었다. 여성 기술자들을 경리 직원으로 대하는 보수적인 업계에서는 더 특별한 '깡'이 필요했다. 야근도 똑같이 하는데, 승진과 회식 자리에서의 불평등은 일에 대한 열정을 꺾었다. 그럴수록 끝까지 버텨서 살아남겠다고 다짐했다.

초등학교에서 4차시 토론 수업을 했을 때였다. 팀을 나눠 토론 준비를 다 하고 마지막 실전을 앞두고 있었다. 정해진 발언자들이 시간이 되어도 교실에 나타나지 않았다. 미리 짠 것 같은 일이 일어났다. 갑자기 아파서 병원에 간 학생, 결석한 학생, 현장 체험학습을 내고 학교에 안 나온 학생, 입론서를 가지고 조퇴한 학생, 지난주에 결석해서 어떤 내용인지 모르는 학생.

순간 머릿속이 하얘졌다. 해결 방법이 전혀 안 보였다. 양측 남은 아이들 수도 안 맞았다. 5분 동안의 침묵은 다섯 시간처럼 길었다. 5분 후 아이들에게 불가능한 제안을 했다.

쑥스러워 말을 못 하는 친구에게 입론서를 넘기고 연습시켰다. 지난 시간에 결석해서 내용을 모르는 친구를 시간 계측자로 세웠다. 상대편 반론을 다른 팀 반론자에게 맡겼다. 말하기 부끄럽고 자신감 없는 친구들이 대부분이었다. 긴급 상황을 설명했다. 우리가 그동안 했던 수업을 실전 경기로 하고 마무리하고 싶은데, 너희들이 적극적으로 나서야 한다고, 해낼 수 있다고 용기를 주었다. 흔들리던 아이들의 눈망울들이 또렷해지기 시작했다. 포기할 시간도 부족했다. 시계를 보며 준비하는 아이들의 눈빛이 점점 단단해져 갔다. 짧은 준비시간이 끝나고 실전 토론 경기의 시간이 성큼 다가왔다. 시작종이 '땡' 울리고 입론이 시작되었다. 작지만 또박또박한 발언이 시작되었다. 바늘이 떨어지는 소리도 들릴듯한 적막이 흐르고 반론이 시작되었다. 자신이 맡은 바에 최선을 다하는 아이들의 모습에 가슴이 벅차올랐다. 경쟁이 아닌 협력하는 에너지가 교실을 가득 채웠다. 종이 울리고 마지막 발언이 끝났다. 아이들의 한숨 소리가 여기저기서 나왔다. 웃음소리와 함께 긴장감이 흩어졌다. 아이들의 맑고 솔직한 소감이 줄줄이 이어졌다.

"우와! 심장이 쫄깃했어요."

"전 눈앞이 캄캄했어요."

"다리가 후들거렸어요.

선선한 가을 날씨인데 식은땀이 송골송골 맺혀있었다. 토론 경기를 용기 내서 해낸 아이들은 값진 정신 관리 수업까지 덤으로 경험했다. 이 아이들은 성장하면서 만나게 될 많은 문제 앞에 뒷걸음치지 않을 것이다. 당당히 마주할 것이다.

매장 일을 처음 하게 되었을 때 크고 작은 실수가 있었다. 계산 오류, 주문 누락을 하며 많이 깨지고 혼쭐이 났었다. 손님과의 약속을 공장 쪽에서 못 지켜도, 내 실수가 아니어도 죄송하다며 고개를 숙여야 했다. 계속 서 있어야 하는 직업으로 다리는 늘 퉁퉁 붓고, 등은 딱딱하게 굳었다. 휴무일 때도 매장에서 오는 전화를 쉼 없이 받아서 처리했다. 맘 편히 쉬지 못했다. 감정으로 일그러진 얼굴을 거울 보며 웃는 연습을 수시로 했다. 여린 마음에 굳은살이 울퉁불퉁 배겼다. 어떻게 하면 고된 일이 능률이 오를지 항상 생각했다. 작은 일에도 마음을 넣었다. 직접 채우고 닦은 매장을 진심으로 아꼈다. 마치 내가 사장인 듯 일했다. 일이 점점 즐거워졌다. 출근하는 아침이 기대되어 눈이 떠졌다. 고객 입장에서 제품을 추천하니 단골손님이 늘었다. 업계에 성실하단 소문이 났다. 오픈하는 귀금속 매장에 매니저로 스카우트되었다. 물건 사입과 매장 직원 관리, 매출 관리를 도맡아 했다. 매장을 비울 틈도 안 났다. 물 마실 시간, 화장실 갈 짬도 나지 않아 참았다가 소변을 보면 콜라색이었다. 몸보다 매장이 먼저였다. 새로운 매장을 세 군데나 오픈하면서 가파른 세상을 또 한 번 넘었다.

인생은 우리가 계획하고 원하는 대로 흘러가지 않는다. 아무리 계획을 세우고 플랜 A, 플랜 B를 준비해도 상상 불가한 돌발 상황이 튀어나와 놀라게 한다. 모든 걸 겁내며 뒷걸음치던 겁보인 내가 시련을 이겨내고 나니 세상이 친근하게 느껴졌다. 당당하게 어깨를 편 안지영이 거울 앞에서 웃고 있다. 버틸 수 있는 만큼 견뎌낸 덕분이다. 세상은 이런 나에게 값비싼 '선물'을 주었다. 이젠 안다. '깡'으로 무장된 강인한 멘탈만 있다면 어떤 세상도 이겨낼 수 있다는 사실을. 내 안에 잠든 '깡'을 깨워보자! 키워보자! 그리고 세상을 버텨보자!

제4장

나만의 멘탈 관리 비법

1

꾸준함, 매일 시도로 한계를 극복한다

김미예

한 가지 사실을 깨달았다. 선택과 집중 덕분이었다. 나에게는 타인을 도울 힘과 에너지가 있다는 것을. 내가 어떻게 하느냐에 따라 달라진다는 것을 알았다. 이왕이면 긍정적인 마음과 열정, 의욕에 집중하는 것이 바람직한 선택이라 생각한다.

오십. 살아온 세월 만만치 않았다. 믿었던 사람에게 돈도 떼이고, 사기도 당해 봤다. 대출금과 빚을 갚기 위해 영업회사에 입사했다. 적응하느라 갖은 고생을 했다. 적응하지 못하는 나에게 회사 대표의 말은 충격이었다. 기분이 나빴다. 오기가 생겨

이를 바득바득 갈며 살아남기 위해 노력했다. 그러나 결과물이 쉽게 나오지 않아 조바심도 났다. 견딜 힘이 없었다. 후회하고, 잘하는 사람에 대해 뒤에서 험담했다. 왜 나에게는 힘든 일만 생길까 원망도 했다. 정신력까지 바닥으로 떨어졌다. 가슴이 답답했다. 스치기만 해도 폭발할 지경이었다. 누군가 한 명만 걸려라.

이 글을 쓰고 있는 지금은 조금 달라졌다. 다른 사람의 말에 휘둘리거나 조바심을 내지 않는다. 원망이나 험담도 줄었다. 남의 흉을 보는 건 결국 부메랑이 되어 되돌아온다는 걸 체험했기 때문이다. 대신 삶의 초점을 내 안으로 가져왔다. 주위를 바라보는 시선이 편안해졌다.

나만의 멘탈 관리 노하우를 세 가지로 정리해 보았다. 이미 알고 있고, 더 좋은 방법으로 행하는 사람도 있을 것이다. 그러나 나는 이 방법으로 힘든 시기를 버티고 이겨낼 수 있었다.

첫째, 나 자신을 믿는다.

나를 믿지 못했다. 주변 사람의 말에 자주 흔들렸다. 줏대도 없고 당당하지 못했다. 다른 사람에게 칭찬받으려고 애를 썼다.

돌아오는 건 손가락질뿐이었다. 나에 대한 확신이 없는데 누가 나를 믿어 줄까. 가만히 생각해 보니 내 편이 없었다. 외롭고 속상한 마음이 동시에 들었다.

태어났을 때는 이유가 있다고 했다. 태어난 자체가 귀한 존재라 배웠다. 나 자신을 가벼이 여긴 건 아닌지 생각해 보게 되었다. 뭔가 성과를 이뤄내야만 존재가치가 있다고 여긴 게 문제였다. 실수하고 실패하는 과정에서 다시 도전하고 배운다. 있는 그대로의 나를 조건 없이 사랑하기로 했다. 생각을 바꾸고 삶의 이유를 되짚어 보기 시작했다. 웅크리고 있는 나를 발견했다. 일으켜 세웠다. 애썼다고 토닥여줬다. 어색했지만 밝게 웃는 것부터 연습했다. 무슨 일이 있어도 김미예를 확고하게 믿기로 했다. 내가 좋아졌다. 뭐든 할 수 있겠다는 자신감이 생겼고, 스스로 당당해지려 노력했다. 역시 마음가짐이 중요하다.

둘째, 나에게 일어나는 모든 일은 내 '책임'이다.

바로 위 선임 팀장의 부탁이 있었다. 광고주의 재계약 여부였다. 귀찮았다. 옆의 김 과장을 시켰다. 어찌나 꼼꼼하던지, 김 과장의 성과물을 내가 한 것처럼 팀장에게 건네니 잘했다고 칭찬해 주었다. 김 과장의 노력을 내 공으로 가로챘다.

광고주의 클레임 건을 미처 해결하지 못했다. 문제의 클레임 건을 맡은 직원은 서 대리였다. 처리하지 못한 건에 관해 서 대리를 탓하고 나무랐다. 서 대리의 잘못이 아님에도 책임을 떠넘겼다. 책임회피를 하고 나에게 불똥이 튀지 않게 가지를 쳤다. 나만 잘났고 타인은 잘하지 못한다고 여겼다. 그게 문제였다. 늘 정도에 어긋남이 없다고 나 자신을 옹호하면서, 타인을 비방하고 책임 전가를 하는 것조차 인식하지 못했다.

그러던 중 나의 실수가 있었다. 광고주의 광고 계약 건을 누락시켰다. 그걸 알지 못하고 선임 팀장에게 월 매출 보고를 했다. 광고주의 거센 항의가 있었다. 나는 억울함을 토로했다. 책임지지 않으려 했다. 선임 팀장은 조용히 광고주의 누락 건을 해결하면서 나를 다독거렸다. 아차 싶었다. 왜 팀장인가, 그때 알았다. 책임이라는 말은 무슨 일이 일어났을 때 내 탓이라며 자신을 비난하라는 뜻이 아니다. 내 주변에 일어나는 일에 대해 책임질 수 있어야 한다. 다른 사람에게 미루고 비난하는 한 나에게 돌아오는 것은 능력 부족의 꼬리표다. 어찌 내 입맛에 맞는 일만 있을 수 있겠는가. 그런 일은 없다. 내가 나를 통제하고 내 '책임'이다 할 수 있어야 앞으로의 일에 대한 두려움이 사라진다. 해결 방안도 지혜롭게 처리할 수 있다. 생각만으로도 큰 사람이 된 듯 기분이 좋다. 또, 순간순간을 가볍게 여기지 않고 철저하게 챙길 수 있다.

셋째, SNS상의 악성 댓글, 개의치 않는다. 더 활발하게 글을 발행한다.

처음 블로그에 글을 올렸을 때는 누구도 나에게 관심이 없었다. 강의를 듣고 자기 계발을 하면서 온라인으로 소통할 기회가 생겼다. 강의 후기를 쓰면 댓글이 달리는 경우가 많아졌다. 좋은 글로 위로를 해주는 사람도 있지만, 비난의 댓글이 올라오기도 했다. 당황스러웠다. 어떻게 답변해야 할지 난감했다. 심한 경우 나와 연관된 사람에게 악영향을 미칠 수 있다는 생각에 걱정했다. 댓글 하나하나에 반응하는 내 모습이 초라해 보였다. 생각을 바꿔야 했다. 이리저리 끌려다닐 수는 없었다. 조금 길게 보기로 했다. 비난 댓글에 대해 한동안 대꾸하지 않았다. 대신, 보든 보지 않든 내가 할 일을 계속했다. 블로그에 글 쓰는 연습을 게을리하지 않았다. 다른 사람의 글을 읽고 공감과 댓글을 남길 때는 반드시 본문을 모두 읽고 진심을 담아 칭찬과 위로의 글을 남겼다. 그 시간이 내겐 다른 사람들과의 소통이고 공부하는 시간이었다. 타인의 행동과 글을 읽으면서 내가 배워야 할 것이 무엇인지 체크했다. 감정에 치우치지 않고 평정심을 유지하려고 노력했다. 매일 쓰다 보니 나에게 질문을 던지기도 한다. 그 질문에 나도 모르게 중얼거렸다. 심호흡도 하고 풀리지 않는 문제처럼 고민스러울 때는 한참을 씨름했다. 그런 모든 행동이 나를 다듬어 가는 과정이라 생각했다.

태어날 때부터 멘탈이 강한 사람은 없다고 생각한다. 살면서 다양한 경험을 한다. 시작이 두려워 움츠릴 때도 있고, 앞뒤 생각지 않고 뛰어든 행동이 작은 성취로 이어지기도 한다. 연습과 훈련은 나를 단단하게 단련시켜 주었다. 단번에 이루어지는 것은 없다. 깨지고 도전하고 지속하면서 오랜 시간, 갈고닦은 후에야 비로소 단련되고 멘탈이 강한 사람이 된다는 사실을 잊지 말았으면 좋겠다. 오늘도 나는 시작하고 지속한다. 마지막 '한 번 더'를 외친다. 꾸준함은 이렇게 내 삶을 풍요롭게 만들어 준다.

2

흔들릴 때마다 생각하기, 업보와 포기

김민경

네 살 아들, 시현이가 놀이터에서 놀고 있었다. 한 친구가 요술 봉 장난감을 들고 왔다. 시현이는 그 장난감을 가지고 놀았다. 나는 내심 안심했다. 그런 장난감이 있으면 덜 과격하게 놀기 때문이다. 다행이라고 생각하는 순간, 뭔가 심상치 않은 소리가 들렸다. 빠직. 잘 뛰어놀던 시현이가 갑자기 멈춰 섰고, 표정은 당황 그 자체였다. 눈빛이 흔들리고 혼이 나간 것처럼 보였다. 뭔가를 몸 뒤로 숨기고 있었고, 안절부절 어쩔 줄 몰라 했다. 가까이 다가가 '뭐하냐?'고 물었다. 시현이는 순간 놀라면서 뒤로 숨기더니 이내 곧바로 이실직고했다. 친구의 장난감을

부러뜨린 것. 많이 놀랐나 보다. 시현이는 자기가 실수했다는 생각에 그 자리에 멈춰선 채 가만히 있었다. 시현이의 머릿속이 보였다. 그저 멘붕이었을 것이다. 아이든 어른이든 실수하면 당황한다. 순간 온몸이 굳어버리고, 머릿속은 하얘진다. 일상에서 쉽게 찾을 수 있다. 대표적인 경우가 발표할 때나 면접할 때가 아닐까. 나는 대학교 시절, 면접 준비가 전혀 되지 않은 채 해외 봉사 활동 면접을 본 적이 있다. 지원한 이유는 그저 해외로 나가고 싶어서였다. 봉사에는 관심이 없었다. 면접관은 교수님 세 분이었는데, 어떤 이야기를 나눴는지 전혀 기억나지 않는다. 혼나는 분위기였다는 것만 기억한다. 면접을 보려는 학생이 기본적인 준비도 없이 오면 어떡하냐며 혼이 났다. 봉사엔 관심이 없다는 게 티가 났었나 보다. 멘붕이었다. 그래서 그런지 혼이 났다는 것을 빼곤 전혀 생각나지 않는다. 어떤 말을 주고받았고, 면접이 어떻게 끝났는지 잘 기억나지 않는다.

작은 실수에도 이렇게 혼이 나가는데, 큰 상황에서는 어떨까. 사업에 실패하거나, 시험에 떨어졌을 때의 절망감은 말로 표현하기 힘들 것이다. 열심히 했던 만큼, 도전했던 것에 노력을 기울인 만큼 좌절감은 더 클 것이다. 하지만 큰일일수록 더욱 정신을 바짝 차려야 한다. 우울감은 늪과 같아서 빨리 빠져나오지 않으면 점점 헤어 나오기 힘들다. 슬픔은 잠시 뒤로 미루고, 빠르게 빠져나와야 한다. 그래서 아래 두 가지 방법을 제시한다. 힘든 일이 있거나, 되는 일이 없을 때 아래와 같은 두 가지 생각을 갖고 있다면, 멘탈 관리에 큰 도움이 될 것이다.

첫째, 모든 것은 나의 업보다. 내게 일어나는 모든 나쁜 일이 나의 잘못이라고 생각한다. 얼마 전 놀이터에 들렀다 집으로 들어가는 길이었다. 1층 현관문을 들어서는데 멀리서 18층 청년이 걸어오는 모습을 보았다. 18층 청년은 늘 담배를 피우러 1층에 내려온다. 하루에도 몇 번씩 담배를 피운다. 엘리베이터를 같이 타면 담배 냄새 때문에 인상이 절로 찌푸려진다. 고약하다. 특히 시현이와 함께 있을 땐 더더욱 불편하다. 나는 빠르게 움직였다. 시현이 손을 잡고 엘리베이터 버튼을 두들겼다. 제발 같이 타지 말자. 먼저 올라가자. 엘리베이터가 도착했고, 그 청년이 가까워지는 소리가 들렸다. 빨리 닫힘 버튼을 누르고 5층을 눌렀다. 휴, 다행이다. 같이 타지 않았다. 왠지 모를 승리감. 안도의 한숨을 쉬며 집으로 들어가려는데 이게 무슨 일이지? 주머니에 열쇠가 없다. 우리 집은 도어락을 쓰지 않고 열쇠를 사용한다. 그런데 열쇠가 어딨는지 안보였다. 알고 보니 놀이터에 겉옷을 두고 왔고, 그 옷 안에 열쇠가 있었던 것이다. 벌받은 것이다. 이웃 주민을 따돌리려는 나쁜 마음을 먹은 탓에 고생하게 되었다. 문제의 원인을 나에게 둔다. 나쁜 마음을 먹든 안 먹든 열쇠를 놓고 온 사실은 변하지 않는다고 하더라도 마찬가지다. 길에 쓰레기를 버렸던 일, 그런 사소한 일을 하나하나 돌이켜본다. 도덕적으로, 양심적으로 잘못한 일이 모두 쌓여서 나쁜 상황을 만들었다고 생각한다. 그런데 내 잘못이라는 생각에서 멈추면, 그저 자존감만 낮아질 뿐이다. 중요한 것은 다음 단계다. 앞으로 잘해야겠다는 마음, 앞으로 더 바르고 긍정적으로 산다면, 내겐 행운이 가득할 것이라는 마음을 다잡는 것이 중요하다. 캐나다에서 사기를 당하고 그저 남 탓만 했다면, 나에겐 발전은 없었을 것이다. 하지만 하나부터 열까지 모든 원인은 나에게 있음을 인정하고 받아들였다. 그 마음 덕에 변화를 도모하게 되었고, 항상 꼼꼼하고 조심하는 계기가 되었다. 매사에 신중하게 알아보고 공부하는 습성이 생겼다. 모든 것은 나의 지난 과거에서부터 시작된 업보라고 생각하면, 훨씬 더 발전적인 고민을 하게 될 것이다.

둘째, 포기는 그만두는 것이 아니라 방향을 바꾸는 것뿐이다. 포기에 관련하여 명언을 찾아보았다. 포기하지 말라는 의미의 격언이 많다. 하지만 가끔, 포기 덕분에 좋은 결과를 이룬 적이 있다. 나는 어울리지 않게 법학과 출신이다. 대학교 동기와 선후배 대부분은 공무원 시험을 준비했다. 종류와 급수에만 차이가 있을 뿐, 다들 시험을 준비하고 치르는 것은 똑같다. 주변 친구들은 목표를 갖고 공부하고 있으니, 나도 공부할 거리가 필요했다. 그래서 공인중개사 시험에 도전했다. 그때만 해도 공인중개사 자격증은 어르신들도 한 달 만에 합격한다는 소문이 돌았다. 그만큼 쉽다고 했다. 가벼운 마음으로 준비하였고, 준비하면서 전혀 가볍지 않다는 것을 알게 되었다. 아직도 의문이다. 왜 그런 소문이 돌았는지. 공인중개사 시험은 생각보다 어려웠다. 법학과 출신이라 법 과목에 유리한데도 불구하고 쉽지 않았다. 아마 대부분 느끼겠지만, 공부해 보면 대충 성적이 예상된다. 나도 대충 예상했다. 떨어질 것을. 결과는 2차 시험에서 불합격. 떨어졌다. 이미 예상했었기에 아쉽지도 않았다. 그때 같이 공부한 친구는 이런 말을 했다. "학교 다니면서 공부하는 건 쉽지 않아. 그래서 떨어진 거야. 다시 도전해봐. 잘 될 거야." 나는 친구의 진심을 듣고 고마웠다. 하지만 내 생각은 확고했다. "아니 난 그냥 포기할래" 과감히 포기했다. 1차 시험에 합격한 것이 아깝다고? 괜찮았다. 내 인생을 포기한 것이 아니라 나와 맞지 않는 공부를 포기한 것이니까. 그 길로 집으로 가 컴퓨터 앞에 앉았다. 내가 무얼 할 수 있는지, 내가 무얼 잘할 수 있을지 고민했다. 구인·구직 사이트에 접속해 어떤 일을 해야 할지 알아보기 시작했다. 1주일 후, 서울로 향했다. 내게 맞지 않은 옷을 입은 것 같던 법학과 생활, 공부를 과감히 포기하고, 내가 잘해오던 것, 하고 싶었던 일을 택했다. 8년이 지난 지금, 이 글을 쓰고 있다. 나는 아이들을 가르치는 선생님이다. 더 재밌는 사실은 불과 1년 전 만 해도 축구를 가르치는 지도자였는데, 지금은 영어를 가르치는 선생님이다. 거의 7년간 해왔던 축구코치를 포기하고 새로운 것에 도전하였다. 이번에도 역시, 그만둔 것이 아니라 방향만 바꾸었을 뿐이다. 내 인생에서 중요한 두 번의 '포기'를 하였다. 과감한 포기가 없었다면 지금의 나는 없었을 것이다. 그러니 포기를 두려워할 필요가 없다. 안 되는 일, 자기에게 맞지 않는 일을 끝까지 물고 늘어지는 건 때론 궁상일 수도 있다. 내려놓아도 된다. 마음이 조금 평안해질 것이다. 때로는 포기해도 된다.

나름의 멘탈 관리법 덕분에 긍정적으로 살아가고 있다. 첫째, 모든 일의 원인은 나에게 있다고 생각함으로써 반성의 삶을 산다. 특히 안 좋은 일이 있을 땐 과거에 도덕적으로 잘못했던 일들을 떠올린다. 하늘이 내게 벌을 주는 거로 생각한다. 나쁜 마음을 먹거나 나쁜 행동을 하면 언젠가 벌을 받는다. 반대로 누군가에게 베풀면서 살면 반드시 축복받는다. 언젠가 하늘이 선물을 줄 거라 믿는다. 그래서 늘 바른 삶을 살기 위해 노력한다. 내 삶에 좋은 영향을 끼치는 정신이다. 둘째, 포기라고 생각하지 않고 변화라고 생각한다. 내 인생에서 중요한 전환점은 포기에서 시작되었다. 포기가 없었다면 변화도 없었을 것이다. 포기를 두려워하지 않는다. 그렇다고 너무 잦은 포기를 하는 것은 아니다. 변화가 필요할 때 과감히 포기할 줄 안다는 의미이다. 이 두 가지 생각으로 멘탈을 관리한다. 안 좋은 일이 있을 때 하염없이 힘든 사람들이 있다면, 나의 방법을 따라 해보기를 추천한다. 분명 도움이 될 것이다.

3

2021년 7월 2일 자 블로그씨 질문에 답하다

김위아

From, 블로그씨

블로그씨는 가끔 멘탈이 쿠크다스처럼 바사삭 부서져요. 나만의 건강한 멘탈 관리 방법은요?

네이버 사용자에게 '블로그씨'는 친숙한 콘텐츠다. 오늘은 뭘 쓸까 고민하는 이에게 일상 질문을 던져준다. 과자 이름을 심리 용어와 연결한 게 다시 봐도 흥미롭다. 여기에도 등장한 걸 보면, 현대인에게 정신 건강은 운동만큼이나 관심사가 된 모양이다. 그때 답하지 않았던 노하우를 이제 풀어본다.

블로그씨, 나는 말이야. 편두통이 심하면 타이레놀을 먹어. 상처에는 후시딘을 발라. 어깨가 결릴 때는 신신파스를 붙여. 증상에 따라 다른 약을 찾듯이, 마음이 아플 때도 원인에 맞게 관리해. 예전엔 독서, 걷기, 청소를 하며 마음 경영을 하곤 했어. 시간이 흐르면서 종류가 늘어났지. 그때그때 상황에 맞게 골라서 즐기고 있어. 그중에서 다섯 가지 관리법을 소개할게. 인간관계에 도움 되는 블로그 글 읽기, 마인드맵 그리기, 낭독, 예술 즐기기, 재래시장 가기야. 어때? 더 자세히 알고 싶지? 차례대로 하나씩 말해줄게.

첫째, 인간관계가 꼬일 때 글쓰기 선생님 블로그를 방문해.

3년 전에 글공부하려고 인터넷을 검색했었어. 자이언트 북컨설팅 블로그를 보게 됐지. 글 몇 편 읽고 바로 등록했어. 이은대 작가의 문체에 반했거든. 문장이 쉬웠고, 힘이 있었고, 메시지가 분명했어. 이렇게 쓰고 싶었어. 그때부터 매일 방문해서 사람을 대하는 태도와 작가가 갖춰야 할 마인드 셋에 관한 글을 읽어. 특히 좋아하는 포스팅이 있어. '사람 때문에 상처받는 일 없도록.' 사람이 바다와 산을 좋아하는 건, 자연이 사람에게 잘해주어서가 아니라는 내용이야. 바다와 산은 원래 모습 그대로 그 자리에 묵묵히 있지. 골치 아픈 인간관계를 자연과 연결해서 전해주니까 마음이 한결 가벼워지더라. 상대방에게 사랑받고 인정받기 위해 내 모습을 이리저리 바꾸지 않았는지 돌아봤어. 바다와 산처럼, 내 모습 그대로를 좋아해 주는 사람을 소중히 여길 거야.

질병과 사고처럼 예상치 못한 일로도 멘탈이 무너지지만, 관계로 마음 다치는 일이 더 자주 있잖아? 그럴 때 멘토가 들려주는 인생 이야기는 위로가 돼. 가랑비에 옷 젖듯, 짧은 글 한 편이 삶에 스며들고 있어. 나도 모르는 사이에 행복 호르몬 '세로토닌'이 늘어나고 있어. 블로그씨에게도 추천해!

둘째, 생각 정리가 필요하면 마인드맵을 그려.

마인드맵을 처음 배운 날, 흰 도화지에 태양, 꽃, 음식 등의 이미지를 그렸어. '유치원생도 아니고 이 나이에.' 안 하던 걸 하려니 어색했어. 매일 과제 하면서 익숙해져서일까, 어느새 즐기고 있더라고. 틈만 나면 방사형 가지를 쭉쭉 그렸어. 내 마음을 대신해 주는 스티커도 붙였지. 다이소에 가면, 맨 먼저 어느 코너에 가는 줄 알아? 스티커야. 새로 나온 거 없나 기웃거려. 블로그씨, 내 모습 웃기지 않아? 학생이 스티커를 왜 좋아하는지 알 것 같아.

마인드맵에 관심을 가진 건, 업무를 효율적으로 처리하고 싶어서였어. 그런데 생각지도 못한 효과를 얻었지 뭐야. 종이 위에 선과 그림을 그리는 동안 잡념이 줄어들었어. '손은 제2의 뇌'라는 말이 있거든? 진짜였어. 손을 움직이니까, 엉킨 실타래 같던 생각 뭉치가 풀어졌어. 키워드를 고르며 요약 연습을 하니까, 불필요한 건 버리게 되더라고. 글을 쓰면 생각이 정리된다고 하잖아. 마인드맵도 같은 효과가 있었던 거야. 외출할 때도 메모지, 삼색 펜, 색연필 두세 자루 꼭 가지고 다녀.

셋째, 응원과 위로가 필요할 때 낭독을 해.

2021년부터 낭독을 배우고 있어. '나에게 낭독'이라는 콘셉트에 끌려 시작하게 됐어. 블로그씨는 내 목소리를 나에게 들려준 적 있어? 남의 아픔에는 위로를 보냈고, 남의 생각에는 수시로 공감했어. 내게 귀 기울이고, 응원 보낸 적이 몇 번이나 있었지? 낭독에 빠진 이유야.

100일이 지나서 줌에 모여 소감을 발표했어. 코치가 낭독이 어떤 의미인지 물었어.

"마음을 비춰주는 거울이에요. 얼룩을 닦아주는 와이퍼고요."

얼굴은 매일 몇 번씩 들여다보고 세수해. 마음에 묻은 얼룩은? 눈에 보이지 않는다고 닦아내질 않았어. 응원과 위로를 주는 문장을 낭독하면서 분노는 버리고, 슬픔은 닦아내고, 용기는 곁에 두었어. 좋은 글에는 힘이 있어. 매일 암송하는 문장은 이거야.

> "네가 무엇을 결정하면 이루어질 것이요. 네 길에 빛이 비치리라."
>
> – 욥기 22:28 –

학원을 경영하면서 하루에도 수십 번 선택해야 했어. 그래서인지 유난히 이 글귀가 힘이 돼. 꿈은 큰데, 나는 작아서 의기소침해질 때가 있어. '나에게 낭독'은 메아리가 되어 용기를 줘.

'너는 할 수 있어!'

넷째, 자존감을 위해서 예술을 즐겨.

'예술이랑 자존감이랑 무슨 상관이야?' 블로그씨, 혹시 이렇게 생각해? 잘 들어 봐.

2017년도에 《리더의 조건》을 읽었어. 리더십의 대가인 존 맥스웰이 쓴 책이야. 자존감을 높이려면 예술을 가까이하라고 하더라? 예술에 일자무식이었던 나는 갸우뚱했었어. 2021년 5월부터 문화 예술 독서 모임에 참여하고 나서야 그의 글을 이해하게 됐어. 예술의 가치를 그동안 너무 모르고 살았더라고. 모임 취지에 맞게 일상에서 예술을 즐기려 노력했어. 손열음 피아노

연주 듣기, 유튜브로 영화 〈노틀담의 꼽추〉 감상하기, 걷기 코스에 집 근처 미술관과 도서관 넣기. 공공 도서관에 가면 그림, 사진, 시, 서예 작품을 볼 수 있어. 예전에는 쓱 보고 그냥 지나쳤는데, 이제는 잠시 멈춰서 감상하고 와. 그러고 나서 보고 느낀 걸 단톡방에 공유하지. 좋아하는 색깔이 무엇인지, 어떤 그림과 음악에 끌리는지, 작품을 보고 무슨 생각이 드는지를 얘기해. 질문하고 답하면서, 나도 몰랐던 나를 알아 갔던 거야. 예술을 곁에 둔다는 건 정체성을 찾아가는 여행이었어. 자신에게 관심을 돌리는 것, 자존감을 높이는 데 으뜸이었어.

마지막으로, 무기력에서 벗어나고 싶으면 재래시장에 가.

재래시장 입구에 들어서잖아. 잠실 롯데월드에 입장하는 학생처럼 텐션이 높아져. "삶이 무기력해질 때 시장에 가라." 이 말 알지? 진짜 그래, 특효약이야. 도보로 5분 거리에 4층짜리 대형 마트가 있는데, 20분 거리 재래시장에 가. 팔딱팔딱 뛰는 활어, 산지 직송 과일과 채소, 100미터 앞에서도 맡아지는 프라이드치킨 냄새, 세 팩에 5천 원 하는 떡, 수십 가지 반찬, 그리고 사람. 치열하게 사는 이들을 가까이서 볼 수 있는 곳이 재래시장이야. 그곳에서 만나는 사람들은 밝고 힘이 넘쳐. 코앞에서 생생한 삶의 현장을 보고 있으면, 무기력이 달아나 버려.

다섯 가지 관리법의 핵심은 몸 움직이기와 잡념 버리기야. 멘탈은 정신과 마음의 문제지만, 움직이면 약해빠진 생각이 비집고 들어올 틈이 없어. 눈으로 읽고, 입으로 낭독하고, 손으로 그리고, 귀로 음악을 듣고, 활기차게 걸어 봐. 나쁜 생각이 사라질 거야. 속 시끄러운 일도 잊게 돼. 매일 실천할 수 있는 좋은 습관을 찾아, 내 것으로 만드는 과정이 즐거워. 지인들은 내가 밝은 에너지를 가지고 있고 긍정 마인드로 똘똘 뭉쳤다고 해. 하루하루 쌓아 올린 마음 경영 시스템 덕분이야.

블로그씨, 내 노하우가 도움이 되길 바랄게.

4

매일 자라기

김은정

현재 나의 멘탈은 어떤 상태일까? 글을 쓰면서 차분하게 점검해 봤다. 스스로 판단했을 때 중급은 되는 것 같다. 심각한 유리 멘탈이던 과거에 비하면 많이 발전했다. 자존감이 바닥이었는데 멘탈이 좋을 수 있겠는가! 주눅 들어 있고 멘탈이 약하니 주변 사람들 말에 쉽게 상처받았다. 상처를 털어내지 못하고 곪게 했다. 주변 상황에 수시로 흔들리고 어려움을 만나면 쉽게 좌절했다.

멘탈이 강한 사람을 보면 멋있었다. 본인 감정에 솔직한 사람을 보면 부러웠다. 어떤 상황에서도 흔들림 없이 소신껏 전진하는 모습에 반했다. 나에게는 없는 모습이다 보니 더 끌렸던 것 같다. 돌이켜보면 부러워만 하지 않은 것은 잘한 일이다. 상대방의 말에 상처받는 횟수와 강도를 줄이고 싶었다. 악재를 만날 때마다 좌절하는 모습이 싫었다. 강한 멘탈을 갖기 위한 간절함으로 여러 방법을 시도했다. 이 장에서는 유리 멘탈이 중급 멘탈이 되기 위해 노력한 이야기를 해보려고 한다.

우선 내가 왜 유리 멘탈인지 생각해 보았다. 자존감이 바닥이었다. 자신감도 제로였다. 내 삶에 내가 없었다. 밀접하게 관련된 사람들과 주변 환경들에 지배당하고 있었다. 그러다 보니 확고한 생각이 없었다. 신념과 소신이라는 단어 자체가 낯설었다. 끄적거려 보지만, 어색했다. 불편한 마음에 고개를 돌리고 싶었지만, 그럼 영원히 유리 멘탈로 살 것 같았다. 변하고 싶은 간절한 마음으로 불편함과 계속 마주했다.

멘탈의 기본을 다지기 위해 먼저 나에 대해 파악했다. 스스로 질문을 계속 이어가며 탐구했다. 동시에 삶에 대해서도 여러 각도로 생각하는 시간을 가졌다. 문제점을 파악하고 나니 해결하고 싶어졌다. 멘탈 강화를 위해 인생 영역별로 신념을 정립할 필요가 느껴졌다. 신념을 지키기 위한 꾸준한 노력도 중요할 것 같았다. 한동안 진통의 시간이 이어졌다. 결국, 멘탈 강화를 위해 찾은 해결책은 '매일 자라기'였다. 매일 자라기 위해 지금도 실천하고 있는 방법은 다음 세 가지이다.

첫 번째 방법은 독서다. 생존 독서, 폭풍 독서를 거쳐 지금은 평생 독서를 실천하고 있다. 늘 책과 함께한다. 많이 읽고 적게 읽고의 문제가 아니다. 아무리 바빠도 한 장이라도 읽으려고 책을 활동 반경 곳곳에 놔두고 산다. 책을 읽는 데 미소가 지어진다. 때론 가슴이 벅차오른다. 명문장을 만나면 감탄하며 반복해서 읽는다. 가끔은 부끄러움에 얼굴이 빨개진다. 그렇게 나는 독서를 통해 자랐다. 독서하며 저자에게 말을 걸고 내 생각을 어필하기도 한다. 그 시간을 통해 생각이 정리되고 확장됨을 느낀다.

두 번째 방법은 글쓰기다. 생각 정리에 글쓰기만 한 게 있을까 싶다! 타인의 말에 상처받고 휘둘리는 시간에 그 감정과 생각을 백지에 글로 쏟아내는 것이다. 천천히 감정이 다스려진다. 차츰 상황을 객관적으로 바라보게 된다. 덕분에 훨씬 이성적인 생각 정리를 하게 된다. 타인의 생각에 휘둘리는 횟수가 줄어들고 내 생각으로 대처하는 힘이 생긴다. 멘탈 관리를 위해 읽고 쓰는 행위를 세트로 연습하면 효과가 크다. 그렇게 실천하는 시간을 통해 생각들이 뿌리내리기 시작했다.

마지막으로 멘탈 관리를 위해 실천하고 있는 것은 걷기 명상이다. 생각 정리에 글쓰기도 도움이 되고, 걷기 명상도 도움이 되지만 다른 느낌이 있다. 머릿속이 복잡할 땐 글쓰기보다 걷기 명상이 더 효과적이다. 운동을 하면 스트레스가 풀리듯, 몸을 움직이는 자체가 생각을 가볍게 해준다. 걸으면서 하는 자신과의 대화는 더 부드럽게 진행된다. 기분이 나아지니 좋은 아이디어도 평소보다 잘 떠오른다. 시작이 좋았든 안 좋았든 걷기 명상의 끝은 항상 옳았다. 어떤 마음으로 운동화를 신던지 들어올 때의 마음은 편했다. 나에 대한 감정이 좋아지니 자존감이 올라갔다. 발걸음에 자신감이 담겼다. 유리 멘탈은 나에게 어울리지 않는 상태가 되었다.

위의 세 가지 방법으로 유리 멘탈에서 완전히 벗어났다. 읽고, 쓰고, 걷는 시간이 단단한 나를 만들어 주었다. 삶에 대해 자발적으로 고민하고 스스로 답을 찾게 해줬다. 불필요한 소음에서 벗어나 고요함 속에서 나를 제대로 바라볼 수 있게 해주었다. 내가 무엇을 좋아하는지, 무엇을 잘하는지, 어떨 때 행복해하는지, 무엇을 싫어하는지 자연스럽게 깨닫게 해주었다. 나를 돌아보고 사색하는 시간을 통해 답을 찾아가니 어떤 삶을 살고자 하는지가 보였다. 원하는 삶을 위해 어떻게 살아야 할지도 정리되었다. 이런 과정을 기반으로 그 위에 서 있기에 멘탈이 단단해질 수 있었다.

불완전한 인간이다. 현재의 멘탈 강도를 뛰어넘는 위기를 만나면 또 흔들릴 수 있다. 그래서 멘탈 관리를 위한 노력은 사는 동안 진행형이다. 읽고, 쓰고, 걷고를 통해 마음을 보살피고 생각 키우기를 계속할 계획이다. 위 세 방법은 내가 멘탈 관리를 위해 실천하고 있는 방법이다. 그대로 복제하기보다 본인에게 맞는 스타일로 각색하면 좋겠다. 실천하는 과정에 본인에게 잘 맞는 새로운 방법을 찾을 수도 있다. 어떤 방법으로 하든 중요한 사실은 하나다. 멘탈 관리는 필수이며, 단단한 멘탈을 기르기 위한 노력을 꾸준히 해야 한다는 점이다.

5

휘둘리지 않기

김혜련

오래전 신입 원아 학부모 오리엔테이션 시간이었다. 우리 유치원을 왜 선택하였는지 물어본 적이 있다.

그중 가장 오랫동안 기억에 남는 이야기가 있다.

"원장님이 깐깐하다고 들었어요". 함께 모인 어머니들은 칭찬인 듯 아닌 듯한 말에 관심을 보였다. 무슨 말을 어떻게 해야 할지 머리가 하얘졌다.

"맞아요. 제가 좀 깐깐합니다. 하하하, 깐깐하다가 영어로 뭔지 아세요? 난센스 퀴즈예요. 알아맞혀 보세요." 잠시 침묵이 흘렀다. "coway(코웨이)!" 내 대답에 모두 한바탕 웃었다.

"깐깐한 교육은 그냥 만들어지지 않습니다. 깐깐한 교육, 우리 유치원이 만들어갑니다."

"맞아요. 원장님이 늘 유치원에 계시고 관리를 잘해주신다고 소문나서 입학했어요."

순간적으로 '깐깐한 물은 그냥 만들어지지 않습니다. 깐깐한 물, 웅진 코웨이'라는 광고문구가 생각났다.

어학사전에는 '깐깐하다'를 까다로울 정도로 빈틈이 없고 알뜰하다고 정의한다. 깐깐함을 교육에 그대로 실천했다. 다양한 그림책도 교사들이 먼저 읽어본 후 나이와 유형별로 분류하였다. 교구와 장난감들도 교사가 먼저 놀아보고 적용해 본 후 아이들에게 소개하도록 하였다. 직접 놀아보아야 교구의 활용법은 물론이고 확장 활동과 창의적인 놀이까지 지원할 수 있기 때문이다.

유아교육 관련 연수와 프로그램 설명회는 지역을 가리지 않고 다녔다. 남편에게 일 중독이라는 말까지 들었다. 유치원 아이들의 교육을 위하여 희망과 즐거움, 호기심이 넘쳐나는 것을 어찌 막을 수 있겠는가? 하루가 다르게 유아교육 현장은 변화한다. 다양한 콘텐츠를 적용하고 싶은 마음으로 선택에 노력을 기울였다. 그 틈새에 깐깐하기까지 하였으니……. 원장이 깐깐하게 관리하니까, 교사들은 힘이 드는지 자주 이직했다. 교사를 신규 임용할 때마다 우리 유치원 교육이념에 맞게 마인드 교육을 하는 일은 희망적이지만 고달팠다. 매월 주제에 맞추어 교재, 교구, 재료와 자료, 활동지 등으로 교실 환경을 준비했다. 교사들은 영역별 사진을 찍고 어느 교구를 몇 개 교체하였는지 기록하였다. 변경 후 아이들의 놀이 빈도와 놀이 상황까지 월별 통계를 냈다. 아이들이 선호하는 놀이영역은 유지하고 활발하지 않은 영역은 교체하거나 변화를 주었다. 새 교구도 소개하고 주제 중심으로 배치하였다. 순간순간을 충실하게 보내자는 마음으로 매일 결재하는 서류와 월말 서류를 꼼꼼하게 살펴보고 피드백하였다. 성실하게 준비한 교사에게는 칭찬을 아끼지 않았다. 적은 노력이 오랜 시간 쌓이면 엄청난 힘을 발휘했다. 갑자기 교육청 지도 점검이 나와도 허둥대지 않고 자신 있게 준비할 수 있었다. 일상의 교육 활동도 사진과 내용을 미리 정리해 두면 교육부 혹은 도 단위 공모사업 신청에 유용한 자료가 되었다. 유치원 부모교육과 교사 연수에도 아이들의 활동을 기록하고 교육 성과를 안내하는 자료로 활용하였다. 이렇게 신경을 써도 간혹 놓치는 부분이 있었다. 어찌 깐깐하지 않을 수 있었겠는가! 오랜 교육지기로 남아 있는 교사도 있다. 그들은 원장의 깐깐함 덕분에 교육과 운영 모두를 배울 좋은 기회라고 말했다. 두 마리 토끼를 잡기 위한 시간이라며 잘 견뎌주었다.

어떤 배움이든 인내심과 노력이라는 대가를 지급해야만 목표를 달성하고 성공을 얻을 수 있는 것이다.

학부모가 유치원으로 찾아올 때는 문제 상황을 이해하기 위해 오는 것은 아니다. 유치원이나 교사에 대해 서운함이나 잘못을 따지기 위한 경우가 대부분이다. 원장이 아무리 세심해도 학부모의 모든 특성을 다 알아챌 수는 없다. 수요자 중심 교육으로 가려면 원장과 담임의 소통이 필요하다. 학기 초, 교사에게 전하는 말이 있다. 아이들이 방귀를 몇 번 뀌었는지까지 알려달라고 요청한다. 이렇게 말하는 것은 교원들 간 의사소통이 잘되고, 한 아이의 문제가 아니라 유치원 전체의 문제라는 인식을 가지자는 의미이다. 간혹 학부모 중에는 작은 문제에도 민감하게 반응하는 사람이 있다. 아이의 말만 듣고 오해하는 경우다. 내 아이만 감싸며 교사의 말은 들으려 하지 않는다. 이럴 때 감정을 억누르고 대화하는 일은 쉽지 않다. 학부모에게 문제 상황을 설명할 때는 사실만 나열해야 한다. 화를 내는 학부모에게 논리적인 설명은 오히려 화를 증폭시키기 때문이다. 상대방의 기분을 알아주는 것, 공감해 주는 것은 얼어붙은 마음을 녹일 수 있다. 문제를 안고 불편한 심정으로 유치원에 오는 부모의 마음을 먼저 헤아려 주어야 한다. 쉽지 않은 일이다. 마음 깊은 곳에선 회로가 복잡하게 얽히고 있다. 왜냐하면 내 감정을 먼저 알아채기 때문이다.

조율이라는 단어를 좋아한다. 악기를 연주하기 전에 음을 표준음에 맞추어 주는 과정이다. 인간관계에서도 조율은 일이나 의견 등을 적절하고 조화롭게 함을 말한다. 조율되지 않았다는 것은 상대의 소리를 듣고 벗어난 음정이 있는 것과 같다. 어렵다고 또는 하기 싫다고 밀쳐둔 일도 자세히 살펴보면 해결의 실마리가 보인다. 살아가면서 먹고 싶은 것만 먹으면 영양의 불균형이 생기는 것처럼, 일상에도 조율이 필요하다. 잘할 수 있는 것부터 먼저 하고 어려운 것은 조율해 가며 풀어나가 보자. 방법은 어떻게든 있다고 믿는다. 포기하지 않고 끊임없이 시도하는 것이다. 시작하지 않으면 아무 일도 일어나지 않는다. 세상에서 가장 어려운 일은 매일 첫걸음을 떼는 일이다. 한 걸음을 떼고 나면 다음 걸음부터는 가벼워지고 빨라진다. 크거나 작은 일에 휘둘리지 않으며 모두가 두려워하는 일을 두렵지 않게 하는 사람이 되고 싶다. 문제들이 사라지길 바라지 말고 문제를 감당할 만큼 멘탈을 관리하는 것이다. 나만의 멘탈 관리 비법은 감정에 휘둘리기보다 감정 알아차리기로 조율하는 것이다.

6

내 사전에 포기란 없다

나선화

30년째 임신 중이었다. 최근 살면서 제일 어렵다는 다이어트를 '일단' 성공했다. 일단이라고 말하는 것은, 살은 빼기보다 유지가 더 어렵기 때문이다. 8월부터 시작해서 11월까지 몸무게 10퍼센트 감량에 성공했다. 멘탈이 관리가 필요하듯이 다이어트도 유지가 일시적인 살 빼기보다 중요하다.

다이어트는 출산 후 31년 동안 내 인생의 과제였다. 첫째는 그렇다 치고 둘째를 낳고도 몸무게가 전혀 줄지 않았다. 32년째 만삭의 몸으로 살고 있었다. '완경'이 되니 몸무게는 만삭일 때보다 더 늘었다. 갱년기가 되면 살 빼기 어렵다고, 다이어트도 젊어서 해야 한다고 갱년기를 먼저 겪은 인생의 선배들이 말한다. 나도 성공하고 싶은 마음 간절하다. 다이어트를 시도했으나 번번이 실패했다. '언젠가는 해야 할 숙제'로 생각하고 체념하고 있었다. 다이어트 앞에 서면 한없이 작아지는 멘탈과 마주했다.

복스럽게 잘 먹는다. 갱년기가 되어도 입맛은 여전히 좋다. 입은 즐거운데 먹고 난 후에는 배가 거북하고 소화가 더디다. 건강검진 결과 당뇨는 경계고, 고지혈증도 높게 나와 약을 먹으면 좋겠다고 의사가 말한다. 무조건 체중을 줄여야만 성인병이 없다고 강력하게 조언한다. 약봉지를 들고 약국 문을 나서는 발걸음이 무겁다. 방법은 오직 하나, 다이어트다. 답은 알고 있는데 어떻게 해야 하나, 고민이 깊어졌다.

봇물이 터지듯 결혼식 소식이 들린다. 코로나가 완화된 이유다. 친척 결혼식에 참석하기 위해 서울 나들이를 했다. 볼일을 본 후 정숙이네 집에 가니 친구가 반갑게 맞이한다.

"얼굴이 동그래졌어."

둘이 데칼코마니처럼 서로를 바라보며 웃는다. 정숙이는 움직이는 것을 좋아해서 체중 관리를 잘해 왔다. 그런 친구도 코로나 때문에 집에만 있었던지 살이 쪘다.

"우리 내기하자! 12월 24일까지 자기 몸무게 10퍼센트 감량하지 못하면 십만 원 몰아주기, 어때?"

불쑥 친구가 제안한다.

"그래, 좋아!"

평소 같으면 생각해 보자. 라고 말했을 텐데, '그래'라는 대답이 바로 나왔다. 매주 월요일 체중계로 재서 카톡에 올릴 것. 수단과 방법은 알아서 하기! 약속은 간단했다.

집에 돌아와서 배가 고팠지만, 과감하게 밥공기에서 밥을 덜어냈다. 반찬과 함께 천천히 먹었다. 먹을 때는 포만감이 있더니 밤이 되자 배 속에서 꼬르륵 소리가 요란하다. 꼬르륵 소리를 들으면서 "음. 살 빠지는 소리가 나는군." 고쳐 말해본다.

평소보다 음식을 적게 먹었다. 간식은 먹지 않고 대신 물을 많이 마셨다. 배가 고파 견딜 수 없으면 방울토마토나 채소로 허기를 달랬다. 다이어트를 게임으로 생각하니, 반드시 해내고야 말겠다는 승부욕이 솟아난다. 십만 원을 포기할 수 없다. 나는 승부욕이 있는 여자다.

30년 인생 숙제를 해결하니 강철 멘탈이 되었다. 무슨 일이든 할 것 같다. 자만은 금물이다. 이럴 때일수록 나를 살펴야 한다. 최근에 다이어트를 유지하며 지내고 있는 나의 멘탈 관리법 4가지를 소개해 본다.

첫째, 산책하기다.

건강한 몸에 건강한 정신이 깃든다는 말이 있다. 반대로 정신 건강이 무너지면 육체 건강을 잃기도 한다. 몸과 마음은 동전의 양면과 같다. 밀접하게 붙어 있어 상호작용한다. 어느 것이 먼저라고 할 것 없다. 그럴 때는 눈에 보이지 않는 마음보다 눈에 보이는 육체를 먼저 움직인다. 일단 걷는다. 걸으면서 자신과 대화한다. 산책길에 만나는 꽃, 나무, 가로등하고도 이야기를 나눈다. 머리가 맑아지며 생각이 정리된다.

혼자 걷기가 무료해질 무렵 산책 친구를 만들었다. 무엇이든 혼자 하면 자신과 타협하기 쉽다. 비 오면 비가 와서 나가기 싫고, 바람만 살짝 불어도 이불속 유혹을 뿌리치기가 여간 어려운 것이 아니다. 그럴 때 "시민운동장으로 산책하자." 전화기 너머의 소리는 이불을 확 걷게 만든다. K 또한 나와 같은 이야기를 한다. 서로 의지하며 걷는다. 하루를 살아낸 이야기를 쏟아내다 보면 스스로 정리되고, 이만하면 잘살고 있다고 자신을 믿게 된다.

둘째, 소식하기다.

과유불급이라는 말이 있다. 예전에는 먹으면 행복했다. 나이가 드니 소화하는 능력이 떨어진다. 배가 차면 속이 거북하고 기분이 좋지 못하다. 졸리고 처지며 무기력해진다. 점점 움직임이 작아지고 몸이 힘들다. 기분은 몸에 영향을 준다.

과감하게 식사량을 줄였다. 간식도 거의 먹지 않았다. 위장의 70퍼센트만 채우면 건강에 좋다고 한다. 뱃속도 휴식이 필요하다. 많이 먹으면 내 입은 즐겁지만, 위는 소화를 하기 위해서 고생한다. 배에 손을 얹고 장기들과 대화를 시도해 본다. 힘들다고 하소연이다. 어쩌면 그렇게 둔하냐고 타박이다. 위는 특히 스트레스에 약하다. 불안, 초조, 슬픔, 분노 등을 받게 되면, 위샘 구멍들이 위축되어 위액이 분비되지 않는다. 소화 장애를 유발할 수 있다. 특히 과식했을 경우 주의해야 한다.

셋째, 독서와 글쓰기다.

용지 초등학교 도서관 벽에는 '책은 사람이 만들고 사람은 책이 만든다.'라는 글귀가 붙어 있다. 몇 번을 읽어도 무릎을 치게 만든다. 나 또한 고등학교 때 문학소녀를 꿈꿨으나 어느새 책과 담을 쌓고 살았다. 대학원에서 공부할 때는 전공 서적을 숙제하듯 읽었다. 재미를 느낄 수 없었다. 이은대 사부의 강의를 들으면서, 글을 쓰기 위해서는 독서가 필요하다는 것을 알았다. 글을 읽으면 '연상작용'을 일으킨다. 작가의 글에 공감하며 함께 울고 웃는다. 글쓰기를 통해서는 과거를 재경험하며 나를 만나고 이해하게 된다. 인생 퍼즐 하나를 맞췄을 때의 짜릿함은 글 쓰는 삶을 살아가게 하는 원동력이다.

넷째, 긍정적인 마음을 갖는다.

나쁜 일을 경험하면 짜증이나 화가 난다. '부정적인 감정'이 먼저 올라온다. 짜증이나 화는 부정적 에너지를 갖고 있어서 남에게 그 에너지를 몇 배로 돌려주거나, 반대로 자신에게 화살을 돌린다. 남에게 맞는 화살보다 자신에게 맞는 화살이 더 깊게 박힌다. 부정적인 감정 밑에는 진짜 원하는 '긍정의 감정'이 숨어 있다. 부정과 긍정은 레이어처럼 겹쳐 있다. 마음을 들여다보면 앞에 있는 부정이 먼저 보인다. 밑에 긍정적인 감정이 있는지조차 눈치채지 못할 때가 많다. 의식적인 관심이 필요한 이유다. 부정이 올라 올 때 질문을 한다. '진짜 내가 원하는 것이 뭐야?' 그러면 마음이 대답한다. 사랑받고, 인정받고 싶은 진짜 욕구가 "나 여기 있어." 하며 슬며시 얼굴을 내민다.

인생에서 실패는 없다. 다만 포기가 있을 뿐이다. 다이어트를 32년 만에 성공했다. 포기하지 않았기에 가능했다. 친구가 다이어트를 하자고 제안했을 때 승낙을 한 것이 신의 한 수였다. 승낙도 '선택'이다. 실천은 오롯이 내 몫이었다. 혼자 하는 것도 의미 있지만, 함께하니 기쁨이 배가 되었다. 포기하지 않으면 언젠가는 성공의 기쁨을 누릴 수 있다는 것을 알게 되었다. 그러니 무슨 일이든 실패했다고 좌절할 이유도, 당장 시작할 필요도 없다. 시작할 준비가 될 때까지 생각만 놓지 않고 있으면 운명처럼 도전할 기회가 온다. 시도하고 실패해도 성공할 때까지 계속하는 것이 중요하다. 실패는 또 다른 도전의 시작이다. 다음에는 미니멀리스트에 도전해 볼까?

7

나는 매일 강해지는 중

박 미 희

살다 보면 멘탈이 나가는 일은 수시로 찾아온다. 한없이 바닥으로 내려앉는 때도 있고, 겨우 마음을 추슬러 다시 힘을 내기도 한다. 힘든 순간마다 멘탈을 붙잡는 자기만의 관리법이 있다면 제자리를 찾기가 훨씬 수월하다.

첫째 아이 찬호의 수능시험 날이었다. 평소보다 일찍 일어나 국을 끓이고 반찬을 만들어 도시락을 쌌다. 찬호가 좋아하고 소화하기 쉬운 음식으로 준비했다. 여느 때처럼 아침밥을 먹고 도시락을 챙겨 집을 나서는 찬호를 남편이 고사장까지 데려다

주었다. 내게는 따라오지 말라기에 집에 남았다. 기도하며 하루 내내 마음을 졸였다. 시험이 끝나고 올 시간이 한참 지났는데도 아이에게서는 연락이 없었다. 전화를 걸까 말까 망설이고 있는데, 마침 현관문 여는 소리가 들렸다. 잘 다녀왔느냐는 말에 아이는 힘없는 목소리로 대답했다. 눈도 마주치지 않고 제 방으로 들어가는 아이를 보며 시험 결과가 좋지 않음을 예감할 수 있었다. 잠시 혼자만의 시간이 필요한 듯하여 따라 들어가지 않았다. 한참이 지나 거실로 나오는 소리에 나가보았다. 시험이 어려웠냐고 조심스레 말을 건네었더니, 찬호가 울먹였다. 잠시 진정된 후 이야기를 들어보았다. 점심을 먹는데, 불현듯 2교시 수학 시험에서 잘못 푼 문제가 생각났다고 한다. 왜 그런 실수를 했을까 하는 자책에 사로잡혀 이어진 시험에 온전히 집중하지 못했다고 한다. 마음을 다스리려 나름 노력했지만, 쉽지 않았던 모양이다. 속상해하는 아이 앞에서 나는 티를 낼 수 없었다. 나야말로 울고 싶은 기분이었다. 저녁을 먹으면서 애써 아무렇지 않은 척 일상적인 얘기를 건넸다. 설거지를 마치고 방에 들어오니 그제야 한숨이 터져 나왔다. 한참을 멍하니 앉아있었다. 뜨거운 무언가가 볼을 타고 흘러내렸다. 나도 아이만큼, 아니 어쩌면 아이보다 더 긴장했었나 보다. 첫째라 더 관심을 기울였고, 그만큼 기대하는 마음도 컸다. 그동안의 힘든 시간이 떠오르며 나도 모르게 마음이 무너져 내렸다. 앞으로의 시간을 어떻게 헤쳐 나가야 할지 막막해졌다. 나는 엄마이기에 주저앉아 있을 수만은 없었다. 아이를 다독이고 함께 상황을 풀어 나가려면 엄마인 내가 먼저 마음을 추슬러야 했다. 이렇게 멘탈이 흔들리는 일이 생길 때면 나만의 해결 방법을 하나씩 찾게 된다.

사람들은 기쁠 때나 슬플 때, 분노를 느낄 때나 억울할 때 또는 고통을 느낄 때도 눈물을 흘린다. 나는 어릴 때부터 눈물이 많았다. 사소한 말에도 금방 눈물을 쏟아내고, 한번 터지면 관련 없는 온갖 슬픔과 서러움이 몰려와 울음을 멈추기가 쉽지 않았다. 때로는 변명이나 억울함을 토로하고 싶은데, 마음을 있는 그대로 표현할 수 없어서 더 속상해 울기도 했다. 그러던 내가 어느 순간 눈물을 보이지 않으려 애쓰게 되었다. 아예 시작을 하지 않으면 모를까 중도에 멈추는 법을 알지 못했기 때문이다. 스트레스가 쌓이면 슬픈 내용의 책이나 영화를 일부러 찾아본다. 눈물, 콧물 쏙 빼고 나면 마음에 쌓였던 묵은 때가 씻겨 내려간 듯이 시원해진다. 날카롭게 날을 세우던 마음이 온순해진다. 눈물에 많은 의미가 내포되어 있겠지만, 나에게 한 가지를 꼽으라면 자정작용이라 하겠다. 마음을 깨끗이 씻어주고 새 옷을 입혀준다. 나를 비우고 다시 채울 수 있게 해준다.

힘든 일이 있으면 속내를 털어놓는 친구가 있다. 내 얘기를 끝까지 들어주고 공감해 준다. 진심 어린 위로를 얻을 수 있다. 때로는 누군가에게 이야기하는 것만으로도 마음속 응어리가 풀리곤 한다. 또 털어놓는 과정에서 생각이 정리되면서 자신의 잘못된 점을 인식한다. 앞으로 어떻게 대응해야 할지 스스로 답을 찾아내기도 한다. 더구나 친구가 함께 욕을 해주고 내 편이 되어 주기라도 하면 든든한 응원군을 만난 기분에, 가라앉고 힘들었던 마음이 다시 생기를 찾는다. 친구의 존재만으로도 깨끗이 빨아 햇볕에 말린 옷처럼 마음이 뽀송뽀송해진다. 단 한 명만이라도 내 편이 되어줄 친구가 있으면 된다.

독서도 마음 가라앉히기에 좋은 방법이다. 이미 읽은 책이든, 처음 읽는 책이든 상관없다. 푹 빠져 딴생각하지 않고 읽을 수 있는 것으로 고른다. 나는 그때그때 마음에 끌리는 책을 선택한다. 감성을 자극하는 문장으로 딱딱한 마음을 말랑말랑하게 만들어 주는 책, 흥미진진한 이야기에 빠져들어 잠시도 눈을 뗄 수 없게 하는 책, 약해진 심리상태를 어루만지고 잘하고 있다고 용기를 주는 책, 동심으로 돌아가 온갖 시름을 잊게 해

주는 책. 책 속 문장 한 줄에 감동하고 위로받고 동화되다 보면, 어느새 힘들었던 감정은 사라진다. 한겨울의 호수처럼 꽝꽝 얼었던 마음이 따스한 봄 햇살을 받은 느낌이다. 책이 건네는 위로가 상당하다.

작은 일이라도 자신을 칭찬하는 습관이 멘탈 관리에는 도움이 된다. 나는 완벽주의에 가까워 스스로 세운 기준에 미치지 못하거나 작은 실수에도 자신을 괴롭히는 성향이 있었다. 그럴수록 자신감은 떨어지고 관계가 어려워지기만 했다. 인간이기에 누구나 실수할 수 있다. 실수도 다 내가 성장하기 위한 과정이라는 긍정적인 자세가 중요하다. 단, 실수를 되풀이하지 않도록 노력하면 된다. 힘들 때면 거울 속 나를 마주한다. '넌 괜찮은 사람이야. 지금까지 잘 해왔어. 너무 잘하려고 할 필요 없어. 네가 할 수 있는 만큼만 하면 돼.'라고 나에게 말해준다. 흔들리고 힘들어하는 모습 또한 나임을 인정하고 받아들이면 마음이 편안해진다.

힘들지 않고 아프지 않은 인생이 어디 있겠는가. 나만 안 좋은 상황에 놓이는 듯하지만, 속을 들여다보면 다 힘들고 다 아프다. 흔들리는 멘탈을 인정하고 누구나 겪는 힘든 상황에서 어떻게 대처할지는 내가 선택할 수 있다. 통제할 수 없는 일에 시간과 에너지를 소모하기보다는 내가 할 수 있는 일을 하면서 멘탈 회복에 힘쓰는 편이 훨씬 효과적이다. 내가 애용하는 멘탈 관리법은 첫째, 슬픈 책이나 영화를 보면서 눈물로 쌓인 감정을 시원하게 쏟아내기. 둘째, 친구에게 속내 털어놓기. 셋째, 좋아하는 책을 읽으며 마음 가라앉히기. 넷째, 자신을 칭찬하기이다. 이런 나만의 멘탈 관리 비법으로 어려움을 헤쳐 나가다 보면 내성이 생기면서 조금씩 강해진 나를 마주할 수 있으리라. 나는 매일 강해지는 중이다.

8

벽 때리고, 읽고, 함성

박정재

범인은 나다.

아파트 14층에서 엘리베이터를 타고 내려가는데 10층에서 한 아저씨가 탔다. “어떤 미친놈이 큰소리를 질러 한 번씩 놀라는데 누군지 모르겠네. 이놈을 잡아야 하는데 누군지 모르겠다.”라며 아저씨가 말했다. 나는 “그래요”. 그렇게 대답만 했다. 속으로 박장대소하며 웃었다. 1층에서 아저씨와 반대 방향으로 갔다. 아저씨가 사라진 것을 보고 소리 내어 크게 웃었다. 입꼬리가 귀에 붙었다.

스트레스를 받으면 한 번씩 아파트 창문을 열고 소리를 질렀다. 산에서 "야~ 호"를 외치면 안 된다. 동물들이 놀라기 때문이라고 한다. 나는 스트레스를 해소시키기 위해서 한 것이지만, 남에게 피해를 줬다. 동물도 피해를 본다. 다음부터는 하지 말아야겠다고 생각했다.

직장에서 한 달에 한 번씩 서류 정리와 전산 입력을 마감해야 한다. 미리 매일 정리했으면 일이 적은데, 중요한 일을 하다가 중요하지 않은 일이라 여겨 미루곤 한다. 결국 마지막 날, 언제 다 정리할까? 생각하면서 서류를 이리 옮겼다가 저리 옮겼다가 한다. 종이에 풀질이 안 되거나, 영수증이 없거나, 숫자를 잘못 입력하거나, 프린트를 했는데 오타가 있으면 아무런 죄 없는 깨끗한 종이를 구긴다. 다른 동료들은 다 퇴근했는데, 혼자 퇴근 시간을 계속 뒤로 미루고 있다가 마무리하고 퇴근한다.

퇴근 후 내가 가는 곳엔 멘탈 관리 첫 번째가 있다. 멘탈 관리 첫 번째는 자동차 안이다. 자동차 안에서 소리를 지르면 스트레스가 달아난다. 자동차는 방음이 잘되어 있다. 안에서 내가 음악을 틀어놓고 큰소리로 무슨 말을 해도 밖에서는 듣지 못한다. 소리를 지르고 나면 막힌 가슴이 뻥 뚫린다. 차 안에서 소리 내 울어도 모른다. 스트레스를 받았을 때, 억울했을 때 소리 지르며 울면 화가 가라앉는다.

소프트웨어 관련 회사에 다닐 때 코딩을 했다. 코딩이 안 될 때가 있다. 휴대전화로 어떤 기능을 실행하다 보면 실행이 잘 안된다. 이런 문제를 해결해야 한다. 몇 시간을 연구해 봤지만, 문제가 해결되지 않는다. 개발하면 이런 문제들이 산더미처럼 있게 된다. 문제 해결이 안 되면 담배를 피우는 선후배 동료가 있다. 선후배 동료는 밖에서 한 대 피우고 오면 문제가 어느새 풀린단다. 나는 담배를 피우지 않아 자리에 계속 앉아 있다. 가끔 밖에서 달달한 커피 한잔을 마시고 자리에 앉아 문제를 풀다 보면 금방 해결되는 때가 있다. 그런데 한 번씩 안 되는 때도 있다. 그럼 퇴근해야 한다.

동료의 차를 타고 퇴근하는데 다리 위를 지나갔다. 창문을 열고 답답한 마음에 강바람을 맞았다. 그리고 밖을 향해 소리쳤다. "야~" 차 안에 있던 동료들이 깜짝 놀랐다. 그리고 웃었다. 나의 돌발 행동에 놀라기도 하고 웃음도 났단다. 소리를 지르며 웃으니 답답함이 사그라졌다. 달리는 차에서 차창을 열고 소리를 지르면 주변에서 듣지 못한다. 자주는 아니지만, 한 번씩 소리를 지르면 멘탈이 회복된다.

"책 읽고 독후감 제출해라." 선생님의 말씀이다. 초등학교 3학년 때부터 고1 때까지 《로빈슨 크루소》 한 권의 책을 겨우 읽었는데, 이 책으로 독후감 숙제를 매번 제출했다. 이 한 권의 책이 정말 자랑스럽다. 친구가 내 독후감을 봤다. 나를 도서관으로 데리고 갔다. 이곳에는 책이 많다며 읽을 만한 책을 찾아보란다. 그저 신기했다. 책이 이렇게 많다니. 무엇을 봐야 할지, 나는 잘 몰랐다. 책은 교과서 외 만화책 몇 권 정도 본 게 다였다. 처음에는 무협지를 읽었다. 무협지를 통해 책이랑 가까워졌다. 무협지를 보다가 자기계발서를 읽게 되었다. 자기계발서를 읽으면서 나의 문제를 하나씩 해결할 수 있을 것 같은 느낌이 들었다. 물론 곧바로 해결하지는 못했지만, 마음은 한결 가벼워졌고 기분도 좋아졌다.

두 번째 멘탈 관리는 책 읽기다. 낙심해서 포기하고 싶을 때, 마음이 우울할 때, 아무것도 하기 싫을 때가 있다. 이럴 때는 자기계발서 중에서 얇은 책을 선택한다. 주인공이 낙심했거나, 실패했거나, 좋지 않은 상황에서 극복한 이야기를 쓴 책이면 더욱 좋다. 나는 책 쪽수가 너무 많으면 지루해서 쪽수가 얼마 안 되는 것을 꼭 선택한다. 책을 읽으면서 책 속의 주인공이 된다. 주인공이 처한 어려운 상황은 나와 같다. 주인공은 주변의 도움을 받지만, 그 전에 반드시 의지로 무언가를 한다. 나도 무언가를 해야 한다. 주인공은 어려운 상황을 하나씩 해결하며 극복하고 마침내 성공한다. 나도 그렇게 할 수 있다는 마음이 자리에 잡힌다. 멘탈이 좋아지면서 나의 상황이 역전된다.

세 번째 멘탈 관리는 축구다. 벽이 있는 운동장이 있다. 운동장이 있고, 벽이 있어서 더 감사하다. 한동안 코로나로 함께 축구를 하지 못했다. 그런데 축구는 혼자서도 할 수 있다. 벽을 보고 공을 차면, 공은 벽에 부딪혀 큰소리를 내고 나에게로 다시 온다. 벽에 패스하면 벽은 다시 나에게 패스한다. 내가 정확하게 벽에 차야 벽이 내게 주는 패스도 정확하다. 때때로 부정확하게 찰 때면 벽도 부정확하게 공을 내게 내어 준다.

공을 발로 하늘 높이 찬다. 공을 찰 때는 내가 안고 있는 문제와 걱정거리를 공으로 생각하고 힘껏 차는 것이다. 공이 떨어지는 위치를 찾아 재빨리 간다. 땅에 공이 한 번 튀기면 그때 발로 공을 잡는다. 걱정거리와 문젯거리가 땅에 떨어지면서 부서진다고 생각한다. 또다시 하늘로 차고 땅에서 잡고를 반복한다. 벽에 부딪히던, 땅에 한 번 튀기던 공이 한 번은 살짝 찌그러진다. 찌그러지는 것을 보지는 못하지만, 원래대로 둥근 공이 된다. 찌그러진 마음이 회복되어 가는 과정에서 스트레스를 푸는 것이다.

공으로 드리블한다. 왼쪽으로 차며 달리고, 정지하고, 오른쪽으로 차며 달리고, 혼자 축구 기술을 발휘하면서 없는 상대방을 제치고 골대를 향해 달려간다. 골대가 보이면 골키퍼 없는 골대를 향해 슛을 날리고, 골을 넣으면 크게 기뻐하며 '골인!'이라고 외친다. 골을 못 넣으면 걸어간다. 숨을 돌리기도 하고, 잠시 생각할 시간을 갖는다. 이렇게 벽을 향해 공을 차거나, 하늘을 향해 공을 찬다. 공을 차면 땀이 난다. 흐르는 그 땀이 나의 노력의 결과이며, 삶의 모든 문제를 땀과 바꾼다고 생각한다. 이마에 땀이 맺히면 내 안에 들어있는 문제와 스트레스는 작아진다. 즉, 멘탈이 살아난다.

보이지 않는 바람에 멘탈이 흔들리면 다음 세 가지를 한다. 좋아하는 운동을 하고, 즐겨 읽는 얇은 자기계발서를 읽거나, 차 안에서, 공연장에서, 축구장에서, 그리고 이불을 뒤집어쓰고 목청 높여 소리를 지른다. 소리를 지를 때는 가끔 욕도 했다. 욕은 자주 안 하기로 했다. 욕을 하면 내가 듣는다. 듣기 거북했다.

세 가지 중 한 가지를 하고 나면, 고민이 수증기처럼 사라진다. 세 가지를 다 하면 좋지만, 한 가지만 해도 된다. 큰 산처럼 보였던 고민이 낮은 산이 된다. 넘지 못할 산은 없다. 안 해서 그렇다. 하면 된다. 산을 넘고 나면 나약해지고 흔들렸던 유리 멘탈이 다시 강철 멘탈이 된다. 몸에 에너지가 가득하고, 힘이 생겨 다시 일을 할 수 있다. 벽을 때리고, 책을 읽고, 소리를 지르는 삶으로 멘탈을 극복한다.

9

나를 자랑스럽게 여기다

백란현

"빠르게 살자!" 거북이가 이마에 두른 글귀다. 토끼와의 경쟁에서 이긴 '꾸물이'는 마을에서 영웅이 된다. 《슈퍼 거북》에서는 꾸물이가 다른 이들의 기대에 맞추고자 '진짜' 슈퍼 거북이 되기로 결심한다. 달리기 관련 책도 읽고, 뛰어서 산에 오르는 훈련도 한다. 달리기 실력도 점점 좋아진다. 그러나 거울에 비친 꾸물이는 천 년은 늙어 보인다. 한 번 더 토끼와 달리기 시합을 한 후 경기에서 진 꾸물이는 미소를 지으며 낮잠을 잔다. 그림책을 읽으면서, 꾸물이는 토끼의 삶을 따라가는 것이 아니라 거북이의 강점을 살리는 삶이 더 낫다는 생각을 했다.

《슈퍼 토끼》에 나오는 토끼 '재빨라'는 거북이 '꾸물이'와의 경주에서 졌다. 이마에는 '뛰지 말자!'라고 붙일 정도로 상처를 받았다. 버스를 놓치거나 비가 내려도 걸어 다녔다. 어떤 일이 생겨도 달리지 않도록 마음을 갈고닦았다. 배가 튀어나온 토끼의 모습에 웃음도 나온다. 본능적으로 달리는 것을 방지하고자 방바닥에 압정도 깔아둔다. '재빨라'는 다른 일행의 달리기 경주에 휩쓸려 달리게 되었다. 숨이 턱에 차도록 달린 후 잔디에 누웠다. '누가 뭐래도 역시 토끼는 달려야 한다니까!'라는 마지막 문장이 그림책의 주제 같다.

거북이 '꾸물이'와 토끼 '재빨라'처럼 다른 사람의 기대에 맞추는 삶은 행복하지 않다. 나에 대한 평가가 어떻든 '나답게' 사는 것이 중요하다.

나답게 살기 위한 나만의 멘탈 관리 방법 세 가지는 SNS 활동하기, 빈틈없이 스케줄 잡기, 일에 대하여 의미와 가치 부여하기이다.

발령받았던 2004년부터 SNS 활동을 좋아했다. 싸이월드에 일상과 학급 활동을 올렸었다. 오가는 댓글 소통에 재미를 붙였다. 교대 동기들과 학급 이야기 교류는 업무 면에서도 도움이 되었다. 싸이월드 속 동기의 교실 환경 사진 덕분에 교실 환경 꾸미는 일의 부담을 덜었다.

2008년부터 네이버 블로그에 첫째 아이 희수에게 읽어준 책과 희수의 반응에 대해 기록하기 시작했다. 독서 육아 기록에 조금씩 나의 일상도 덧붙여 나갔다. 15년간의 블로그 포스팅 기록도 쌓였고, 이웃도 늘었다. 누적된 포스팅과 경험 덕분에 첫 책을 출간했다. 최근에는 내가 강의했던 기록과 교사 작가로서의 이력도 메모한다. 그리고 이루고자 하는 목표도 블로그에 기록한다. 두 번째 책 초고를 완성하겠다고 공언한 후 초고 진행 과정도 블로그에 공개했다. 잠을 줄였다. 공언한 지 40일, 초고를 완성했다. '라이팅 머신'이란 별명도 얻었다.

빈틈없이 스케줄을 잡는다. 이 방법에 대해서는 사람마다 생각이 다를지도 모르겠다. 이 글을 쓰는 지금, 들어야 할 직무연수가 4개이다. 세종대왕이 독서 휴가제를 실시한 것같이 평일 저녁이나 주말에 연수 휴가제(?)를 셀프 운영한다. 평소 말을 많이 해야 하는 직업이라 집에서는 입을 다물고 귀로 듣는 시간을 편안하게 여긴다. 연수 듣는 시간에는 배움도 있고 휴식도 있다. 연간 60시간 이상만 들어도 되지만, 2021년에는 293시간 들었다.

나와의 약속대로 움직인다. 추가 스케줄이 생기더라도 멘탈이 떨어져 기운이 없거나 우울하지는 않다. 4월 토요일 아침 7시부터 두 시간 동안 책 쓰기 강의를 들은 후 10시까지 자동차 학원에 갔다. 토요일마다 운전 연수를 받았다. 수요일 저녁 7시부터 8시 30분까지 4주간 그림책 연수를 들은 적도 있다. 나의 빈틈없는 스케줄을 실천한 덕분에 삶에서 고민하는 시간이 줄었다.

내가 하고 있는 일에 대하여 의미와 가치를 부여한다. 교사, 엄마, 블로거, 작가. 나에게 주어진 역할이다. 학생용 의자 다리가 흔들거렸다. 의자 교체를 위해 행정실에 전화를 했다. 담당 주무관은 연가를 내어 자리에 없었다. 다른 주무관에게 도움을 요청했다. 지하창고에 함께 내려갔다. 흔들리는 의자는 창고에 두었고, 상태가 좋은 의자를 골랐다. 의자는 무거웠지만 내 마음은 가벼웠다. 소소한 일에 의미를 부여했다. '내가 이것까지 해야 해?'라는 생각은 하지 않았다. 오로지 학생만 생각했다. 왜냐하면 나는 학생을 위해 존재하는 교사이기 때문이다.

희수와 독감 예방주사를 맞으러 갈 때, 희진이를 합창 연습에 데려다줄 때, 희윤이가 태권도 학원에서 돌아올 때, 일대일 데이트 시간을 보냈다고 생각하게 되었다. 내가 비록 집에 와서 휴식 시간에 강의도 듣고 글도 쓰긴 하지만, 희수가 검도 수련관에서 있었던 에피소드나 희진이의 학교 이야기를 들어줄 때는 내가 하던 일을 멈춘다. 아이들과의 대화에 의미를 부여한다. 며칠 전 희윤이가 친구 이야기를 한 적이 있다. 희윤이가 단짝 친구랑 놀고 있었는데, 같은 반 친구가 단짝 친구를 빼앗아 갔다는 사건(?)이었다. 빼앗아 갔다는 표현 때문에 웃음을 참고 위로하느라 애를 썼다. 딸들이 쓰는 단어나 문장도 메모해가면서 엄마로서, 작가로서 의미 있는 시간을 보낸다.

나도 빈틈이 있다. 이미 결재를 올린 문서에서 오타를 발견했을 때와 서평단 책을 다 읽지 못했을 때였다. '작가와의 만남' 업무를 기획하고 운영하기 위해 강사비 지출 품의를 올렸다. 학년을 기록할 때 4학년이라고 써야 하는데 6학년이라고 오타를 냈다. 결재가 급한 상황이었다. 나는 결재라인 연구부장에게 갔다. 연구부장에게 결재 화면을 띄워달라고 요청했고, 내가 오타 낸 부분을 알려주었다. 연구부장이 6을 4로 수정하여 교감에게 결재 올렸다. 잔머리를 굴린 내가 기특했다. 오타를 발견한 순간 당황하긴 했으나 결재라인 부장이 고치면 된다는 생각을 한 것에 대해 기뻤다.

완독하지 못한 채 서평단 모임에 참여했다. '독서교육'을 좋아하고 독서에 대해 강의도 한다. 이러한 내가 완독하지 않았다는 사실에 대해 처음에는 자책했다. 동화책과 그림책을 읽느라 나의 성장에 쓰이는 양서는 손에 잡지 못했다. 다 읽지는 못했지만, 서평단에 빠지지 않고 참여한 것에 대해 스스로 칭찬했다. 다음 책은 지금보다 조금 더 많은 분량을 읽어야겠다는 목표를 세우고 실천하고 있다.

동화책만 읽고 있는 나 자신에 대해 자찬만 할 수 있을까 생각해 본 적도 있다. "동화책은 어린이부터 읽기 시작하는 책입니다."라는 김남중 작가의 말 덕분에 동화 위주로 책 읽는 삶도 나쁘지 않겠다는 생각이 들었다.

나의 멘탈 관리 방법 'SNS 활동하기, 빈틈없이 스케줄 잡기, 일에 대하여 의미와 가치 부여하기' 세 가지 덕분에 과거 나의 모습보다는 단단해졌다. 일상에서 무너지지 않는다. 미라클 모닝, 확언 쓰기 등 다른 사람의 멘탈 관리 방법을 따라 했다면 오히려 마음이 무거워졌을지도 모른다. 자기계발을 하면서 수많은 정보를 만나고 선택할 수 있는 기회가 있지만, 나는 내 방식대로 멘탈을 관리한다. 내가 실천할 수 있는 방법을 찾아 꾸준히 행동한다. 비교하지 않는다. 부끄러워하지 않는다. 어제보다 오늘, 성장하길 꿈꾼다.

10

쓴맛 나는 세상, 삼켜버려라

안지영

“정말 너무한 거 아냐?”

어린 마음에 투덜대며 보던 만화영화가 있었다.

> 비바람 몰아쳐도 이겨내고
> 일곱 번 넘어져도 일어나라.
> 울지 말고 일어나~
> 피리를 불어라.

일곱 번이나 넘어진 것도 서러운데 울지 말고 피리를 불라니! 울지도 말라고? 어릴 적 즐겨보던 〈개구리 왕눈이〉 만화 주제곡이다. 살면서 일곱 번까지 넘어질까? 그 당시엔 말이 안 된다고 생각했었다. 몸집도, 힘도 몇 배나 차이 나서 늘 당하기만 하는 힘없는 왕눈이가 애처롭다가도 답답했었다. 그런데 내가 왕눈이보다 더 넘어지고 있다. 일곱 번이 아닌 칠십 번, 칠백 번……나를 평가하는 '점수'라는 거대한 벽이 내 앞에 '쾅'하고 막고 있을 때가 많았다.

학창 시절엔 떨어지기만 하는 시험 점수, 아쉬운 학력고사 성적, 예비 합격자의 아슬아슬한 소수점, 꼴등에 가까운 등수, 특별하지 못한 학점, 숫자만 봐도 숨이 턱턱 막혔다. 원수 같은 숫자 때문에 우는 날이 많았다. 몸의 70%가 수분이라는데, 반 이상의 수분이 몸 안에서 빠져나온 듯이 옷 소매가 축축해졌다. 대학 때, 정해진 수업 시간 내에 제출할 과제물이 늘 더뎠다. 정확한 규격으로, 일정한 간격으로 줄질하고 자르는 과정이 서툰 나에게 인고의 시간으로 쌓여갔다. 잘 안되면 잘하는 친구에게 여러 번 묻고 연습했다. 과 선배들에게도 조언을 구하며 다시 연습하고 밤을 지새웠던 시절이 있었다. 무작정 버틸 힘도 없고 도와줄 사람도 없이 내가 다 해내야 한다. 이럴 때 필요한 건 뭘까?

아무 생각도 들지 않을 만큼 힘들 때 나만의 멘탈 관리 비법이 필요하다.

첫 번째 비법은 '쓰디쓴 커피 마시기'이다.

커피만 생각하면 엔돌핀이 샘솟는 커피 애호가다. 빈속에 커피를 마시기 위해 새벽마다 밍밍한 양배추즙을 하루도 빠짐없이 마실 정도다. 중학교 입학 후 저녁 9시 30분만 되면 졸음이 쏟아지는 내게, 엄마는 달짝지근한 믹스 커피를 타주셨다. 그것이 커피와의 첫 만남이었다. 달콤하고 쌉싸름한 커피는 잠을 이기고 숙제를 할 수 있게 해줬다.

대학에 들어가서 아메리카노에 빠졌다. 시커먼 아메리카노를 마시면 왠지 멋있어 보였다. 그 당시 서울 명동에는 무한 리필 카페가 있었다. 친구들이 모두 커피를 좋아해서 보통 3~4잔까지 마시며 수다에 빠졌다. 나이가 들어가면서 세상의 쓴맛을 맛볼 때마다 더 쓴 것을 찾았다. 커피 샷을 추가해 쓰게 마시면 속상한 마음이 위로를 받는다. 시커먼 커피 속에 세상의 쓴맛을 잠수시키면 안 보이기 때문일까.

두 번째 비법은 '무작정 걷기'이다.

"엄마가 내 맘을 알아요?"

코로나가 시작될 무렵, 큰아들의 사춘기도 함께 시작되었다. 변이를 일으키는 코로나19보다 어디로 튈지 모르는 아이의 중2병이 더 두려웠다. 원격 수업을 듣느라 집에서 같이 지내다 보니 사사건건 부딪쳤다. 내 키를 훌쩍 넘어 나를 내려다보고 힘도 세져서 나의 두 팔목을 딱 잡을 때는 멘탈이 증발하였다. 감독이 작전타임을 외치는 것처럼, 이 상황을 멈추고 싶었다. 아니 벗어나고 싶었다. 아이와 신경전이 벌어지고 나면 재빨리 "잠깐만!"을 외치고 밖으로 무작정 나갔다. 공부방을 운영하다가 코로나19로 휴원한 상태여서 갑자기 불어난 시간에 당황하고 있었던 터였다. 화병이 생겨 걷지 않으면 마음이 터져 버릴 것 같았다. 걷다 보니 가슴속에서 타오르던 불도 꺼지고, 머리 위로 뿜어대던 김도 나가고 있었다. 그렇게 하루 이틀 나가다 보니 마음도 가라앉고, 생각지도 못한 살도 빠졌다. 아들 덕분에 걷기가 재미있어졌다. 삼천 보, 오천 보, 칠천 보, 만 보, 나중엔 이만 보 이상을 걸어 다녀도 끄떡없었다.

한때는 일이 많다는 핑계로 걷는 대신 차만 타고 다닐 때가 많았다. 걷기가 귀찮아져서 아파트단지 내도 차를 타고 다녔다. 바쁘니 끼니도 거르고, 줄곧 앉아서 일하느라 살이 찌기 시작했다. 결국 고혈압이 생기고, 재활 운동으로 좋아졌던 디스크가 재발했다.

건강 때문에 걷기 시작한 게 아닌데, 걷기가 습관이 되니 혈

압약도 끊고 살아가는 에너지가 생겼다. 걸으면 생각 정리가 수월해졌다. 고민이 사라지는 마법이 일어났다. 평소 가보고 싶은 카페를 목표로 한 시간이든, 두 시간이든 걸어간다. 카페의 시그니처 커피를 마시며 책을 읽고 다시 걸어오는 코스는 나만의 멘탈 관리 꿀팁이다. 실컷 걷고 좋아하는 커피를 마시고 책까지 읽고 오는 날은 세상 부러울 게 없다. 또 다른 세상을 만나는 독서의 시간, 멘탈이 휴식을 취하면 세상이 부드러워진다.

세 번째 비법은 '나만의 관점으로 사진찍기'이다.

시간에 쫓겨 살았을 때는 주변의 아름다움에 전혀 관심이 없었다. 걸으면서 만나게 된 하늘과 구름, 길가의 돌멩이까지 전부 멋진 예술작품이었다. 쪼그려 앉아 자세히 들여다보면 민들레가 내게 말을 거는 듯했다. 거센 바람에 가지가 잘려 나간 알파벳 J 모양의 나무는 나만의 '이니셜 나무'가 되었다. 날 반기며 달려오는 모습으로 착각한다. 관리하는 사람이 있는 것도 아닌데, 해마다 때맞춰 피는 갖가지 꽃들이 고맙다. 나만의 시선으로 사진을 찍다 보니 세상에서 하나뿐인 작품을 담을 수 있었다. 사람의 수많은 표정처럼, 볼 때마다 달라지는 자연의 표정은 신비롭다. 카메라 버튼을 누를 때마다 새로운 설렘을 준다. 매일 걷는 산책로는 날씨에 따라 색다른 길로 다가왔다. 변함없는 돌담길은 무뚝뚝한 아저씨 같아 보였다. 곱게 물든 단풍잎들을 물에 담가 놓고 사진을 찍으면 그릇 안에 가을이 담겼다. 지난밤 잠 못 이루게 한 고민은 사진을 찍다 보면 새카맣게 잊힌다. 아무도 보지 못하는 순간을 다른 시각으로 담다 보면 마음도 머리도 투명해진다. 사람과 대화하듯 자연에도 귀 기울이다 보면 아이처럼 신이 났다. 나만의 관점으로 사진찍기는 멘탈을 건강하고 단단하게 만들어주는 마법이다.

멘탈 관리를 하지 않으면 어떻게 될까? 앞으로 나아가지 못함은 물론이고 세찬 바람에 맞서다가 '뚝'하고 부러질 수 있다. 바람에 맞춰 흔들리다가도 바람이 잦아들면 제자리로 돌아오면 된다. 갈대가 바람에 흔들리는 건 마음이 약해서가 아니다. 번뇌하는 멘탈을 다잡는 시간이기 때문이다. 사는 동안 시련의 바람은 끊임없이 분다. 두려워하지 말자. 바람에 맞설 수 있는 나만의 멘탈 관리법으로 삶을 살아가길 희망한다.

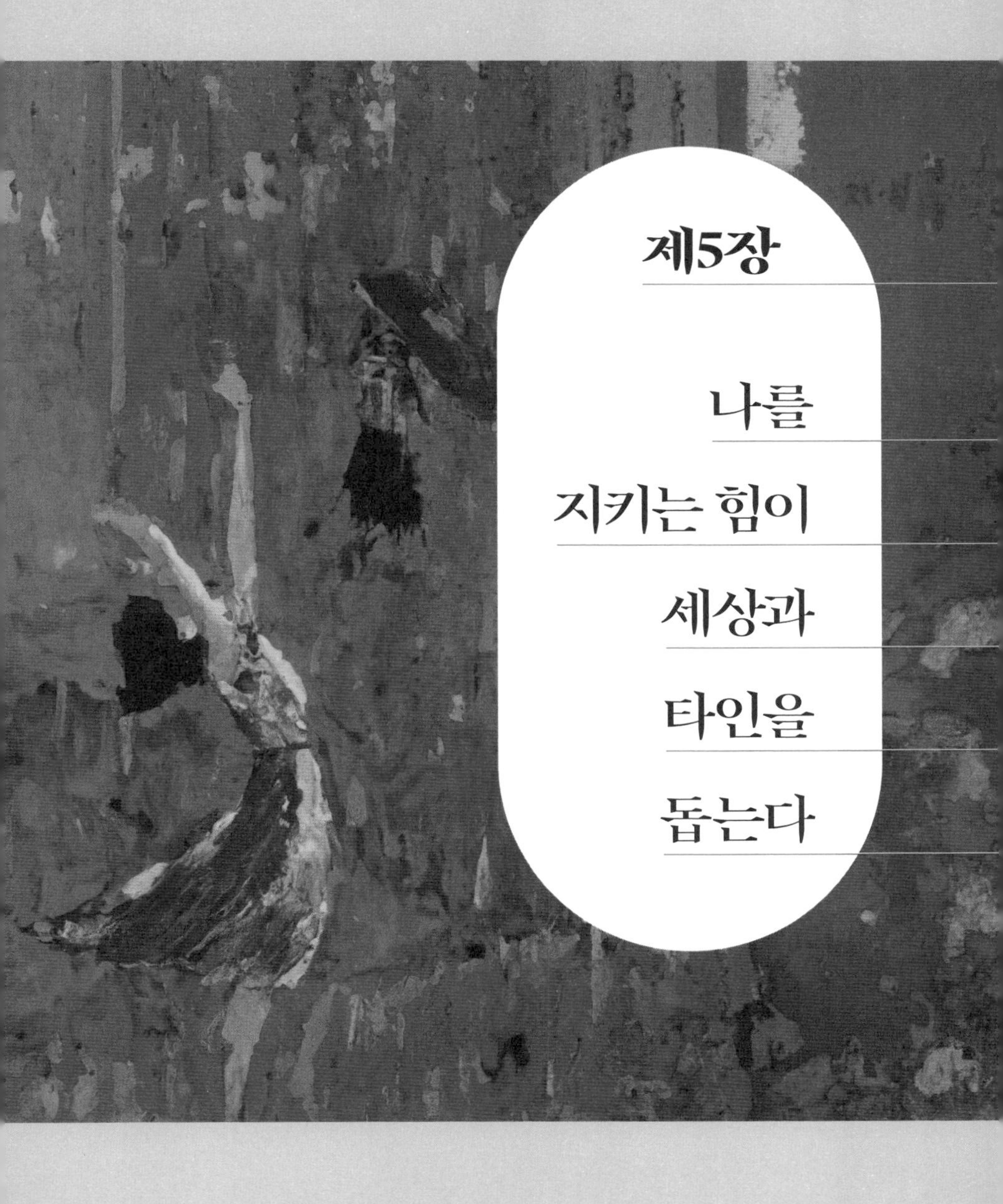

제5장

나를 지키는 힘이 세상과 타인을 돕는다

1

오직 버티는 힘, 독서와 쓰기

김미예

"버텨라. 그것도 버티지 못하면 밥 먹을 자격도 없다."

아버지의 스파르타식 교육방식이 싫었다. 무서웠다. 교회는 빵과 우유를 얻어먹겠다고 친구를 따라갔을 뿐인데, 회초리로 엉덩이에 불이 나도록 맞고 벌까지 섰다. 전도사가 집에 찾아와서 아이를 여름 성경학교에 보내라고 아버지를 설득했었다. 농번기에는 일손이 부족하여 아이들 손까지 빌려야 하니, 겨울에나 보낼 수 있다고 양해를 구했다. 그런 아버지에게 전도사는 "평생 농사나 짓다가 죽으세요."라고 말했다. 그 일로 화가 머리끝까지 나 있던 차였다. 그런데 아홉 살 막내딸이 없어졌다. 집안은 발칵 뒤집혔고, 나는 그런 줄도 모르고 친구를 따라 교회에 간 거다. 얼마나 기가 막혔을까. 허락 없이 간 것도 모자라 밤 아홉 시가 넘어서야 집에 왔다는 것에 아버지는 괘씸해 하셨다. 집안은 냉기가 흘렀고, 칠흑같이 어두웠다. 나를 도와줄 사람은 없었다. 엄마도 역정을 내시는 아버지 앞에서는 어쩌지 못하셨다. 엉덩이는 아프고 팔도 저렸다. 억울했다. 그러나 "잘못했어요, 아버지!" 하며 싹싹 빌었다. 속으로는 내가 뭘 잘못했나 싶어 원망도 많이 했다. 아버지 앞에서는 찍소리도 못하고 눈물, 콧물 다 쏟았다. 한 시간이 지났을까. 아버지의 기척이 느껴졌다. 순간 쫄았다. 다시는 그러지 않겠다고 다짐을 받고서야 일어날 수 있었다. 다리는 저리고 엉덩이는 움직일 때마다 쓰라리고 얼얼했다. 팔은 또 어떤가. 며칠을 앓아누웠다. 그 뒤로 아버지 말씀 어기지 않고 말 잘 듣는 딸이 되었다.

일과 자기 계발을 함께하고 있다. 그 외에도 관심 분야, 업무 관련 등에는 악착같이 파고들었다. 부동산 광고대행사 16년 차 매니저. 오랫동안 한 우물을 파며 살아남은 이유도 어릴 적 아버지의 교육 철학 덕분이겠지 생각한다. 광고대행사에 근무하면 컴퓨터도, 광고 관련도 모두 전문가라고 여긴다. 그러나 나는 치열하게 공부했다. 컴퓨터를 다룰 줄 몰라 선임 팀장을 괴롭히며 배웠다. 3개월 동안 꼬박 익혔다. 기계가 익숙하지 않고 내가 만지면 고장이 날 것 같은 두려움에 일일이 노트에 메모했다. 혼자 남아서 될 때까지 공부하고 익혔다. 아무도 나를 대신해 줄 수 없다는 걸 아홉 살 때 이미 아버지로부터 호되게 교육받았었다. 남에게 지는 것도 싫어했다. 욕심도 많았다. 뭐든 다 할 수 있어야 직성이 풀렸다. 그렇게 매니저로서 영업과 고객 관리만큼은 철저하게 했다. 빈틈을 보이지 않으려고 노력했다. 함께 일하는 선후배들이 지독하다고 말할 정도다. 어영부영해서는 답이 나오지 않는다. 남들보다 두 배, 세 배 노력하지 않으면 광고대행사 영업 및 매니저로 살아남을 수 없다. 언제 어디서나 고객 응대가 가능하도록 관리자 툴을 통째로 외웠다. 할 수 없다고 생각했다면 해내지 못했을 것이다. 외우는 거라면 자신 있었다. 퇴근 후 매일 한 시간씩 남아 관리자 툴을 외우고 또 외웠다. 누워 잠잘 때 천장에 관리자 툴 속의 글씨들이 나타날 정도였다.

요즘은 네이버 부동산의 정책 변경이 잦다. 여러 대행사의 상품을 취급하다 보니 공부해야 할 것들이 늘었다. 잠시 한눈팔고 있으면 뒤처진다. 좀 느슨하고 나태해지려 할 때 돌아가신 친정아버지를 떠올린다. 정신을 가다듬고 광고주에게 눈을 돌린다. 그들의 질문과 항의에 답변을 해주면서 한 번 더 공부하는 시간을 갖는다. 덕분에 헷갈렸던 부분도 알게 되고 체크할 수 있다. 똑같은 실수를 되풀이하지 않도록 촉을 세운다.

다양한 사람들을 만난다. 업무에서 만난 광고주, 자기계발을 하면서 만난 인연까지 셀 수 없이 많다. 좋은 관계를 맺었다가도 말 한마디로 깨진다. 사람 관계 쉽지 않다. 서로 톱니바퀴가 맞물리듯 부드럽게 가면 좋은데, 세상일이 어찌 그렇게만 될까. 그럼에도 불구하고 우리는 또 만나고 헤어진다.

글쓰기 선생님인 이은대 작가를 통해 읽고 쓰는 삶을 살고 있다. 요즘 내가 버틸 수 있는 유일한 낙이다. 이해하는 능력이나 속도가 남들보다 느린 편이지만, 읽고 쓰면서 내 업무에 적용하고 실천한다. 상담과 소통에도 도움이 되었다. 광고주와 상담한 후 다음 사람을 위해 내용을 상담 일지에 기록했다. 선배들은 시간 낭비라 했지만, 회사에는 고객의 니즈를 파악하기 위한 자료가 되었다. 뿌듯했다.

독서와 쓰기가 일에 얼마나 도움이 될까, 생각한 적이 있다. 후배들에게 권하고 싶다. 내가 해보니까 요즘 트렌드를 알고 싶거나, 회사 생활을 잘하려면 책 읽어야 하고 일상을 기록해야 한다는 것을 늦게 알았다. 때가 있다고 한다. 지금의 나에게 독서와 쓰기는 신이 주신 선물이라 생각한다. 방황할 때 이은대 작가를 만났고, 프리랜서로서의 본업과 읽고 쓰는 삶을 병행하고 있다. 가끔 일에서 오는 스트레스나 피곤함을 이기지 못해 세 딸에게 짜증을 냈었다. 읽고 쓰면서 조금씩 달라지고 있다. 종이 위에, 모니터 한글 파일에 기록한 뒤로 짜증이 줄었다. 매주 듣는 강의는 버틸 수 있는 동기부여와 삶의 지혜를 배우는 시간이다. 종일 시달려 탈탈 털렸던 멘탈을 다시 부여잡는다.

어린 시절, 아버지는 늘 책을 읽고 하루를 기록하셨다. 왜 하시는지 의아했지만, 어른이 되고 보니 아버지의 행동을 이해할 수 있었다. 아버지는 배움이 짧았다. 계속 책 읽고 공부하신 덕분에 일흔의 연세로 공주대학교 평생교육원 침술 학과에 합격하셨다. 몸이 아픈 동네 어른들을 치료해 주셨다. 농사를 지으시고, 사람들에게 특용작물에 대해서도 가르쳐 돈을 더 벌 수 있게 해드렸다. 실패와 작은 성과를 내면서 아버지는 자식들에게 무슨 일이 있어도 공부하고 버티라 말씀하셨다. 5남매가 아버지의 뜻을 따라주길 바라시지 않았을까 생각해 본다. 아버지를 닮았다. 고지식하다. 센스도 부족하다. 배우려는 의지는 누구보다 크다. 가르쳐 주면 응용은 다소 떨어지지만 따라 하는 건 자신 있다.

누구나 자신의 경험으로 다른 사람을 도울 수 있다고 인생 멘토인 이은대 작가에게 배웠다. 나는 누구를 도울 수 있을까. 세 가지로 정리해 보았다. 첫째, 광고주에게 필요한 온라인 광고 선정을 위해 매니저로서 관심을 가지고 피드백한다. 둘째, 나와 같이 소심하고 자신감 없는 블로그 왕초보에게 매일 기록하는 방법을 가르쳐 준다. 셋째, 워킹맘으로서 육아까지 책임져야 하는 엄마들이 많다. 인생 선배로 그들의 상처와 아픔을 공감하고 위로한다. 이렇게 도울 수 있다는 것만으로도 가슴 벅차다.

다양한 사람과 소통을 한다. 매일 나만의 루틴인 한 페이지 책을 읽고 끄적끄적 기록한다. 마음 근육이 단단해졌다. 다른 사람의 말에 흔들리지 않는다. 꾸준함과 강력한 멘탈의 힘 덕분이다. 중심 딱 잡고 내 갈 길 간다. 나에 대한 확고한 믿음이 있기에 가능하다. 멘탈은 나약했던 내 일상에 용기와 살아가는 힘을 주었다. 남들이 멈출 때 한 번만 더 도전하기로 했다. 오늘도 한 발 내딛는다.

2

강한 멘탈 선언문

김민경

하나. 나는 나 자신의 부족한 점을 객관적으로 바라보고, 고치며 살아갈 것이다.

참 간사했다. 내가 1등인 곳에서는 모두가 내 발아래였다. 후배들을 지적하기 바빴고, 가르치기만 했다. 내가 하는 말은 다 맞는 말이고, 후배들의 판단은 모두 틀렸다고 생각했다. 좋은 의견을 제시하는 후배에게 굳이 단점을 콕콕 집어내며 거절했다. 내가 가르친 대로 일하지 않으면 평가점수를 낮게 주었다. 무엇이든 내가 정답인 생활을 하였다. 반면 내가 꼴등인 곳에서는 달랐다. 저들이 하는 말은 모두 맞는 말이고, 나의 행동은 모두 고쳐야 할 행동이 되었다. 내가 리더인 곳에서도, 막내인 곳에서도 나는 그저 같은 사람일 뿐이다. 그런데 마치 다른 사람인 것처럼 행동했다. 여기서는 이렇게, 저기서는 저렇게 행동했다. 이 모습을 반성한다. 이제는 나의 위치에 따라 변하지 않겠다. 타인을 바라볼 때도, 나 자신을 바라볼 때도 똑같은 시선으로 바라보겠다. 나 자신의 결점을 보고 반성하며 살아갈 것이다. 자기 반성하겠다. 첫 번째 멘탈 선언문. 나는 나 자신의 부족한 점을 객관적으로 바라보고, 고치며 살아갈 것이다.

하나. 잘되면 조상 탓, 안되면 내 탓.

모든 잘되는 일에는 조상님의 관용과 아량 덕분이라 생각한다. 마치 하늘에 계신 조상님께서 기회를 주신 것처럼 생각한다. 그럼 나는 감사하면서 열심히 하겠다고 다짐한다. 기회를 주셔서, 일이 잘 풀리게 도와주셔서 감사한다. 반대로, 잘 안 풀리는 일에는 항상 내 탓이라 생각한다. 지난 20년 1월에 축구교실을 오픈했었다. 오픈과 동시에 수많은 아이가 등록했지만, 곧바로 코로나가 터지면서 거의 90%에 가까운 아이들이 그만뒀다. 당시 천재지변에 가까운 일이라서 할 수 있는 게 없다고 생각했다. 모든 것이 코로나 탓이었다. 어느 날 다른 학원의 소식을 듣고서부터 정신을 차리기 시작했다. 다른 학원에서는 코로나에 개의치 않고 홍보도 하고 수업도 한다는 말을 들었다. 학부모님들의 분위기 자체가 학원을 안 다니는 분위기인 줄 알았는데, 그게 아니었다. 결국, 당시 학생 수가 적었던 이유는 코로나 때문이 아니라 내 탓이었다. 그때부터 홍보를 하며 공개수업을 시작했다. 시작과 동시에 아이들 수는 증가했고, 21년 말에는 수용할 수 있는 인원의 최대치까지 도달했다. 잘되면 내 탓, 안되면 조상 탓이 아니다. 두 번째 멘탈 선언문. 잘될 때는 조상 탓이니 감사해야 하고, 안되면 내 탓이니 고쳐야 한다.

하나. 타인의 삶에 귀 기울이되 비교하지 말자.

인스타를 처음 가입했을 때 적응하기 힘들었다. 예전 싸이월드는 친한 사람들끼리 소통하는 느낌이 강했다. 하지만 인스타는 모르는 사람들에게도 오픈되어 있어서 내겐 조금 어려웠다. 나를 모르는 사람들이 나의 일상을 본다니…. 이해할 수 없었다. 그런데 신기하게도 다른 이의 일상을 보는 것은 매력이 있다. 사람들은 자신의 평소 일상 사진을 올리는 것뿐인데 묘하게 빠져들었다. 한번 휴대전화를 보기 시작하면 시간 가는 줄을 몰랐다. 온종일 인스타만 보게 되었다. 그런데 이상하다. 점점 인스타에 사진 올리는 사람들에게 질투가 나기 시작했다. 나보다 잘생기고 경제적, 시간적 여유를 갖고 사는 사람들이 넘쳐났다. 부러움이 질투가 되었다. 질투심은 점점 커졌다. 그들을 그저 '미'나 '부'를 과시하고, 하고픈 사람으로 생각했다. 인스타에서 다른 사람의 일상을 보는 것이 나를 파괴하고 있었다. '상대적 박탈감.' 다른 사람들은 여행도 다니고 매일 파티를 하는데, 나는 왜 그러지 못하지? 저 사람들은 돈을 저렇게 쉽게 버는데, 나는 왜 안 되지? 시간이 지날수록 시기와 질투뿐만 아니라 자괴감이 들었다. 나 자신이 한심해 보였고 우울했다. 인스타를 보는 것을 멈출 수 없고, 볼 때마다 상대적 박탈감이 들었다. 이대론 안 되겠다 싶어 인스타를 지웠다. 그 후로 가끔 그런 마음이 들었지만, 훨씬 나아졌다. 결혼하고 시현이가 태어난 뒤, 친구들에게 소식을 알리고 싶었다. 다른 건 몰라도 예쁜 아이가 있음을, 행복한 가정을 꾸리고 있음을 알리고 싶었다. 다시 인스타에 들어갔을 때 다시 한번 자괴감이 들면 어쩌나 걱정했지만, 전혀 그런 마음이 없다. 남들보다 부유하지 못하고, 여행을 자주 다닐 수도 없지만, 나에겐 소중한 가족이 있다. 지켜야 할 가정이 생기면서 멘탈을 잡았다. 마음의 안정을 찾았다. 그들은 그들이고, 나는 나다. 비교하는 순간 끝없는 우울감에 휩싸일 것이다. 세 번째 멘탈 선언문. 다른 사람들의 인생에 관심을 두는 것은 좋다. 배움이 있다. 하지만 나와 비교하지 말

것. 나는 나만의 행복이 있으니까.

하나. 나를 가장 사랑하는 사람은 나다. 그 누구에게 사랑받지 않아도 나는 사랑할 것이다.

어릴 땐 왜 그랬는지 모르겠다. 사랑을 갈구하고 관심을 바랐다. 모든 사람에게 인기가 많아지고 싶었고, 주목받길 원했다. 운동할 땐 영웅이 되고 싶었고, 회사에서는 인정받기를 원했다. 내가 누구보다 열심히 일하고 있다는 것을 어필하고, 알아봐 주지 않으면 뒤에서 직장 상사를 욕하곤 했다. 잘하고 싶어서 노력했다. 일도 잘하고 회식 자리에서 놀 때도 잘 노는, 그런 사람이 되고 싶었다. 모두에게 사랑받는 사람이 되고 싶었다. 누군가 알아봐 주지 않으면, 나 혼자 상처받았다. 시간이 흐르면서 나의 잘못된 마음 상태를 알게 되었고, 지금의 아내를 만나면서 감정적으로 안정이 되었다. 나를 가장 사랑해야 하는 사람은 나 자신이라는 것을 알게 되었다. 사람들의 관심을 바랄 필요 없다. 나를 사랑하는 사람은 다른 사람이 아니라 나여야 한다. 나를 사랑하는 것이 첫 번째다. 자신에게 사랑받지 못하는 사람은 누구에게도 사랑받을 수 없다. 나를 먼저 사랑하고, 여유가 생기면 다른 사람을 사랑하자. 지금의 나는 충분히 여유가 있다. 온 세상이 나를 싫어해도 상관없다. 내가 아내와 시현이를 사랑하고 그들을 위하는 마음으로 살아가는 것만으로도 아주 행복하다. 마지막 멘탈 선언문. 그 누구에게 사랑받지 않아도 나는 나를 사랑할 것이다. 내 가족을 사랑할 것이다. 그것이면 충분하다.

말은 곧 정신이다. 가르치는 학생들에게 수업 태도에 관하여 말한다. 최선을 다하는 모습, 성실한 모습을 보여준다면, 숙제해 오지 않더라도 충분히 이해해 줄 수 있다고 얘기한다. 내가 아이들을 대하는 태도이고, 교육을 바라보는 정신이다. 처음엔 그 순간 생각나는 대로 말했던 내용인데, 반복적으로 말하다 보니 나의 교육 철학이 되었다. 멘탈에 관한 내용도 마찬가지일 것이다. 말로 뱉으면 그 정신을 무의식 깊은 곳에 자리잡게 할 수 있다. 자기 자신만의 멘탈 관리 선언문을 만들고, 매일 아침 소리를 내 읽는다면, 분명한 변화를 볼 것이다. 오늘도 강한 멘탈 선언문을 읽어본다.

강한 멘탈 선언문

하나. 나는 나 자신의 부족한 점을 객관적으로 바라보고, 고치며 살아갈 것이다.

하나. 잘되면 조상 탓, 안되면 내 탓이라 생각하자.

하나. 타인의 삶에 귀 기울이되 비교하지 말자.

하나. 나를 가장 사랑하는 사람은 나다. 그 누구에게 사랑받지 않아도 나는 사랑할 것이다.

3

빗속에서도 춤출 수 있는 나

김위아

"누가 싸움 제일 잘하는지 아세요? 많이 맞아 본 사람이에요."

이은대 작가가 오프닝 멘트를 시작했다. 듣는 순간, 심장이 쿵쾅쿵쾅! '저 많이 맞아 봤어요.' 손을 번쩍 들 뻔했다. 학원 경영하며 맞은 거로 치면, 대한민국에서 둘째가라면 서럽다.

10년 차까지 지역 1등 학원이었다. 영어 한 과목으로 학생 수 250~300명이었다. 2009년 여름부터 1년간 세 가지 대형 사건이 연달아 터졌다. 조울증을 앓는 학부모가 칼 들고 학원에 찾아왔다. 죽이겠다고 협박했다. 밀린 7개월 교육비를 내라는 말에 기분 나빠서였다. 신종 플루 공포심이 극에 달했을 때 학생 네 명이 확진되었다. 세 남매와 그 집에 함께 사는 사촌이었다. 학원으로 기자들이 몰려왔고, 매스컴에 보도되었고, 쑥대밭이 되었다. 수개월 동안 잠을 못 잤다. 현기증이 심해져서 병원에 갔고, 암 진단을 받았다. '깡이 장난 아닌데?'라는 말을 귀에 못이 박히도록 들으며 살았지만, 감당하기에는 모두 큰 사건이었다. 학생 수가 40명 아래로 내려갔다. 주위에서 우리 학원이 곧 문 닫을 거라고 수군거렸다.

폐원? 천만에! 내 꿈, 학생, 선생님을 위해 학원을 놓지 않았다. 5년여 정체기를 겪는 동안, 건강을 돌봤고, 학원을 재정비했고, 대학원에 진학했다. 일과 삶에서 내실을 다지며 영어교육 전문가와 학원 경영자로서 역량을 키워나갔다. 시간을 견딘 대가로 위기에 대처하는 마음 근육이 탄탄해졌다. 학원은 전보다 성장해서 4호점까지 확장했다.

학원 경영 20년이 되자, 세상 밖을 둘러볼 여유가 생겼다. 곳곳에 초보 원장 시절의 내가 보였다. 광고업자에게 사기당하고, 건물주에게 쫓겨나고, 미납으로 밤잠 설치고, 경쟁학원과의 갈등으로 신경이 곤두섰던 그때 그 시절의 나였다. 내가 경험한 걸 다른 사람은 겪지 않았으면 좋겠다는 생각이 강해졌다. 오래도록 품고 있던 목표를 실현하기로 했다.

위아비즈 학원인 대학 vs 맥도날드 햄버거 대학

2022년 2월에 학원인을 위한 온라인 교육 기관, '위아비즈 아카데미'를 설립했다. 20년 가까이 된 꿈이다. 그 시작은 '맥도날드 햄버거 대학'을 책에서 만난 순간부터였다. 진짜 있는 대학 맞아? 호기심에 네이버 지식백과를 찾아봤다. 맥도날드 임직원의 교육을 위해 1961년 설립된 교육 기관이었다. 이름만 대학이 아니었다. 시드니, 도쿄, 런던 등 7개 도시에 분교가 있다. 경영에 필요한 모든 교육을 제공한다. 인사관리, 리더십, 품질관리, 대인관계 등의 커리큘럼이 있다. 매년 6천 명가량의 임직원이 공부한다. '이런 학교를 세울 거야.' 맥도날드 대학을 알게 된 후로 학원인 교육 기관 운영이 사명으로 자리 잡았다. 3년 뒤, 강남역 한복판에 간판 거는 게 목표다. 지금은 온라인 플랫폼인 '위아비즈 아카데미'가 그 초석이 될 것이다. 이곳에서 같은 길을 가는 사람을 위해 세 가지 비전을 실천한다.

첫째, 멘탈 코치로서 학원 경영인의 성장을 돕는다. 성장을 위한 필수 도구는 책 읽기다. 독서 경영 과정인 '학원별곡'을 개

설했다. '학원을 사랑하는 사람들의 학원과 인생 이야기'라는 뜻이다. 지정 도서와 자유 도서를 읽고, 질문에 답하고, 기록으로 남긴다. 독서를 기본으로 자기 경영에 필요한 루틴을 실천한다. 걷기, 바인더 쓰기, 영어 공부, 글쓰기 커리큘럼을 하나씩 도입하고 있다. 학원과 개인사에 문제가 들이닥쳤을 때, 중심을 잡을 수 있었던 것은 매일 쌓아 올렸던 루틴 덕분이었다. 내 경험으로 보면, 작은 습관을 얼마나 굳건히 지키느냐가 멘탈력을 결정했다. '학원인은 무엇으로 성장하는가?'라는 질문에 답하며 사람과 프로그램을 연구한다.

둘째, 시스템과 매뉴얼을 개발한다. 두 가지는 경영과 수업은 물론이고, 대표의 번아웃을 방지하기 위해서도 필수 장치다. 10년 차까지 열정으로 버텼더니, 온몸이 다 타버렸다. 나이를 안 먹고, 사건 사고도 겪지 않을 줄 알았다. 하루하루 경영하고 수업하기에도 바빠, 학원 규모에 비해 뼈대가 약하다는 걸 알면서도 그냥 넘어갔다. 휘청거린 후에야 시스템과 매뉴얼 구축에 박차를 가했다. 학원은 다시 안정을 찾아갔고, 치료로 자리를 비워도 원활하게 돌아갔다. 나는 소 잃고 외양간을 고쳤다. 동행하는 사람들은 소도 지키고 처음부터 튼튼한 외양간을 짓기를 바란다.

셋째, 사회 공헌에 동참한다. 자식은 부모의 뒷모습을 보고 자란다. 초등학교 때 부모님 따라 형편이 어려운 집에 쌀과 생필품을 나눠주러 다녔다. "너도 커서 이렇게 해." 교육받은 대로 가진 것을 나누며 살아왔다. 장학금, 교복과 생리대 지원, 결식 아동, 자립 청소년을 돕는다. 작가가 된 후로 책 인세도 도움이 필요한 곳에 사용한다. 혼자 좋은 일을 하는 것보다 여러 명이 힘을 합치면, 몇 배로 선한 영향을 전할 수 있다. 이제, '함께의 힘'으로 사회 공헌 기회를 넓히려 한다.

빗속에서도 춤출 수 있는 나

20대 때 내 몸은 깨끗했다. 40대인 지금은 흉터투성이다. 작가가 되기 전에는 예쁘지 않은 건 뭐든 숨기려 애썼다. 지역에서 제법 알아주는 학원이라, 내가 하는 모든 말과 행동이 경쟁 학원과 학부모 입에 오르내렸다. 뭘 입었고, 무슨 말을 했고, 누구를 만났는지를 나보다 더 자세히 기억했다. '트집 잡히지 않을 거야.' 강박관념에 갇혀 살았다. 알을 깨고 나오지 못하는 새였다.

글공부를 하며 꿈틀꿈틀 움직이기 시작했다. 출간하며 껍질을 깨고 밖으로 나왔다. 새로운 세상에서, 감추려고 발버둥 쳤던 아픔을 드러냈다. 공감, 위로, 용기를 얻었다는 독자들의 감사가 이어졌다. 몸과 마음에 새겨진 못난이들은 타인에게 도움이 될 '영광의 상처'였다.

영국의 저술가인 비비안 그린은 이런 글을 남겼다. "인생이란, 폭풍우가 지나가기를 기다리는 것이 아니라, 빗속에서 춤추는 법을 배우는 것이다." 내게는 궂은 날씨에도 웃을 수 있는 여유와 강인함이 있다. 빵빵한 집안 배경도, 화려한 스펙도, 건강도 없다. 내세울 건 한 가지뿐이다. "저요! 저 많이 맞아 봤어요!" 수만 가지 일을 겪어내며 싸움에 지지 않는 사람이 되었다. 23년간 나와 학원을 지켰던 배짱으로, 학원 경영계의 피터 드러커가 되어 빗속에서도 춤추는 법을 전할 것이다. 다시 태어나도 나는 학원 경영인이다!

4

함께하는 존버 정신

김은정

"저희 마무리하겠습니다."

줌 마이크를 켜고 말했다. 팀원들이 하던 모닝 루틴을 멈추고 화면 안으로 모습을 드러낸다. 매일 아침 6시 전에 줌을 오픈한다. 팀원들의 6시 두 번 만나기 실천과 루틴 정착을 위해서 진행하고 있는 프로젝트다. 링크를 전달하고 눈으로 출석 체크를 한 후 밖으로 나간다. 50분 동안 나의 모닝 루틴은 걷기와 100층 계단 오르기다. 추워지기 전까지는 맨발 걷기로 마무리했다. 18층 계단을 5회전 하고 10층을 더 오르면 100층이 된다. 두 계단씩 성큼성큼 오를 때면 심장이 쿵쾅거린다. 3회전부터 땀이 나기 시작해서 5회전을 다 마치고 나면 줄줄 흘러내린다. 텐션감 최고다. 다시 자연으로 걸어와 빠르게 양말을 벗었다. 맨발로 걸으며, 줌 마이크를 켰다. 10분 동안 팀원들과 생각 나눔 후 메시지와 에너지를 전달하며 마무리한다. 매일 하는 실천이 우리의 생각을 단단하게 해주고 있다. 삶을 평온하게 해주고 있다.

'나사루'에서 줌 미팅을 운영하고 있다. 나사루는 나를 사랑하는 루틴의 줄임말이다. 멘탈 관리에 루틴만 한 게 없다고 확신한다. 루틴이 장착되어 있으면 어려움에 직면할 때, 위기가 찾아왔을 때, 삶이 흔들릴 때 충격을 줄일 수 있다. 루틴 덕분에 좀 더 수월하게 이겨낼 수 있다. 루틴을 통해 효과를 톡톡히 보았기에 사람들에게도 누리게 해주고 싶었다. 각자 평생 습관으로 만들고 싶은 항목을 루틴으로 세팅하고 매일 실천하도록 독려하고 있다. 루틴 정착이 어려운 이유가 있다. 삶이 평온할 때는 루틴의 필요성이 크게 와 닿지 않는다. 절실함이 낮아서 실천이 생각만큼 쉽지 않다. 맘먹고 챙겨야 지켜진다. 이렇게 해서 정착된 루틴은 어려움에 직면했을 때 든든한 힘이 되어 준다. 그래서 나를 사랑하는 마음으로 루틴을 만들고 습관화하라고 사람들에게 강력하게 추천한다.

멘탈 관리를 위해 사람들에게 공유하는 것이 하나 더 있다. 그건 바로 평생 독서다. 수강생, 라이프 리모델링 코칭 받은 사람들에게 책과 함께하는 습관을 만들어 주기 위해 독서 토론 모임을 4년째 운영하고 있다. 단기간에 많이 읽기보다 오랫동안 꾸준히 읽기 바란다. 일 년에 몇 권 읽었는지, 보이기 위한 독서가 아닌 단 한 권을 읽더라도 각자 삶에 도움이 되는 독서를 하면 좋겠다. 이 마음으로 경제 인문학 독서를 함께하고 있다. 삶과 돈 모두 챙길 수 있도록 돕고 있다. 덕분에 흔들림 없이 함께하는 분들을 보면 삶에 여유가 있고, 마음의 평온 지수가 높다는 게 느껴진다. 편안함 속에 느껴지는 단단함도 나를 기쁘게 한다. 팀원들이 멘탈 관리를 건강하게 잘하고 있음이 보이기 때문이다.

1인 기업을 운영하다 보면, 종종 멘토 인터뷰 요청을 받는다. 공통으로 나오는 질문 중 하나가 슬럼프 극복 방법이다. 슬럼프라는 단어를 생각하는데 낯설다. 그러고 보니 언제부터인가 내 삶에 슬럼프 자체가 사라졌다. 성장기 때는 물론이고, 성인이 돼서도 눈물 일기가 일상이었던 나다. 좌절과 우울감이 삶을 도배하고 있었다. 푹푹 꺼지는 나를 끌어올리려고 애쓴 기억이 많다. 계속되는 실패에 무기력했던 기억도 선명한데, 삶에서 슬럼프라는 단어가 사라졌다니… 신기했다. 그동안 무슨 변화가 있었던 걸까?

스스로 삶을 관찰해 보았다. 편안함이 먼저 떠올랐다. 평온하니 슬럼프가 찾아올 일이 없었다. 삶이 평온한 이유는 균형과 중심이었다. 균형을 잡으려고 노력하니 과부하가 걸리지 않았다. 중심을 잡으려고 노력하니 외부 영향에 흔들림이 적었다. 매일 크고 작은 일이 생기는데, 전혀 흔들리지 않는다면 백 퍼센트 거짓말이다. 강도가 있는 충격에는 흔들린다. 하지만 흔들림의 진동이 작다는 것이다. 약한 충격은 대수롭지 않게 여긴다. 예전 같으면 민감하게 반응했을 일도 멘탈 관리가 된 이후에는 그냥 넘길 때도 있다. 평온한 일상이 이어진다. 이치를 깨닫고 나니 멘탈 관리를 꾸준히 할 수밖에 없다.

슬럼프가 찾아오지 않기 때문에 현재 슬럼프 극복 방법은 없다. 슬럼프와 영원히 이별하는 방법으로 인터뷰 답변을 대신했다. '위기 때 나를 지켜줄 루틴을 만들어라. 삶이 평온할 때 신경 써서 열심히 만들어야 한다. 위기를 마주했을 때는 이미 늦다. 삶이 힘들어졌는데, 효과가 바로 보이지 않는 루틴 만들기에 쓸 에너지가 어디 있겠는가! 그러니 평소에 만들어둬라!

단단하게 정착시켜 놓으면 어려움에 놓였을 때 루틴 덕분에 수월하게 벗어날 수 있다. 내 몸에 정착된 루틴이 멘탈을 단단하게 해줄 것이다. 그 멘탈로 버틸 수 있게 된다.'

강한 멘탈을 가진 사람이 지금도 부럽다. 그들을 닮으려고 노력한다. 단, 내 스타일로 말이다. 부러운 마음으로 오늘도 나는 멘탈 관리를 성실하게 챙긴다. 언젠가는 강한 멘탈을 가지게 될 것이라는 기대감으로 말이다. 막연한 기대가 아니다. 변화를 몸소 체험했기에 강한 멘탈에 대한 희망이 여전하다. 또한 과거의 나처럼 유리 멘탈인 사람들에게 내 변화가 희망이 될 수 있다고 믿는다. 그래서 루틴을 놓칠 수가 없다. 멘탈 관리를 위해서 하는 루틴이지만, 타인을 돕는 일이라고 생각하니 더 정성을 담게 된다.

오늘 하루에 충실하기! 멘탈 관리를 위해 할 수 있는 일에 집중하려고 노력한다. 덕분에 삶이 더 평온해졌다. 타인과 외부 환경에 흔들림이 적으니 멘탈 상태를 양호하게 유지할 수 있다. 중심을 잡고 살아가니 무슨 문제가 생기면 예전처럼 호들갑 떨지 않는다. 오히려 더 차분하게 바라본다. 예전에는 감정에 의한 대처가 대부분이었다면, 지금은 이성에 의한 대처가 많다.

그 결과, 대처하는 과정에 실수가 줄었다. 일이 끝난 후 후유증도 적었다. 몸 건강을 위해 운동을 챙기듯, 정신건강을 위해 멘탈 관리도 꾸준히 할 것이다. 나는 물론이고, 동행하는 사람들을 위해서도 강한 멘탈을 만들고 싶다.

5

무엇을 하든지, 되게 하라

김혜련

"용 꼬리보다 뱀 머리가 될 거야!"

중학교 졸업반이 되자 몇몇 친구들은 대구에 있는 고등학교로 진학했다. 부러웠다. 가정형편이 어려워 도시로 나가지 못했다. 중학교와 함께 있는 영천여고에 진학했다. 학교를 어디에서 다니느냐보다 학교에 다니면서 무엇을 어떻게 했느냐가 중요하다고 생각했다. 여고에서 학생회장이 되고 싶었다. 도시로 나간 친구들 보란 듯 모교 지킴이 역할을 제대로 하고 싶었다. 도전하는 삶, 그것은 생의 첫 번째 미션이었다.

"학생회장이 대학에 떨어지면 되겠나?"

1970년대 말, 여자 교감 선생님은 대학에 가려면 좀 더 열심히 공부하라고 말씀하셨다. 집안 형편은 쉽게 나아질 기미가 없었다. 대학을 간다는 말도 눈치가 보였다. 열심히 공부할 이유를 찾지 못했다. 그즈음 친한 친구 중 한 명이 선언했다.

"나는 대학에 꼭 가야 하니까 공부를 해야 해. 당분간 너희들과 함께 놀지 않을 거야."

섭섭했다. 대학에 가야만 공부를 하나? 친구를 이겨보고 싶다는 오기가 생겼다. 시험 기간 동안 대야에 물을 떠다 놓았다. 졸음이 올 때마다 찬물에 세수해 가며 공부를 했다. 철들고 제일 열심히 한 시간이었다. 물론 성적은 전교 상위권이었다. 하면 된다는 자신감과 의지를 불태우게 한 친구가 고마웠다. 할 수 있다는 의식은 그때부터 습관처럼 따라다녔다.

고등학교를 졸업하고 1년 직장생활로 대학 등록금을 마련했다. 대학 생활은 과 대표와 동아리 회장으로 바쁜 나날이었다. 대학에 입학하면서 세운 또 하나의 도전은 졸업할 때까지 성적 우수 장학생을 하리라는 다짐이었다. 고생하는 부모님의 경제적 부담을 덜어 드리는 딸이 되고 싶다며 간절히 기도했다 수업에 집중했다. 시험 기간에는 예상 문제도 만들며 답을 써보는 연습을 했다. 동기들과 예상 문제를 공유했다. 족집게 문제 덕분에 밥도 많이 얻어먹었다. 졸업 때까지 한국장학재단 장학생으로 등록금 걱정을 하지 않아도 되었다. 졸업 후에는 성적 우수 학생으로 대학에서 직원으로 근무하거나, 부설 유치원 교사 중 택일하라는 스카우트 제의가 있었다. 대학 부설 유치원 교사를 원했다. 아이들의 선생님으로 나의 길을 선택했다. 사립유치원 교사로 첫발을 내딛는 순간이었다. 4년을 근무하고 결혼과 함께 유치원을 퇴직했다.

결혼 후 88올림픽으로 대한민국이 축제 분위기일 때, 경북 공립유치원 교사 채용시험에 합격했다. 대구 집을 떠나 상주로 첫 발령을 받았다. 상주 시내에서도 버스를 타고 30분을 더 가야 하는 면 소재의 초등학교 병설 유치원이었다. 공립유치원 교사 첫 임지는 은척이었다. '아, 그래. 이곳에서 월척을 낚아야지.' 하고 의미 부여를 했다. 그러나 임용고시에 합격하기까지 외조를 잘해주던 남편의 반대에 부딪혔다. 그 먼 곳까지 가서 가족이 꼭 떨어져 살아야 하느냐는 것이었다. 일단 근무해 보고 적응이 안 되면 그때 다시 이야기하기로 했다. 정년이 보장된 교육공무원 자리다. 남편은 나의 고집을 꺾을 수 없었다. 그렇게 네 살짜리 어린 딸을 시어머님께 부탁하고 주말부부 생활을 시작했다. 공중전화 너머로 들려오는 서로의 안부가 절절하게 그리운 날들이었다.

임용된 첫해부터 교육청에서 주관하는 여러 대회에 응시했다. 현장 연구와 수업 발표, 교육자료 제작 참여로 1등급, 2등급, 3등급 수상을 할 때마다 새롭게 배우는 설렘이 있었다. 밤을 지새웠지만, 보람차고 뿌듯한 시간이었다. 도전하는 것이 곧 배움이었다. 혼자 있는 게으름의 유혹을 물리치며 시간을 유익하게 사용하고 싶었다. 수상 실적은 대구 근교 학교로 이동할 때 유용한 점수가 된다는 사실을 그때는 몰랐다. 순간순간을 충실하게 살아온 결과였다.

지명(地名)에 의미를 두었던 은척에서 아들 출산과 교육대학원 석사과정 합격이라는 월척을 낚았다. 손녀 키우는 것도 힘드셨을 텐데, 또 손자를 돌봐주셔야 하니 죄송스러웠다. 내가 일을 해도 되는 팔자인지, 아이들이 모두 순하다는 시어머니의 말씀이 고마웠다. 산후휴가를 마치고 다섯 살 딸아이와 함께 학교로 복귀했다. 갓난아기를 보고 싶은 마음을 공부로 이겨냈다. 방학까지 반납한 대학원 첫 수업 때 교수님이 나이를 물었다. “하하, 삼삼(33세)합니다.” “그래, 좋을 때다. 다시 만나 반갑다.”라고 하셨다. 대학 부설 유치원 원장을 겸임하셨던 교수님은 7년 만에 다시 뵈어도 변함이 없었다. 일과 육아와 학업을 병행하며 논문의 마무리를 하지 못하고 있을 때, 김 선생이니까 꼭 해낼 수 있다는 교수님의 격려가 큰 힘이 되었다. 그 믿음으로 석사과정을 잘 마쳤다. 1996년 교육부 유공 교원으로 발탁되어 해외 연수를 다녀오는 귀한 기회도 누렸다.

인생을 살아오면서 일상에 무너지지 않으려고 안간힘을 썼다. 누가 시킨 것도 아니고, 자신의 각오와 다짐 같은 것이었다. 내 안의 동기를 유발하여 환경을 세팅하였다. 지명이나 공간의 변화에 의미를 부여했다. 강력한 멘탈로 나를 만들었다. 무엇을 하든지 최선을 다해 노력하는 자세로 성장의 기회를 얻었다. 안 될 이유보다 되어야만 하는 이유를 찾아 극복해 나갔다. 현실에 안주하는 사람보다 하고 싶은 일을 찾아가는 기대감으로 설레고 가슴 뛰었다. 실망스러운 일이 생길지라도 정면으로 맞서는 용기로 나를 지켰다. 삶의 여정에 1초라도 허튼 시간이 없었던 시절을 생각하면 토닥토닥 위로해 주고 싶다. 나를 지키는 힘으로 앞으로만 향했던 전력 질주였다. 이제는 옆과 뒤를 돌아보며 기꺼이 누군가의 배경이 되어주는 삶을 살아가고 싶다. 이 또한 타인을 도울 수 있는 멘탈의 힘이다.

6

이기적인 사람이 좋다

나선화

이기적인 사람이 좋다. 여기서 '이기적'이란 남의 아픔을 등에 업고 자신의 이득만을 취하는 사람을 가리키는 말과는 다르다는 점을 밝혀둔다. '이기적'이란 자신을 먼저 챙기는 사람을 이르는 말이다. 자기의 아픈 부위는 자기가 잘 안다. 이기적인 사람은 자신의 아픈 상처를 알아차리고 스스로 돌보는 힘이 있다. 남에게 자신의 아픔을 드러내는 용기도 낼 줄 안다. 자신이 먼저 안정을 찾은 후에야 타인의 상처를 볼 수 있는 여유를 확보한다. 멘탈이 강한 사람이다.

"당신 참 이기적인 사람이에요. 자기 좋아하는 것만 해요."

남편에게 가끔 듣는 소리다. 그 소리가 싫지 않다. 나를 잘 돌보고 있다는 소리처럼 들린다. 책 읽고 글 쓰는 삶을 살기 시작하면서 나는 더 '이기적'이 되었다.

남편과 나는 여러모로 다르다. 남편은 외향적이다. 남들과 어울리는 것을 좋아한다. 사람들과 쉽게 말을 섞고, 내가 보기에 어려운 부탁도 쉽게 한다. 밥 사는 것이 취미인 사람처럼 보인다. 같이 밥을 먹자고 해서 약속장소에 나가면, 당연히 둘이서만 식사를 할 줄 알고 나간 자리에 여러 사람이 있어서 당황한 적이 많다.

나는 내향적인 편이다. 몇 명의 사람과 깊이 있는 만남을 좋아한다. 특히 누군가에게 해야 할 사소한 부탁도 극도로 어려워한다. 그럴 때 남편의 눈치를 보며 옆구리를 찌르면 남편이 해결해 준다. 어쩌다 특별한 날 하는 외식은 환영하지만, 자주 외식하는 것은 낭비라고 생각한다. 그 돈이면 다른 곳에 유용하게 쓸 것 같다. 누가 돈을 내든 마찬가지다. 밥값을 각자 내면 그나마 나은데, 남편은 신발도 신기 전에 카드부터 내민다. 결혼 초에는 남편의 행동이 이해되지 않았는데, 나와 돈 쓰는 곳이 다르다고 인정하니 편해졌다.

나도 돈 쓰는 것을 아까워하지 않는 것이 있다. 책을 살 때는 망설임이 없다. 필요한 책이다 싶으면 산다. 글을 쓰기 전에도 그랬다. 그냥 책이 좋아서 언젠가는 읽어야지, 하면서 산 책도 부지기수다.

어느 해인지 기억은 안 나지만, 이사를 하는데 이삿짐센터 직원이 책을 나르며 "동사무소 이사하는 것 같다"는 말을 했다. 나는 웃고 말았으나 책만은 포기할 수 없었다. 내가 꿈꾸는 집에는 항상 서재가 있다.

김제에는 대형서점이 없어서 인터넷서점을 주로 이용한다. 책을 고르고, 결제하고, 배송이 올 때까지 기다림에 설렌다. 택배가 오고 상자에 붙은 테이프를 떼 낼 때 엷은 긴장감이 돈다. 상자를 열어 책을 잡으면 손끝에서 느껴지는 책의 감촉과 냄새에 취한다. 책을 펼쳐 인생 멘토를 만난다. 저자가 소개하는 세상을 알아가는 재미가 쏠쏠하다.

글을 써야 하는 작가로 살기로 했으니, 책은 떼려고 해야 뗄 수 없는 존재다. 책 읽고 글 쓸 때는 오롯이 혼자 있는 시간이 필요하다. 사람들과 함께 어울렸으면 하는 남편의 바람을 과감하게 거절하고 책을 선택해서 얻은 훈장이 '이기적'인 사람이다.

20대 시절, 전남편은 가출하고 두 아이와 남겨졌다. 사방이 벽이었다. 벽만 보고 한숨짓고 있을 수 없었다. 잠시라도 바깥에 나가야 숨이 쉬어질 것 같았다. 언니한테 두 아이를 부탁했다. 1박 2일, 혜연이와 내장산을 다녀오기 위해서다. 막 집을 나서려는데 언니 친구가 왔다. 내 옷차림이 평상복이 아님을 눈치챈 언니 친구가 아이들을 놔두고 어디 가느냐고 물었다. 사실대로 말했다.

"네 동생 참 이기적이네. 어떻게 자기 놀러 간다고 한 명도 아니고 두 명을 너한테 맡겨."

대꾸하지 않았다. 문을 닫고 나왔다.

서울역인지, 서부역인지 기억이 가물거린다. 밤 기차를 탔다. 무궁화호다. 혜연이와 지정석에 앉아서 내려가는 내내 수다를 떨었다. 최근에는 기차 안에서 떠들면 주의를 받는다. 다른 사람에게 피해를 주지 않기 위해 노력한다. 90년 대만 해도 옛날이다. 그때 밤 기차를 타면 왁자지껄했다. 사람들 소리에 섞여 주로 내가 이야기를 했고, 혜연이는 들었다. 혜연이는 가끔 맞장구를 쳐 주기도 하고 자신의 경험담을 나누어 주기도 했다. 지금 생각해 보면, 혜연이는 내 이야기 들어주느라 힘들었을 것이다. 그때는 친구 사정이나 언니 사정을 살필 겨를이 없었다. 그저 산꼭대기에 올라가서 숨 한번 크게 쉬고 싶다는 소망뿐이었다.

엄마 나이 52살. 엄마 갱년기에 아버지가 돌아가셨다. 엄마는 장사하던 가게를 접고 1년을 꼬박 병원에서 아버지 병간호에 매달렸다. 암 환자 병동은 통증과 사선을 넘나드는 사람들로 넘쳐나고, 병간호하는 사람에게는 무기력과 우울함이 찾아온다. 병원 생활이 1년 가까이 되자, 엄마는 우리가 병문안 와서 '엄마!' 하며 부르는 환청까지 들렸다고 한다. 얼마나 무료하고 힘들었으면 환청까지 들렸을까. 첫아이를 낳고 둘째를 임신한 상태에서 병문안 다니기가 쉽지 않았다. 엄마의 사정을 헤아리기보다 내 몸 상태를 먼저 살폈다.

엄마는 아버지가 돌아가신 후에도, 꼭 아버지가 살아있는 것 같다는 말을 자주 했다. 머리가 아프고 가슴도 답답하다고 말했다. 병원에 다녀와서도 뾰족한 수을 찾아내지 못했다. 신경성이라는 의사의 말에 약을 달고 살았다. 그러다가 막내 남동생을 결혼시킨 다음 해 봄에 암 선고를 받았다. 8개월을 투병하시다가 아버지와 같은 나이에 돌아가셨다. 엄마 환갑을 12일 남겨둔 날이었다.

나이는 숫자에 불과하다는 말, 믿지 않는다. 하루하루 인생을 헤치고 살아남은 생존의 역사다. 그때는 알지 못했다. 나 살기 바빠서 위로조차 건네지 못하고 허망하게 엄마를 보냈다. 엄마 나이가 되고 나서야 비로소 엄마의 마음이 '이랬겠구나.' 짐작한다. 엄마도 '이기적'이었으면 어땠을까. 오로지 자식을 위해 헌신했던 엄마의 삶을 조금이라도 나눠서 엄마의 인생을 사는 데 할애했었더라면, 엄마를 보내놓고 이렇게 회한은 남지 않을 것이다.

멘탈이 흔들릴 때, 나는 평소보다 더 이기적인 사람이 된다. 내가 즐겁게 할 수 있는 일이 무엇인지에만 집중한다. 다른 사람은 신경 쓰지 않는다. 그들도 그들 나름대로 잘 지내고 있다. 최근에 책 읽고 글 쓰는 삶을 살고 있다. 글을 쓴다는 것은 자신을 성찰해가는 과정이다. 지난하지만 뿌듯하다. 내가 생각하는 성찰은 과거를 재경험하고 재해석해서 과거의 삶에 새로운 의미를 부여하는 일이다. 과거를 재해석해보니, 20대의 나는 두 아이를 지키기 위해 죽을힘을 다해 버티고 견디며 살아내고 있었다. 쳐다보기만 해도 힘들어서 외면했던 그때의 내가 이해되었다. 비로소 보듬고 토닥여줄 수 있게 되었다. 다른 사람의 동의나 인정은 중요하지 않다. 누구도 내 인생을 책임져주지 않는다. 나는 나로서만 존재한다. 자신을 믿게 되니, 멘탈은 덩달아 강해진다. '이기적'으로 살아봐야 보이는 것이 있다. 오늘도 치열하게 살아낸 내 삶에 어떤 의미를 부여할지 궁리한다.

7

당신도 흔들리나요

박미희

늘 강철 멘탈을 유지하는 사람이 있을까? 있다면 그는 사람이 아니라 로봇일 것이다. 사람은 끊임없이 흔들리는 존재다. 살다 보면 뜻대로 되지 않는 일도 있고, 내 마음 같지 않은 일도 있다. 살면서 부딪히는 이런 상황을 어떻게 헤쳐 나가느냐는 태도에 달렸다고 생각한다. 모든 일은 잘될 수도 있고, 잘 안될 수도 있다. 이런 유연한 사고가 멘탈을 단단하게 만들어 준다. 나는 내가 지킨다. 나를 단단하게 지켜내기 위해 어떻게 살아야 할까. 내게 닥쳐오는 시련, 상황들을 어떤 마음가짐으로 이겨내야 할까. 나만의 해답을 찾기 위해 자문해 본다.

첫째, 나는 나를 믿는다.

2022년 1월, 미라클 모닝을 하면서 처음으로 미션과 비전을 만들었다. 그때만 해도 미션과 비전을 제대로 알지 못했다. 미션은 개인의 철학, 내가 존재하는 이유, 나의 가치를 의미하고, 불변의 가치이며 내가 살고자 하는 방향이다. 비전은 미션을 수행하기 위한 구체적인 전략을 뜻하며, 매년 혹은 몇 년에 한 번 변할 수 있고 구체적인 목표를 포함한다. 어설프지만 다른 사람들을 흉내 내어 나만의 비전과 미션을 만들고 포스트잇에 적어 잘 보이는 곳에 붙여놓았다. 그전까지는 하루하루 살아내느라 눈앞의 일만 보며 달려가기 바빴다. 매년 새해에 세우는 계획도 적어놓곤 잊고 지나갔다. 새해가 되어서야 '아, 내가 이런 계획을 세웠었지.' 깨닫기 일쑤였다. 어느 순간 삶의 우선순위가 가족이 되다 보니, 나라는 존재는 희미해져 있었다. 꿈도 잊고, 나도 잊고 지냈다. 육아의 의무를 다하고 이제야 비로소 나를 찾아가고 있다. 작가라는 꿈을 이루기 위해 글 쓰는 법을 배우고 있다. 오십이라는 나이, 내 주변에는 인스타그램이나 블로그를 하는 친구들이 거의 없다. 나도 그다지 필요성을 느끼지 못하고 지냈다. 막상 블로그에 글을 쓰고 인스타그램을 하다 보니 다양한 학습의 기회가 열렸다. 여러 무리에 속해 함께 공부하면서 나이에 상관없이 배움에 열정을 불사르는 사람이 많다는 사실을 알았다. 지금까지 모르고 지내던 세상이었다. 늦었지만 배움에 눈뜨면서 하루하루가 즐겁다. 서툴고 때로는 따라가기 버거울 때도 있지만, 삶의 활기를 온몸으로 느끼고 있다. 현실에 안주하지 않고 계속해서 공부하며 나를 키워나갈 것이다. 글을 쓰는 일이 쉽지 않다는 사실을 경험하면서 알아가고 있다. 때로는 내가 가고 있는 길이 맞는지, 내 능력이 부족하진 않은지 자신 없어질 때도 있다. 하지만 나는 나를 믿는다. 때로는 생각만큼 결과가 따라주지 않아도, 가려는 길이 그리 녹록하지 않아도 멈추지 않을 것이다. 내가 하고자 하는 목표만 뚜렷하다면 조금씩 흔들려도 괜찮다. 속도는 느리지만, 내딛는 걸음을 멈추지만 않는다면 언젠가는 내가 목표하는 그곳에 반드시 도달할 수 있다고 믿는다. 내가 처음으로 만든 미션과 비전을 되새기며 나는 매일 앞으로 나아갈 것이다. 나는 할 수 있다. 나는 나를 믿는다.

둘째, 있는 그대로의 나를 인정한다.

지금 두 번째 직장을 다니고 있다. 20, 30대의 똘똘함과 정확성과 민첩함이 많이 사라졌다. 비단 직장일 뿐만 아니라 집안일도, 아이들을 챙기는 일도 마찬가지다. 동시에 여러 일을 소화하는 건 이제 버겁다. 처음엔 자주 깜빡깜빡하고 실수하는 나를 받아들이기 어려워 자책하며 자신에게 실망하는 일도 많았다. 그러다 보니 자신감도 없어지고 자꾸 움츠러들었다. 세월을 이길 수 있는 사람이 몇이나 될까. 나이 들어가면서 나타나는 이런 일들은 어쩌면 자연스러운 현상이다. 나만 그런 게 아니라 내 또래에게 으레 일어나는 일이라는 사실에 적잖은 위안이 되었다. 차츰 현실을 인정하면서 자신을 받아들이게 되었다. 덤벙거리며 놓치는 모습도, 꼼꼼한 모습도 다 나이다. 그런 나를 스스로가 사랑하지 않으면 누가 소중히 대해 주겠는가. 남들에게서 내게 없는 좋은 점들을 발견하면 부러워하면서 나 자신을 비교했다. 내가 한없이 초라하게 느껴졌다. 그들이 갖지 못한 다른 장점이 있다는 생각을 그때는 하지 못하고 자신을 못난이 취급했다. 하지만 이제는 안다. 내게도 좋은 면이 있다는 사실을. 부족한 부분을 아는 사람만이 채울 수 있다. 그 자리에 머물지 않고 매일 나아지려고 노력하고 있다. 오늘도 성장 중이다. 있는 그대로의 나를 인정함으로써 앞으로 나아갈 수 있다.

셋째, 매일 성실하게 나를 만들어 간다.

내가 제일 잘하는 것이 무엇인가? 나에게는 어떤 장점이 있는가? 계속 자신에게 질문을 던진 적이 있다. 〈514 챌린지〉(14일 동안 새벽 5시에 일어나는 프로젝트)에 참가하기 전에는 새벽 5시 기상은 생각해 본 적이 없다. 규칙적인 새벽 기상은 밤에 집중이 잘 되는 나의 생활방식과는 맞지 않는다는 판단 때문이었다. 의지를 갖고 시도해보니 가능했다. 안 된다고 단정한 내가 7개월간 새벽 기상을 꾸준히 실천했다. 그러면서 나의 장점은 '성실'이라는 답을 찾아낼 수 있었다. 작년에 영어 공부를 다시 하자는 생각에 66일 만에 영어 회화를 끝낼 수 있다는 책으로 독학을 한 적이 있다. 66일을 끝내고 복습이 더 필요하다는 생각에 33일을 꾸준히 지속했다. 나는 무슨 일이든 하기로 마음먹으면 착실한 태도로 임한다. 결정을 내리기까지 신중에 신중을 거듭하느라 시간이 걸리지만 일단 한번 결정을 내리면 끝까지 최선을 다하려고 노력한다. 지금의 내 위치에서 내가 할 수 있는 일을 꿋꿋하게 매일 매일 해나가는 행위, 그것이 나를 단단하게 만들어 준다. 매일 성실하게 나를 만들어 간다.

해외의 높은 산을 오른 지인의 경험담을 들은 적이 있다. 인상적인 내용은 높이 오를수록 나무는 자세를 낮추고 땅에 가까이 붙어 있다는 것이었다. 언제 몰아칠지 모를 비바람이나 눈보라로부터 자신을 지켜내기 위해서다. 이것이 자연의 이치다. 살아있는 모든 생명체는 흔들린다. 살아있는 우리가 일상에서 벌어지는 이런저런 사태에 멘탈이 흔들리는 일은 지극히 자연스러운 현상이다. 단지 흔들리는 상황에서 나를 어떻게 지켜내는지가 중요하다. 나는 어떤 어려움에 부딪혀도 첫째, 나를 믿고, 둘째, 있는 그대로의 나를 인정하며, 셋째, 매일 성실하게 나를 만들어 가는 자세로 멘탈을 단단하게 지키며 살아갈 것이다. 내 멘탈은 내가 지킨다.

8

멘탈 기초 관리, 일곱 명 멘토

박정재

인생 멘토 일곱 명을 고용했다.

모래 위에 쌓은 집은 바람과 물에 쉽게 무너진다. 반석 위에 세운 집은 바람과 물에 쉽게 무너지지 않는다. 멘탈 관리도 튼튼한 기초가 필요하며, 반석 위에 있으면 잠시 흔들리더라도 바로 제자리로 돌아온다.

튼튼한 기초 멘탈을 만들기 위해 7가지가 필요하다.

첫째는 나의 상황을 인정하는 멘토이다. 나의 상황을 인정하고 받아들여야 한다. 부유한 환경에서 태어난 사람도 있다.

가난한 환경에서 태어난 사람도 있다. 부유한 환경에서 자란 아이와 가난한 환경에서 자란 아이는 생각이 다르다. 부자 아이는 부모가 모든 것을 해준다고 생각하는 반면, 가난한 아이는 부모가 못 해준다고 생각한다. 나도 환경 탓을 했다. 부모를 원망하고 거부했다. 시간이 지날수록 나는 작아지고 초라해졌다.

현재 나의 상황을 인정했다. 환경을 탓하기 전에 나를 탓하고 나를 바꾸었다. 부모는 바꿀 수 없다. 부모의 재산, 성격, 환경은 내가 바꾸지 못한다. 그럼 내가 바꾸면 되는 것이다. 스스로 생각을 할 수 있을 때는 내가 선택을 할 수 있다. 현재 상태를 받아들이고 할 수 있는 일을 하나씩 해 나간다. 약했던 멘탈에 갑옷을 입혔다.

두 번째는 들어야 한다. 듣기 멘토다. 들음에 난다는 말이 있다. 일단 정보를 들어야 한다. 들어야 무엇을 하든 말든 한다. 귀가 열려있어서 한다. 비트코인 열풍일 때 거래하지 않고 다른 정보를 들었다. 정보대로 되면 정말 좋은 정보다. 안될 수도 있다. 판단은 자신이 하는 것이다. 날씨 뉴스를 듣고 우산을 가지고 나갔다. 비가 오면 날씨 정보를 미리 들어서 비를 맞지 않았다. 아침에 날씨 뉴스를 못 듣고 나갔다. 우산이 없어서 비를 맞았다. 들어야 방향을 결정할 수 있다.

고급정보가 있다. 들은 자는 부자가 되고, 못 들은 자는 그냥 그렇게 살아야 한다. 나에게는 왜 정보가 없을까? 걱정하지 말고 부지런히 정보가 흘러넘치는 곳에 귀 기울이면 정보가 들어온다. 그 정보는 누군가에는 고급정보가 되고, 누군가에게는 필요 없는 정보가 된다. 최신 정보를 듣고 멘탈이 흔들릴 수도 있지만, 흔들리는 것은 성장할 수 있다는 신호이다.

세 번째는 읽어야 한다. 읽기 멘토 독서다. 멘탈은 독서가 힘이 된다. 책을 구매해도 되고, 도서관에서 책을 빌려도 된다. 전자책을 구매해도 되고, 전자책을 빌려봐도 된다. 인터넷에 읽을거리가 많다. 인터넷의 정보는 100% 신뢰하지 말고 참고만 한다. 인터넷 정보는 신뢰도가 낮다. 신문도 읽으면 좋다.

새로운 정보를 들었으면 한 번 더 다른 곳에서 확인한다. 정말인지 가짜인지 확인하고, 진실이면 지식과 지혜가 쌓이고, 가짜라면 하지 않는다. 가짜도 도움은 된다. 들은 정보가 비전이 있는지, 향후 발전적인지. 가치가 있는지. 반짝이는 아이템인지, 장수하는 아이템인지 분별력 있게 판단해야 한다. 판단을 잘하면 멘탈 범위가 넓어진다.

네 번째는 써야 한다. 쓰기 멘토다. 기억은 오래가지 않는다. 순간 기억은 내가 생각하고 싶은 대로 기억되기도 한다. 읽었으면 요약 및 감동한 문구를 메모해야 한다. 마음으로 생각하고 있는 것도 겉으로 표현해야 한다. 종이에 적어야 한다. 생각은 하루에도 수만 번 바뀌고 순간순간 사라진다. 반짝이는 아이디어가 생각났는데, 잠깐 있다가 적는다고 했다가 기억하지 못하는 경우가 있다. 아이디어는 무조건 바로 메모한다. 바라고 원하고 소망하는 것이 있다면 쓰자. 적으면 이루어진다는 말도 있다. 쓰고 적으면서 멘탈을 관리하면 정신력은 올라갈 수밖에 없다.

다섯 번째는 말하기 멘토다. 중요하다. 말을 해야 한다. 말로 표현하지 않으면 그 누구도 알아주지 않는다. 학교 수업 중에 갑자기 화장실을 가고 싶을 때, 화장실에 가고 싶다는 말을 해야 한다. 눈빛으로, 표정으로 알아주기를 바란다면, 화장실에 가기도 전에 볼일을 볼 것이다. 연애를 할 때도 고백해야 한다. 옆에서 바라만 보고 모르게 도와준들 상대방은 알 수가 없다. 말하기가 어렵지만, 일단 말하고 보자. 안 해서 어렵다. 말에는 힘이 있다. 적었으면 하루에 최소 한 번은 내 목소리로 읽어 귀로 듣게 한다. 적은 것을 보고 말하고 듣게 된다. 세 가지를 동시에 할 수 있다. 기억력도 좋아진다. 말을 하다 보면 내가 행동하고 있을 것이다. 소리 내어 말하면 멘탈에 날개를 다는 것이다.

여섯 번째는 믿어야 한다. 믿음 멘토다. 두 번째에서 들어야 한다고 했다. 많이 들으면 믿음이 생긴다. 믿고 신뢰해야 한다. "난 할 수 있다."라는 믿음은 강력한 무기가 된다. 친구들과 내기 당구를 칠 때, 나는 이길 수 있다고 믿는다. 지고 있을 때도 웃으면서 역전할 수 있다고 생각한다. 나를 신뢰하고 믿는다. 결과는 승리한다. 당구를 칠 때 진다는 마음이 든 적이 있다. 그러면 반드시 진다. 오직 자신만 믿어야 한다. 남을 믿어서는 안 된다. 할 수 있다고 믿고, 타인이 나를 도와준다는 것을 믿어라. 믿음으로 멘탈을 바로 세울 수 있다. 믿음으로 멘탈을 뿌리 깊게 심을 수 있다.

일곱 번째는 행동이다. 행동 멘토다. 말을 했다고 행동이 100%로 되는 것은 아니다. 행동은 말에서부터 나온다. 가난하여 로또 1등에 당첨되도록 열심히 기도했다. 새벽에 기도하고 아침, 점심, 저녁에 시간이 되면 또 기도했다. 자기 전에도 기도했다. 100일 동안 무릎이 닳도록 기도를 했다. 그런데 로또는 사지 않았다. 보다 못한 신이 말을 했다. "네가 가서 로또를 사야 내가 당첨을 시키지." 행동하지 않으면 아무것도 이루어지지 않는다. 작은 일이라도 행동으로 옮겨야 한다. 네 번째에서 적었고, 여섯 번째에서 믿었으니 적은 대로 행동한다. 행동은 멘탈을 더 강하게 만든다.

행동의 결과가 좋을 수도 있고 나쁠 수도 있다. 중요한 점은 결과를 인정하는 것이다. 시작의 기술도 중요하지만, 끝이 더 중요하다. 끝의 기술이 더 중요한 것은 끝이 있어야 성과가 생긴다. 책 읽기도 시작했으면 끝 페이지까지 읽어야 성취감이 생긴다. 책이 앞에만 까만 이유는 끝을 못 내서 그렇다. 끝은 긍정적인 결과 혹은 부정적인 결과가 나올 수 있다. 긍정적인 결과면 좋고, 부정적인 결과는 나쁘다가 아니다. 둘 다 좋은 경험이 된다. 좋은 결과는 성취로 인해 다음에 더 잘할 수 있고, 결과가 안 좋은 것은 실패를 교훈 삼아 더 잘할 수 있다. 행동한 것을 인정하고 두 번째부터 실천한다. 7가지를 순환시키면 모래, 유리 멘탈이 강철, 다이아몬드 멘탈이 된다.

모래는 쉽게 뭉쳐지지 않는다. 다이아몬드는 강력하게 뭉쳐져 단단하다. 일곱 개 멘토를 서로 연결하고 뭉친다. 일곱 개 멘토를 활용하여 한 개의 과제를 해결한다. 해결된 과제가 모여 강력한 멘탈 다이아몬드가 된다.

다이아몬드 멘탈 만들기를 혼자 하는 것보다 함께 모여서 하면 더 강력해진다. 한 개의 장작은 한 개의 빛과 열을 내지만, 열 개의 장작은 열 개 이상의 빛과 열을 낸다.

일곱 가지 중 듣기를 많이 했다. 듣기가 많아 천천히 바뀌었다. 유튜브로 관심 있는 분야를 듣고, 전자책으로 음성을 듣고, 드라마, 영화를 보며 들었다. 세미나도 참석해서 들었다. 일곱 가지가 유기적으로 연결될 때 시너지가 발휘된다.

인정, 듣기, 읽기, 쓰기, 말하기, 믿음, 행동 일곱 가지 멘토와 함께 세상으로 나간다. 일곱 명의 멘토를 연결하여 인생을 살아갈 것이고, 타인을 위해 멘토를 기꺼이 나눠줄 것이다.

9

일에 내 감정을 섞지 않는다

백란현

네이버 메모에 하루의 계획을 입력한다. 하고 싶어서 잡은 계획도 있고, 업무에 의해 정해진 스케줄도 있다. 일에 내 감정을 섞지 않는다. '완료'만이 내 목표다.

초등교사, 학교 독서교육 업무담당자, 김해 독서교육 지원단, 경남 독서·인문소양교육 컨설턴트, 학교 연합 교사 독서교육 전문적 학습공동체 회장, 엄마, 아내, 딸 그리고 작가로서의 일정도 내가 감당해야 할 몫이다.

3개월간 내 삶을 돌아보았다. 개인 저서 초고를 썼다. 자이언트 북 컨설팅 책 쓰기 정규과정과 오프라인 행사에 빠지지 않고 참여했다. 학교에서는 작가 세 명을 초대하였고, 강사비 지급까지 완료했다. 교육지원청 독서 동아리 보고회에서 우리 학교 책 읽기 지도 사례도 발표했다. 김해 비경쟁 독서토론회에서 사회도 보았다. 또한 독서교육 전문적 학습공동체 1년 성과 발표를 위해 도교육청에도 다녀왔다.

아이 셋 일정도 만만치 않다. 특히 둘째 희진이는 김해시립 소년소녀합창단 단원으로 정기연주회를 마쳤다. 매주 화요일과 금요일, 왕복 한 시간이 소요되는 연습 장소에 희진이를 데려다 주는 일도 내가 한 일이다.

10월 31일 오후 공문을 확인했다. 학교 독서교육 활성화 유공 장관 표창 대상자 추천 관련이다. 마감일은 11월 2일 오후 5시까지. 31일 저녁에는 창원에서 신화라 작가 강의가 있는 날이었다. 11월 1일 오후에는 김해교육지원청 독서 동아리 사례 발표를 위한 출장이 계획되어 있다. 11월 2일에는 창원천광학교에 그림책 강의를 하러 가야 한다.

공적조서는 11월 1일 오전에 교감 선생님에게 보여줘야 한다. 그러나 나는 10월 31일 저녁 계획된 대로 창원에서 작가를 만났고, 밤 10시쯤 집에 도착했다. 노트북을 열어 새벽 3시까지 공적조서를 작성하였다. 정해진 일정을 취소하지 않고 밀어붙였다. 11월 1일 김해교육지원청 출장을 다녀온 후 저녁부터 그림책 강의 마지막 리허설을 했다. 다음 날 창원천광학교에 가서 그림책을 어떻게 수업에서 활용할지 2시간 동안 열강 했다. 강의를 준비한 노력만큼 선생님들의 반응도 좋았다. 강의 자료를 달라는 요청까지 받았다.

10월 25일, 친정 아빠가 폐암 수술을 했다. 하루 전 부모님과 나는 영남대병원에 갔다. 시간은 길지 않았지만, 부모님과 함께하는 시간을 가지고 싶어서였다. 병원에 다녀온 그날 저녁 시간 전자책 쓰기 수업에 참여했다.

아빠는 퇴원했다가 재입원을 하게 되었다. 11월 5일 오전, 병원에 다녀가라는 엄마의 연락을 받았다. 엄마에게 필요한 옷과 세면도구를 챙겨 새벽 기차에 올랐다. 기차 안에서 토요일 오전 책 쓰기 수업을 들었다.

내가 만든 PPT자료를 가지고 11월 15일 독서토론 리허설 장소에 갔다. 운영진 교사들과 함께 슬라이드 추가 및 삭제할 부분을 의논했다. 오후 4시 40분에 둘째 희진이를 합창단에 데려다주기 위해 출장지에서 먼저 일어났다. 저녁 6시 20부터 1시간 동안 장학사와 통화하면서 비경쟁 토론 사회 연습을 했다. 한 번 더 PPT를 수정했다.

11월 16일은 우리 반 학생들, 토론회 참가 학생 두 명, 학예회에 참가하는 딸들까지 챙기는 날이다. 우리 교실에 교과 전담 교사가 들어오는 시간에 옆 학교 두 딸의 교실을 왔다갔다하면서 학예회 공연을 보았다. 우리 반이 4교시 시작할 때 내 교실에 도착했다. 토론회 참가자 두 명의 학생을 급식소에 데려다주고 먼저 식사하도록 했다. 나는 식사할 시간이 없다. 4교시 수업을 마친 후 두 명의 학생을 챙겨 출장지로 이동했다. 토론 진행을 위해 장학사와 함께 리허설을 해보았다. 사회를 보는 동안에는 무조건 행사를 순조롭게 마무리 지어야 한다는 생각만 하였다. 모둠별 다섯 명씩 앉아있는 열두 개 테이블을 돌면서 학생들의 토론 활동을 집중해서 관찰하였다. 1단계 20분, 2단계와 3단계 각각 30분씩 배분한 시간에 맞춰 사회를 보았다.

김남중 작가 강의와 저자 사인회까지 마친 후 내가 데려온 두 명의 학생을 집에 데려다주었다. 아이들이 귀가한 후 독서교육 지원단과 협의회를 가졌다.

모든 일정을 마치고 집에 도착하니 다리가 아팠다. 눈도 감겼다. 바로 누워 잠들어도 전혀 문제가 되지 않았을 터다. 그날 저녁, 나는 책 쓰기 줌 수업에도 접속했다.

내 기분과 스케줄은 분리한다. 일에 감정을 섞지 않는 것이 나를 지키는 힘이자 다른 사람을 돕는 길이라고 생각한다. 강한 멘탈의 힘으로 일정을 소화해낸다. 이러한 태도가 평범한 '나를 지키는 힘'이다.

아빠의 암 수술처럼 내가 일상에서 무너질 수 있는 조건은 많다. 변수가 생겨도 감정의 요동 없이 오늘을 살아낸다. 오늘 할 일을 해내는 태도는 나를 당당하게 만든다. 나는 평범하지만, 일상에서 무너지지 않는다.

10

가시를 품은 여자

안지영

나는 가시가 많다. 장미도 아니고 물고기도, 고슴도치도 아니다. 난 그저 가시 많은 느림보 꾸물이다. '꾸물이'는 그림책 《슈퍼 거북》에 나오는 거북이다. 자신이 빠르다고 경주하다가 잠자는 토끼 덕분에 우승하게 된다. 그 과정을 모르는 동물들은 '세상에서 제일 빠른 거북'이라며 열광하고, 꾸물이는 '스타'가 된다. 빠른 거북이가 되기 위해 피나는 노력과 성실함으로 드디어 진짜 슈퍼 거북이 된다. 토끼의 도전장을 받고 심적 부담에 잠을 설친다. 도중에 잠이 들어 경주에 진 후, 거북이의 원래 모습대로 천천히 느긋하게 산다는 이야기이다.

딱 내 얘기였다. '슈퍼 지영'이 되기 위해 속력을 냈다. 숨이 차올랐다. 다 해내고 싶었다. 하지만 내 맘대로 되지 않았다. 강박감에 잠을 편히 못 잤다. 목표를 세우고 열의를 다한 것에 비해 결과가 부족했다. 밑 빠진 독에 물을 붓고 있었다. 달리고 달려도 그 자리였다. 도대체 무엇이 문제였는지를 먼저 생각해야 하는데, '노력'만 했다. 다시 원점으로 돌아갔다.

거북이는 원래 느리다. 꾸물이는 본인이 원해서가 아닌, 다른 동물들을 실망하게 하지 않기 위해 빨라야 한다는 압박감이 있었다. 경주에서 이겼다면 꾸물이는 행복했을까? 아니다. 더 빠른 속도를 내기 위해 고단한 훈련을 해야 했을 것이다. 다른 동물들의 도전도 받아줘야 하고, 거북이가 아닌 '슈퍼 거북'으로 살아야 할 것이다. 거북이도 빨라지면 행복할 수 있다. 다만 그 속도가 본인의 의지로, 본인이 감내할 수 있을 정도여야 한다.

고등학교 시절, 내 속도가 아닌 다른 아이들의 속도에 맞춰 공부하다가 실패했다. 숨고 싶었다. 마음을 내려놓고 나의 속도에 맞춰 재수를 시작했다. 오르지 않던 성적이 꿈틀댔다. 대단한 성적은 아니었지만, 나도 할 수 있다는 용기를 갖기에 충분했다.

처음 배우는 것에 대한 습득력이 느린 편이다. 단순히 지능이 낮다고만 생각했다. 하지만 내 방식대로 터득하면 응용하는 방법이 다양하게 나왔다. 예전엔 나마저도 답답했던 부분을 이젠 시간을 갖고 기다려주는 여유가 생겼다.

수많은 실패 과정과 좌절했던 순간들이 빛을 발하는 시간이 내게도 왔다. 아이들을 지도할 때 아이들의 눈높이 맞춤 설명이 가능하다. 잘하지 못하는 아이의 마음을 헤아릴 수 있고, 다시 해볼 수 있는 마음을 응원할 수 있다.

한때는 나를 괴롭혔지만, 지금은 남을 돕는 도구가 된 불편한 '가시'를 소개해 본다.

첫째, 난 타고난 길치다.

처음엔 생각 없이 다녀서 그런가 싶었다. 가는 길의 간판과 특징을 머리에 새기고 다녔다. 반대 방향으로 가거나 어두워지면 처음 본 새로운 길이 된다. 회사 면접을 보고 며칠 후 출근할 때마다 헤맨다. 운전을 해도 여러 번 가봐서 익숙해져야 겨우 갈 정도다. 모임이 있어서 늦게 도착하는 건 길을 헤매기 때문이다. 특히 지하도는 더 어렵다. 친한 친구들은 내가 헤맬 것 같은 장소엔 마중을 나온다. 다른 길로 착각할 혼잡한 곳은 애초에 약속을 잡지 않는다. 길치는 나의 불편한 '가시'이다.

둘째, 지독한 차멀미다.

어릴 적부터 차 타기가 겁이 났다. 차만 타면 시작되는 멀미 때문이다. 서울에서 태어나 오래 살고 매일 차를 타도 고쳐지지 않았다. 시중에 나와 있는 멀미약은 거의 다 맛을 봤을 정도이다. 차가 출발하기 전에 잠이 들어야 멀미를 느끼지 못하는데 잠드는 거조차 쉽지 않았다. 자동차, 버스, 비행기, 배, 심지어 움직임이 적은 SRT에서도 멀미를 한다. 지금껏 사는 동안 멀미 때문에 여행과 이동이 고통스럽다. 아들들 모두 나의 멀미를 닮지 않아 얼마나 다행인지 모른다. 멀미는 오래된 '가시'이다.

셋째, 나는 겁이 엄청 많다.

처음 겪는 모든 것에 겁을 먹는다. 어둠에 대한 겁, 위험함에 대한 겁, 높이에 대한 겁, 속력에 대한 겁이 있다. 어릴 적 밤이 되면 집안 화장실도 혼자 못 갔었다. 몇 년 전 캠핑을 갔을 때 화장실을 가지 못해 밤샌 적이 있다. 길고양이가 무서워 지나갈 때까지 기다린 적도 있었다. 헛발질로 쫓아봐도 도망가지 않는 고양이가 맹수만큼 무서웠다. 몸집이 작은 동물도 마찬가지다. 주인이 안고 있지 않으면 강아지도 두렵다.

고소공포증도 심했다. 학창 시절 소풍 때 자주 갔던 놀이동산은 '종합 겁 선물 세트'였다. 뭣 모르고 탄 후 겁을 먹고 지금까지 절대 타지 않았다. 친구들의 가방을 맡고 있는 것이 속 편했다. 높은 산을 한번 올랐다가 혼쭐이 났다. 위만 보며 양손 잡고 올라가기는 해도 내려오면서 보이는 아찔한 높이는 내 발목을 잡았다. 절벽 아래로 떨어질까 봐 벌서듯 서서 얼어붙었다. 꽃게처럼 옆으로 손잡으며 내려온 뒤로 높은 산은 쳐다도 보지 않는다. 겁보 중의 겁보가 바로 나였다.

아직도 어둠이 두렵고 길고양이가 무섭다. 그래서 가족의 도움을 받는다. 길고양이와 마주칠 만한 곳은 가지 않는다. 높은 곳은 피해 간다. 이러다 보니 삶이 불편해졌다. 나 같은 겁보가 또 있을지 궁금했다.

"선생님, 진짜 무서워요? 저도 그래요!"

"저도 멀미하는데 선생님이 훨씬 심하시네요."

몇몇 학생들이 이런 쫄보 선생을 반가워한다. 재미있어한다. 자기와 같은 '가시'를 가진 어른인 나를.

나의 실패담은 실패를 두려워하는 학생들에게 위안이 되며 다시 일어날 수 있는 원동력이 된다.

내가 만약 빠른 속도로 뛰는 토끼였다면, 느린 거북이를 이해하기 어려웠을 것이다. 내게 만약 '가시'가 없었더라면, 다른 이의 가시를 보지 못하거나 이해하지 못해서 그들이 가진 아픔과 상처를 위로하는 데도 한계가 있지 않았을까.

난 느리지만 여러 개의 '가시'를 품고 있는 내가 좋다. '슈퍼 지영'은 아니지만, 다른 사람들을 '슈퍼'로 발돋움하게 할 수 있어서 뿌듯하다. 진정한 '슈퍼 멘탈'이어서 다행이다.

내가 품고 있는 '가시'는 나를 아프게 찌르는 상처가 아니다. 자신의 부족한 부분을 안다는 것은 다른 이의 아픈 마음도 헤아릴 수 있다는 것이다. 관점만 달리하면 된다. 남을 돕는 나만의 '처방전'으로 사용할 수 있다. 그래서 가시는 다른 사람의 '가시'를 이해하고 돕기 위해 꼭 필요하다.

모든 사람이 가시 한두 개쯤 품고 살고 있지 않을까. 저마다 단점을 숨기고, 다른 이의 상처 또한 못 본 척 살아간다. 다른 사람뿐만 아니라 나 자신의 아픔도 두렵기 때문이다. 하지만 각자 자신의 가시를 인정하고 품을 수 있다면 서로 위로가 될 것이다.

찔리면 따가운 가시가 아닌, 아름다운 장미를 지키는 가시처럼 나 자신을 단단하게 지켜주는 '축복'이길 바란다.

에필로그

김미예

타인의 말에 수없이 흔들렸다. 넘어지고 주춤했다. 아프고 또 아팠다. 넘어질 때마다 두려웠지만 버텨냈다. 읽고 쓰는 삶을 만나고부터 다시 일어서는 법을 배웠다. 내가 통제할 수 없는 일은 하나씩 내려놓고 매 순간 선택하고 집중했다. 오늘 해야 할 일을 '그냥' 해냈다. 포기하고 싶은 순간에도 매일 연습하고 훈련했다. 멈추고 싶을 때 마지막으로 한 번 더 시도했다. 실패가 쌓이고 쌓이니 1퍼센트의 성공도 짜릿했다. 무너지지 않는 나의 일상, 내 마음 챙기는 것부터 시작했다. 이것이 멘탈의 힘이다.

김
민
경

공저. 사는 곳과 살아온 시대는 달라도 각자만의 고난과 역경이 있었다. 다른 삶을 살아도, 극복했다는 사실은 같다. 이 글을 쓰면서, 그리고 우리 팀의 글을 읽으면서 지난 과거를 돌아보게 되었다. 당시엔 내 삶이 다 무너진 것처럼 느껴졌는데, 지금 돌이켜보니 그저 이야깃거리 정도다. 지금은 비극일지라도 시간이 지나면 희극이다. 팀원들의 이야기가 나에게 울림을 주었듯이, 나의 이야기도 독자 여러분께 힘든 시기를 견뎌내는 힘이 되길 바란다. 이 또한 지나가리라. 다 잘 되리라.

김
위
아

몇 년 전, 음악회에 갔다. 피아노, 바이올린, 가야금, 해금 연주를 들었다. 1부는 따로, 2부는 같이 연주했다. 악기마다 개성이 강했다. 합주가 어울릴까? 의심쩍은 눈길로 무대를 봤다. 보란 듯이 동서양 악기는 아름다운 하모니를 만들어냈다. 잊고 있던 그때의 장면과 감정이 되살아났다. 우리도 세상에 단 하나뿐인 인생을 연주했다. 열 개의 고유한 가락과 장단이 있었다. 그 자체로 흥겨웠다. 서로 다른 삶이 어울려 일상을 지켜낼 책 한 권을 썼다. 열 배 더 신명나는 작품이 되었다. 따로 또 같이, 우리는 해냈다!

김
은
정

타인을 돕는다는 마음으로 글을 쓰고 있다. 좌절과 아픔이 가득한 인생이었다. 그래도 잘 이겨내고 살아있는 덕분에 삶이 어렵고 힘든 이들에게 용기와 희망을 줄 수 있어 감사하다. 이번에는 멘탈 강화다. 유리 멘탈의 삶이 얼마나 힘든지 알기에 빠져나오도록 도와주고 싶다. 멘탈만 달라져도 삶이 평온해질 수 있음을, 행복 지수가 훅 올라갈 수 있음을 알려주고 싶다. 누구나 가능하다. 내 삶의 주인으로 살고 싶다면 내공을 단단하게 해주는 멘탈 관리, 꼭 시작해보자.

김
혜
련

확신으로 시작했다. 공저 7기와 함께의 힘을 믿었다. 한계에 부딪혔을 때 바닥을 치고 올라오는 강한 멘탈은 작가님들의 응원이었다. 관계의 삶은 우리를 가르치는 스승이다. 사건과 사고, 아픔의 상황에서 능력을 최대한 표출할 수 있는 동기부여는 도전이다. 스스로 멘탈 관리를 잘하여 이겨내는 삶, 성공하는 삶을 원한다면 일단 시작하자. 그리고 될 수밖에 없는 기회와 환경을 마련하자. 적재적소에서 능력을 최대한 표출할 수 있는 멘탈이 강한 사람! 이제, 당신 차례이다.

나
선
화

왠지 좋은 일이 생길 것 같았다. 좋은 기운에 이끌려 공저에 참여했다. 팀장님을 비롯한 모든 참여 작가가 서로 배려하고 독려하며 톡방을 이끌었다. 마음과 물질을 아낌없이 나눠주었다. 함께하는 힘을 제대로 느꼈다. 센스 넘치는 작가들 덕분에 유쾌 발랄하게 한배를 타고 무사히 순항할 수 있었다. 힘든 시간을 극복하며 멘탈을 키워온 내공이 있는 작가들의 글을 읽으며 공감대를 만들고 함께 성장했다. 나의 멘탈도 글을 쓰기 전보다 훨씬 단단해졌다. 참여하길 참 잘했다. 수고했다. 나선화.

박
미
희

일상에서 일어나는 크고 작은 일들이 멘탈에 영향을 주기도 한다. 그 과정에서 자기 능력을 의심하고 스스로를 동정하며 좌절할 것인지, 가능성을 모색하고 돌파구를 찾을 것인지, 그 모든 것은 나의 선택에 달렸다. 힘든 상황은 누구나 겪는다. 하지만 어떻게 대처할지는 나만이 결정할 수 있다. 2022년 우리나라에서 MZ세대 유행어가 된 '중꺾마'(중요한 것은 꺾이지 않는 마음)를 되새기며 멘탈을 다잡아본다. 흔들려도 괜찮다. 포기하지 않고 노력한다면 반드시 길을 찾을 수 있다. 나도, 당신도 할 수 있다.

박
정
재

보통 사람도 해냈다. 이제 특별한 사람이다. 자신에게 맞는 보석이 있다. 보석은 재능이다. 발견하지 못했다면, 그 보석은 어둠 속에 있다. 평범한 사람이 보석을 발견하여 특별한 사람으로 변화되기를 원한다. 혼자 보다 함께하면 보석을 일찍 발견할 수 있다. 긴 터널이라도 한 발짝씩 걸으면. 터널 끝에 있는 빛으로 다가간다. 혼자는 두렵고 외로울 수 있지만, 함께라면 힘이 생긴다. 같이 가면 환하게 비치는 터널 밖을 일찍 도착할 수 있다. 뿌리 깊은 나무가 흔들리지 않듯, 뿌리 깊은 정신력이 되기를 응원한다.

백
란
현

소리 내어 읽고 또 읽었다. 원고 읽는 소리는 내가 나를 응원하는 말로 들렸다. 나와 가족, 나를 지켜보는 독자를 위해서라도 무너지지 않고 오늘을 살아가려고 한다. '멘탈'이라고 이름 붙이지 않았을 뿐, 나에게는 멘탈 유지를 위해 애쓴 기간이 있었다는 것을 공저 원고를 쓰면서 알게 되었다. 책을 쓰는 동안 바쁘게 살았던 나를 돌아보았다. 말보다는 삶으로 보여주는 나, 백작(白作)이 되겠다고 마음을 다잡는다. 공저의 기회를 준 자이언트 북 컨설팅 이은대 대표와 글 우정을 쌓은 아홉 명의 작가들에게 감사하다.

안 지 영

인생의 반을 살아냈다. 가슴 속 깊이 숨겨놨던 초라했던 삶을 꺼내 다른 이에게 도움이 되길 바라는 마음으로 내어놓았다. 글을 쓰기 위해 오래된 기억의 먼지를 털어냈다. 찌질하게만 느꼈던 나의 과거가 어느새 반짝거리기 시작했다. 지금의 나를 서게 한 에너지의 원천이 바로 나였음을 깨달으니 앞으로의 글 쓰는 삶이 기대된다. 막연한 두려움을 버리고 글 쓰게 해준 자이언트 북 컨설팅 이은대 대표와 멘탈이 날아가지 않게 잡아주고 응원해 준 아홉 명의 작가들에게 깊은 고마움과 사랑을 전한다.

평범한 사람의 멘탈 관리법
나는 일상에 무너지지 않는다

초판인쇄 2023년 3월 3일
초판발행 2023년 3월 8일

지은이 김혜련 외 9명
발행인 조현수, 조용재
펴낸곳 도서출판 더로드
기획 조용재
마케팅 최관호, 최문섭
교열 · 교정 이승득

주소 경기도 고양시 일산동구 백석2동 1301-2
넥스빌오피스텔 704호
전화 031-925-5366~7
팩스 031-925-5368
이메일 provence70@naver.com
등록번호 제2015-000135호
등록 2015년 6월 18일

정가 17,000원
ISBN 979-11-6338-360-4 (03810)